網路小
Novel@N
18

如果有一天

曾經以為，生命中最燦爛的一切已隨你而去。
直到心再度被思念羈絆，
才像風箏終於有了牽引，然後，哪裡都可以去

純愛小說教主 晴菜

他說，我可以牢牢記住過去的一切，卻要我忘了他，
就當是多年的朋友，終有一天必須別離。
他還說，總有一天，我一定會再遇到一個人，
能無微不至地陪在我身邊。遇到了，就別再分開了。
可是，失去他，只讓我覺得世界將要分崩離析，
我的心、我碎在嘴角的淚滴也是那樣……

作者序

盡情揮灑的絢爛季節

它是一個接續在《夏日最後的祕密》之後，繼續說下去的故事。

它不是一個故事的起頭，而是一個故事結束後所留下的另一個故事。

它像是一個寂寞深秋的故事，隨著熱鬧夏天過後而來。

實在很難為《如果有一天》界定它的定位。我不願意它是沾著《夏日最後的祕密》的光，成為它的番外篇或續集，但這兩部小說又如此緊密地牽連在一起。剛剛回頭翻書的時候發現，就連我自己也不小心有了這樣的潛意識，將「序章」放在《夏日最後的祕密》，將「終章」給了《如果有一天》。

但，還是不一樣的。《如果有一天》裡的主角們，像是被絢爛的季節掃過之後兩片飄零的落葉。在偶爾的碰撞間，發現對彼此存在的疑惑，又在拉開的距離中，察覺心與心的相繫，一聚一散，一散一聚的，尋找屬於自己的落根之處。如果所有的純真與無憂無慮都在《夏日最後的祕密》盡情揮灑，那麼，《如果有一天》所擁有的，就是支撐那些快樂意象的真實情感，掙扎、哀傷、怯懦、失望……一些人們為了與光陰齊頭並進而不得不去體會的情感。因為我們活下來了，擁抱生命的喜悅，也承受生命的痛苦，然後，又在走過傷痛之後，得到生命的暖度與力量。

關於這個故事，我並沒有想要向讀者索求眼淚的野心，雖然有點可惜，不過本來就沒有安放強烈的催淚因素在其中。如果可以，我倒希望在這本書裡，讀者可以隨著主角們從高中時代的小圈子一起畢業，然後進入更大的生活圈，認識形形色色的人們，遭遇各式各樣的際遇，觸發不同滋味的感慨、或感動。

昨天和一位即將結婚的大學同學講電話，無意間得知另一位男同學早在幾年前因為意外而過世了。我和他不很熟，卻一直清楚記得大一時，他用機車載著高燒幾天的我去醫院急診室就診。是一個又愛笑又開朗的大男生，對他的印象僅止於此。聽見這個不幸的消息，我忽然有點能夠體會蘇明儀的心情，原以為那個人一直好好地生活在世界某一個角落，他的人生卻早已在不知情的時候殞落。

很不捨啊！不該這麼早就結束啊！如果當初能夠扭轉關鍵情勢，或許就不會死了啊！從昨天到今天這一刻，我都停止不了地這麼想，心揪得難過。直到偶爾回想起他載我去醫院的情景，以及那當下我滿懷的感激，那將傷心情緒一起纏繞進去的結，才慢慢鬆了開來。

就像我在《如果有一天》說到，讓過去的人成為稱職的「回憶」，就可以了。那些遺憾或是想改變過去的想法，是沒有意義的，那並不能代表死者，充其量是活著的人自我滿足的一種情緒。當你有一天再次回想起那個人，所想起的盡是關於對方的美好事物，我想，這樣就足夠了。

蘋果電腦的創辦人史蒂夫・賈伯斯剛好就在我得知友人死訊的那天離世。他這麼說過，「死亡，極有可能是生命最棒的發明，是生命更迭的媒介。」我還不能百分之百理解這個說法，但是打心底喜歡，並且期望能夠體會他說出這句話時的心情。

為什麼會扯到這裡來，我也不明白。或許是想藉由他那坦然無懼而又寬廣的說法，得到一點安慰吧！

晴菜　二〇一一年十月七日

【第一章】

昨夜，做了一個夢，夢到那年閃耀的夏天，你正充滿活力地奔跑。

夢到明儀尚未被悲傷浸蝕的臉龐是那樣美麗明亮，好奇著，等待著。

即使在夢中，我也暗暗希望……希望這一刻光景凝結成像照片一般的東西，在世界某個地方，就連時間也找不到的那裡，一直不變地存在下去。

不過，夢境與現實總是相反。

所以我只能在偶爾的空間中，一次又一次，假設著不可能實現的妄想。

如果明儀未曾那樣死心塌地地喜歡你。

如果你還好好地留在我們身邊。

阿堯，你說，那會是怎樣的世界呢？

…………………………………………………………程硯

「喂，那個……能不能請你幫個忙啊？」

「什麼？」

「就是……這個……該怎麼說呢？說了你大概會生氣吧！」

「那就別說。」

「你怎麼這樣？還有，人家在煩惱怎麼開口時，你不要盯著參考書猛看好不好？」

顏立堯一把抽走參考書，靠著籃球架的程硯手還晾在半空中，無奈地面向他。

「拜託你有話快說，下一堂要考試。」

「你就只顧著念書。」

他意氣用事地將書扔回去，程硯接住後，神色自若地翻找剛才讀到的地方。顏立堯站在一旁沉默片刻，忽然開口。

「除了念書之外，能不能幫我照顧另一件事？」

「說吧！」

「蘇明儀。」

那個女孩的名字一出現，程硯立刻將視線自書本抬起，詫異回望他。站立在對面的顏立堯不再是平常那個嘻皮笑臉的孩子，毅然決然的表情令程硯感到事有蹊蹺。

「你在說什麼？」

「我在說，等到畢業，我去住院之後，蘇明儀……幫我照顧蘇明儀。」

察覺顏立堯是認眞的之後，程硯又轉向手上的參考書，淡淡地，「不要。」

「喂！阿硯……」

「那是你的事，你覺得需要就自己去做。」

「你以為我不想嗎？」

「那就乖乖地待在她身邊，別做什麼畢業就分手的約定。」

「我就是沒辦法才拜託你！好！要是你不答應，畢業後我也絕對不跟你聯絡！」

程硯用「你居然用這種手段威脅我」的目光回應他，他卻賭氣把雙眼瞪得更大，好彰顯自己的決心，直到對面的死黨拿他沒轍為止。

「你到底要我做什麼？」

就在那一天，春暖花開的五月，顏立堯要程硯為他做的事，一答應就是好幾年的時光，好幾年，他總能想起那個五月天，顏立堯真摯的語氣，和胸口隱隱的疼痛。

「不要讓蘇明儀知道我生病的事，不要讓她知道我去了哪裡。她哭的時候……那個時候，你把我講成壞人也沒關係，就是別讓她一直哭下去。確定她不會做傻事，她有時候很固執的，沒人阻止她，她會一頭熱地衝下去。還有……」

聽到這裡，程硯已經為難嘆氣，「那些事太強人所難了吧！」

「我還沒說完。」顏立堯定定地注視程硯，自從程硯認識他以來，從未見他如此堅定，「你照顧蘇明儀，就算最後你們兩個人在一起，也沒關係喔！」

他的話讓程硯大吃一驚，說不出話，覺著有什麼被赤裸裸地剝開。

「換作是別人，我才不拜託那些事。是你，就不一樣。」顏立堯反倒先噗嗤一笑，搔搔頭，「我說眞的。如果是你和蘇明儀，是最好不過了。」

下一秒，一記拳頭便重重落在他臉上！那是向來溫和的程硯第一次出手揍他，他摔在地上的那一刻，熱鬧的籃球場旁揚起好高的灰塵，被陽光曬成像金沙一樣發亮，不知道什麼時候才會散去。

那是他們最燦爛的季節。

現在已經不在了。

✉

大學剛開學，到處可見大一新生在校園流動，有的拖著行李，有的拿著地圖找路，陪同的家長也不少，三五成群，熙熙攘攘的笑語到了集合時間才沉澱下來。上午十點鐘，大部分大一新生都在禮堂聽學校師長致詞，雖是乏味冗長的場合，畢竟剛踏進多采多姿的大學生涯，悸動的心裡還是有藏不住的期待在雀躍著。

他們眞的告別高中那個年代了呢！原本應該是空蕩蕩的禮堂，換成了可以舉辦各種表演會的音樂廳；清涼的冷氣，取代了在天花板轉個不停的風扇；坐著的，是足以讓人昏昏欲睡的柔軟椅子。

明明是新生活的開始，卻有人事已非的感慨。爲此，程硯暫時將注意力自台上抽離，看看四周學生。不意，程硯發現右手邊隔了好幾排的座位有張熟悉面孔，比他更不專心於上面師長說了什麼，一直探身張望。

原來蘇明儀也來了啊！她很拚命地考上顏立堯或許會就讀的大學，跌破高中老師和同學的眼鏡，不爲別的，只爲了尋找一畢業就不知去向的男朋友。

明儀極力想捉住什麼的殷殷視線穿梭在每一張陌生臉孔，偶爾引起附近學生的注意，也會跟她一起環顧四周，沒瞧見特別的，只當她是怪女孩，又把注意力轉回台上去了。

「確定她不會做傻事，她有時候很固執的，沒人阻止她，她會一頭熱地衝下去……」

當時顏立堯所說的「傻事」，大概就是指這個吧！程硯看看台上走下一個人，又換了另一個人上去，沒完沒了似的，就像她不找到顏立堯不會罷休。一想到這裡，程硯困擾地吐氣。

「蘇明儀。」

聽見自己的名字，她轉頭，大大的眼睛在新環境還保持舊有的明亮與坦誠，特別是知道來者是程硯，還閃過一抹欣喜的光采。

他們都有選修通識課的日文，一個星期會在課堂見上兩次面。班上這位聰明又寡言，樣子挺好看的男生主動來找明儀，圍在明儀身邊的女同學同時閉上嘴，興味打量他們接下來要談什麼事。或許是發現朋友過頭的默契，明儀起身，示意到教室後方說話。

「這個給妳。」

程硯遞出一疊用釘書針釘好的資料，上頭是密密麻麻的國字和表格，明儀納悶收下。

「這是大一新生的名單，我從學校官網列印下來的。」觸見她迅速抬起的雙眼，他接著直接道明，「沒有顏立堯的名字。」

過了兩秒鐘，明儀才從錯愕中勉強發出一點聲音，「這樣啊……」

「雖然我已經對過了，不過，也許妳會想再確認一遍。」

她抓皺那份資料，因著心情被一語道破而微微臉紅，又因爲希望毫無預警落空，不知如何是好地牽動嘴角，又緊緊抿住。

把她弄得這麼尷尬，他是不是做了多餘的事呢？程硯開始後悔給她那份資料，只是，見她像隻無頭蒼蠅一樣在學校每個班級亂飛亂撞，總想做點什麼來阻止她。

「謝謝你啊！」明儀最後還是對他笑一笑，笑得跟從前一樣傻氣，「幫我……幫我找資料，省下不少時間。」

和高中時期比起來，她有哪裡不太一樣了，眞奇怪，明明是相隔一兩個月的事而已。高三下學期後，明儀就不再剪頭髮，原本的短髮愈留愈長，她用一個小小的、別緻的蝴蝶髮夾梳起公主頭，又因爲不習慣夾髮，右手總是有意無意觸摸那隻蝴蝶，確定它還在。到現在，女人味已經一點一點壓過青澀氣息，她穿著從前不常見到的便服，往後大概也不會再有穿上學生制服的機會，蛻變，正在不容易察覺的瑣事中悄悄進行著。

「對了，等我一下。」明儀回到座位，拿了一本小冊子過來，「湘榆做了通訊錄給大家，這是你的。」

湘榆是明儀高中時代的死黨，明儀和顏立堯交往之後，他們四個人經常聚在一起念書、喝茶。程硯打開通訊錄，裡面全是高中同學們的資料，念哪間大學、在大學的聯絡地址、電話、e-mail，不意，某一頁的資料讓他停下翻閱動作。

顏立堯那一欄是空白的，如同他的人就此蒸發了一樣。

「怎麼了嗎？」他在那一頁逗留得特別久，明儀奇怪探問。

「沒有，秦湘榆對這種事總是很有幹勁。」

「對呀！我收到她寄來的通訊錄時也嚇一跳，明明不久前還在做調查的，結果馬上就做好了。」

一提起熟稔的好朋友，她一下子變得開朗，滔滔說起湘榆的行動力。

她看起來很好。一個星期兩次在日文課的見面，她總是笑著的。

他忽然想知道，當她也翻到空白的那一頁，又會是怎樣的表情？

日文課一下課，學生們帶著屬於自己的東西離開方才還聚在一起的教室，各自前往各自的科系班級，散了去。

明儀夾在人群中，朝反方向回頭探望，遇上程硯尚未離開的目光，露出遺憾微笑，這個小動作被身旁同伴發現，立刻引來朋友曖昧的關注。

下堂課的學生漸漸混入散去的人潮，他隔著愈拉愈遠的距離望著她們推鬧，用大學生的方式笑著，最後消失在寬大方柱的那一頭。新的朋友、新的髮型，十九歲的蘇明儀，顏立堯，你眞的不想看一看嗎？

星期六的晚上，宿舍幾乎人去樓空，大家都被週末這個神奇的時光抽空似的，整棟大樓總會像進入什麼時空隧道般，變得跟廢墟一樣。

直到晚上十點過後，學生才陸陸續續出現，各種聲音也紛紛出籠。浴室嘩啦嘩啦的沖水聲、拖鞋啪噠啪噠踩過走廊的響聲、夾雜幾句髒話的聊天聲，原本不知道消失到哪裡去的人們又隨著時間回來了。

「你們兩個都在呀？」

門開，程硯室友之一的許明杰快快樂樂地進來，發現程硯正專心修理桌上被解體的筆記型電腦，再看看另一位室友阿宅窩在床上看漫畫，大感驚訝。

「你一直在修電腦？從我出去到現在？」

程硯頭也沒抬，「快好了。」

「幸好有程硯在，沒辦法上網簡直要我的命！」阿宅急躁地丟下漫畫，探頭看看程硯的狀況，「快好了嗎？晴天娃娃快上線了耶！」

他的本名是什麼幾乎已經沒人記得了，反正大家都管他叫阿宅，他非常沉迷線上遊戲和漫畫，最近認識一位暱稱是「晴天娃娃」的網友，整個人就像和電腦談起了戀愛。

「你這個活在虛擬世界的人，趕快覺醒吧！」

許明杰最豪邁，毫不忌諱地脫掉上衣，有時只穿四角褲到處跑。不過今天他只脫掉上衣就心滿意足地往床上倒去。

「今天可是週末耶！年輕人就應該跟我一樣，出去晃一晃，多認識一些女孩子。」

程硯沒理他，阿宅倒是頗感興趣，「對喔！你今天聯誼喔！怎麼樣？有收穫嗎？」

「嗯……」他盯著發黃的天花板，賣關子半天，才眉開眼笑，「算是有吧！」

「誰啊？長得怎麼樣？」

「我學伴，長得很可愛，很……說『樸實』會不會太貶低她？總之，就是很可愛啦！」興致來了，許明杰索性坐起身，盤起腿，喜孜孜形容，「她啊……說是被高中男朋友甩了，一畢業就被甩，被她朋友拱出來招認的。看她一直在強顏歡笑，就覺得……好可憐啊！好想保護她，好想讓她趕快忘記害她傷心的前男友。」

「然後呢？你們有沒有自己帶出場？」

「沒有，她吃完飯就說要回去，我只送她到宿舍就又去續攤。還在療傷的女孩子好像對聯誼不是很有興趣，她說她是出來湊人數的，啊……連講話都這麼老實。」

聽到這裡，程硯放下螺絲起子，回頭看許明杰，直到他發現，反問：「怎麼了？」

「……她的名字是？」

「蘇明儀，好聽吧！」意識到不對勁，許明杰收起笑臉，「你該不會認識吧？」

程硯沉吟片刻，繼續組裝筆電，「高中同學。」

「眞的假的？」許明杰跳下床，挨到他身邊，「那她眞的被甩了嗎？你不會也認識那個前男友吧？」

「不要問我私人問題，也不要靠這麼近，擋住光線了。」

相處一段時間，多少也了解程硯這個人是非常有原則的，許明杰洩氣地回到自己的床邊，坐下嘟噥，「透露一下有什麼關係？想追她才問的啊……」

「笨蛋，那個女生如果真的那麼好，程硯早就自己追了，哪輪得到……」

阿宅風涼話還沒說完，程硯就把筆電用力推向他瘦巴巴的胸口。

「再亂講話，以後筆電你自己想辦法。」

他的嚴厲讓阿宅緊抱筆電，呆呆點頭。許明杰目送程硯帶著換洗衣物出去，等門關上，才和阿宅相對撇撇嘴。

「中秋節快樂！阿硯，大學好玩嗎？可別跟我說『沒什麼』這麼無聊的回答，再怎麼樣，一定比我待的地方好上一百倍！醫院的隔壁是一所國小，每天看那些小鬼上課又下課，大概就是我一天中唯一的樂趣。對了，明儀也好嗎？交男朋友了嗎？算了，當我沒問好了。」

手機螢幕顯示來自顏立堯的簡訊。他們約定好，顏立堯不定期報告近況，但程硯不會主動聯絡他，也不會追蹤他的下落。只要知道他還安好就夠了，程硯並不介意那個無理的約定。

他再次瞥了簡訊的最後一句話，喃喃自語，「把問題刪掉再寄不就好了。」

沒有去浴室，他來到聯誼室，在窗口讀著簡訊。這裡的學生不怎麼常待在聯誼室，那裡落得清靜，只有一台沒有開啓的電視和無人沙發。經常呈現眞空狀態的聯誼室，和擁擠又髒亂的走廊形成強烈對比。

「嗨！原來你在這裡啊！」

肩膀被拍一記，程硯一看是許明杰，他手裡也捧著換洗衣物。

「浴室客滿。」程硯說。

「對呀！大家都挑在同一個時段洗澡。」許明杰應付式地接腔，安靜一會兒，突然冒出一個道歉，「抱歉呀！我剛想到，也許蘇明儀或是她的前男友跟你不是那麼膚淺的關係，也就是不是那麼表面的關係。」

「你在說什麼？」

「這個嘛……」他用力搔頭，吊兒郎當地咧開嘴，「就是如果我隨便說他們壞話，你會非常生氣的那種關係。」

「沒有生氣，我只是不喜歡說別人的事。」

「我知道，我知道。唉！怎麼我身邊就沒有口風這麼緊的朋友？」他背靠牆壁，誇張地唉聲嘆氣，然後掉頭對程硯眞誠地笑笑，「很幸運，當你的朋友。」

這個角度，剛好讓日光燈的光線反射在許明杰左耳上的銀色耳環，他只戴一只耳環，就某種意義上爲他添加幾分魅力。如果顏立堯也上大學，或許他也會打耳洞，五個、六個都有可能。

許明杰在某些方面和顏立堯挺相像的，他們都活潑、古靈精怪。和許明杰相處，有時會有他是顏立堯的錯覺。

「嘿！如果，我說如果，我追蘇明儀的話，應該OK吧？我總覺得該問問你。」

程硯看了他一眼，又面向窗外，「那是你的自由。」

夜晚的窗外捎來明顯秋意，涼涼的。取代持續了兩三個月的蟬鳴，如今躲在草叢中吟唱的，是叫不出名字的蟲子。他們和顏立堯在盛夏分開，轉眼間，樹上葉子已經開始飄落。

時間不斷前進，人們也是。蘇明儀會忘記一切傷痛，迎向新的未來，那一天，一定會來到的吧！

剛開學，大一新生大多沒有自己的交通工具，腳踏車是最基本的，在學校換教室上課很方便。

因此明儀假日要回老家，總是先在宿舍外搭公車，再轉乘火車。起初，程硯也是如此。

那天是星期五的下午，學校已經沒課，他搭上公車，誰知車上意外滿載，他站在車廂後方，走道也有兩三位跟他一樣沒位子坐的乘客。

停了幾個站之後，前面位子似乎起了爭執。先是聽見客氣的讓座請求，後來大概沒得到回應，那個女生又稍微提高音量，「小姐，這裡有孕婦，可以讓座嗎？」

這一次程硯可就聽得很清楚了，他側頭尋去，明儀果然也在這班公車上，她站得直挺挺，盯著那位坐在博愛座的少婦。少婦的打扮透著風塵味，手腕和小腿背蜿蜒著鮮明的幾何圖形刺青。她身旁那位彪形大漢則面露凶光，回瞪明儀，而少婦還在裝傻。

於是明儀又問了第三次，站在她旁邊那大腹便便的孕婦已經不好意思地低聲說「不用了」，四周乘客也等著看好戲，但明儀還是不肯罷休。大漢動動身體，他應該是和少婦一起的，讓人不禁擔心接下來他是不是會對那位女大學生動粗。而少婦此時才正眼轉向明儀，憤憤不平地回嗆。

「爲什麼要讓座？我懷孕的時候也沒人讓座給我啊！」

這一刻，火藥味濃厚的場面令程硯不由得往前移動，才靠近一兩步，明儀便開口了。不是憤怒，也不害怕，她微微笑著，「這樣啊！如果我那時候遇見妳，一定讓座給妳。」

不知道是她的笑容，還是那句話的魔法，只見彪形大漢低下頭，瞄了一下少婦，少婦愣愣，努個嘴，負氣地把包包拿起來，站到車門邊去。

「謝謝妳！」

明儀刻意將道謝說得很大聲，少婦還是不領情，用力把臉別開。見義勇爲的明儀看上去精神奕奕，挺快樂的，沒有顏立堯在身邊的她，堅強多了。

就這樣，直到公車到站，程硯也沒去找明儀，她一下車，便頭也不回地跑去買車票，坐的又是不同車廂，於是明儀始終沒能發現程硯近在咫尺的蹤影。

「哥，二伯母做的杯子蛋糕。」

盈盈邊說邊推開門走進來，程硯正在書桌前上網，住了手，萬般無奈地唸她。

「不是說過，進別人的房間前要先敲門嗎？」

「你又沒有在做壞事。」不管他要不要，盈盈隨手把杯子蛋糕放在桌上。

「這不是有沒有做壞事的問題。」

「不說這個了，哥，你眞的要買機車呀？」

她跳到床上，發現他的電腦桌面正是各種機車的資料。

「剛剛在餐桌上不是說了？」

「是呀！不過你只跟爸說你想買機車，並沒有很確定嘛！現在……」她偏個身子，對電腦桌面俏皮地擠眉弄眼，「現在就很確定你是眞的要買機車啦！」

「不干妳的事吧！反正是用我自己的錢。」

八成認爲自己沒辦法專心上網了，程硯乾脆拿起蛋糕，剝開包裝紙。

「好奇嘛！你本來不是想用那筆錢把這台老爺電腦換掉？」

「有機車比較方便。」

「方便？」終於聽見自己想聽的，盈盈興奮地挺直上身，「方便什麼？載女朋友啊？」

「不是，從學校去火車站比較方便。妳不要在別人床上吃東西，最重要的是，沒事就出去。」

「什麼嘛！這是什麼爛理由。」她活脫像個洩氣的皮球，癱坐回去。

「跟妳沒關係的理由。可以出去了吧？」

一進門就聒噪不停，還把他的話當耳邊風的盈盈抗議般地支吾幾聲，接著有好幾分鐘都不再吭氣。程硯回頭看，她已經趴在床上，舒服地靠著枕頭，慵懶地發呆。

「說到女朋友……你的公主怎麼樣了？」

「什麼公主？」

「就是以前顏立堯臨時要住院，叫你代替他赴約，和你約會的那個公主。」

他想起來了，高三那年的某個假日，的確有過那麼回事。那大概是他唯一一次不用遠遠觀望，而能夠肩並肩地……去了解她。

「她不是公主，就算是，也是顏立堯的。」

「不過顏立堯失蹤啦，已經不算了。那時你送她回家，路過我們家，我啊……偷偷看見那個公主了，就在心裡想，如果她能夠從你眼裡看見她自己就好了。」

「那是什麼邏輯？」

盈盈施加力道，撒嬌地抱緊枕頭，「這麼一來她就會知道自己是個幸福的公主。」

「……」

「即使顏立堯不要她了，她還是很幸福的喔！」

程硯沉默了，最後又轉回書桌，對著電腦螢幕，什麼也不做，什麼也沒瀏覽，關於幸福，他一點也不明瞭。

如果她是幸福的，為什麼他在努力維護這個幸福的時候，內心深處會有一絲深沉的罪惡感？

如果她是不幸福的，那麼他留在她身邊的意義又是什麼呢？

假日結束，返校後過了兩天，一個醒來後就怎麼也無法再入睡的清晨，看看電子鐘顯示六點十三分，程硯抓起一件長袖襯衫套上，通過能清楚聽見打鼾聲穿透牆壁的走廊，來到運動場。無人的運動場在淨空時感覺異常寬廣，圓弧型的跑道、修剪矮短的草皮、跑道輪狀的白線，在晦暗的天光中頗有外星球的感覺。

他對運動不是很感興趣，有時想起顏立堯，便會想看看和他有關的事物，見到了，又覺得人生眞是充滿諷刺。顏立堯喜歡跑步，但顏立堯已經不能跑了。

就在這個時候，有一道聲音吸引他的注意。一種規律的、放大不起來的聲響，一拍一拍，安穩的節奏持續了很久很久。

跑步的人是明儀，說實話，他並不意外，明儀也喜歡跑步，只是他沒料到會是在這麼大清早的時間。

爲了不打擾她，程硯原本打算離開，但，她跑步時那全神貫注的模樣，又讓他不由自主地逗留。

他永遠也想不透，爲什麼只是在遠處看著她，就覺得一直這麼下去也無所謂。

不意，明儀轉彎時發現他，離開跑道，朝他跑來。

「嗨！」

她只發出一個音，便彎腰喘氣，貼身的運動T恤和短褲，展現出雙腿勻稱的線條，看看她健康清爽的形象，一瞬間，他有回到高中時代的錯覺。程硯等她休息夠了，將她扔在看台上的外套遞給她。

「早安。」她穿上外套，給他一個朝氣十足的笑容。

「把汗也擦一擦吧！會感冒。」

他指指她額頭，明儀男孩子氣地用手背在額頭和兩鬢抹一抹，算是了事。

「這麼早，你來這裡做什麼？」她一邊問，一邊拿起看台上的礦泉水坐下。

「睡不著。」

「有煩惱嗎？嗯……眞不可思議。」

「什麼不可思議？」

「我總認為，就算你有煩惱，也一定可以想辦法解決。」

「我沒有那麼厲害。」

他在隔她兩張椅子遠的位子坐下來，兩人面向的方位正好是東方，能夠見到遠遠的地平線微微浮現出一層白光，他們在初光乍現的平靜中安靜許久。

這似乎是打從高中畢業後，他們第一次獨處，上一次說話也是好幾個星期前的事了，即使日文課同班，大多時候他們也沒交談。或許是如此，起初有一陣不知該如何打破沉默的尷尬。

後來是明儀先開口，「上個星期五，我做了一件不得了的事喔！」

她將公車上所發生的讓座事件說給他聽，程硯隱瞞自己也在現場，不發一語聽她說完。她說完之後停頓好一會兒，忽然把臉埋入手心，輕聲唉叫：「啊——到現在回想起來，都覺得好丟臉，做了不像自己會做的事……」

「不是很好的事嗎？」

她的臉還藏在手心，不肯抬起，「不知道好不好。下車之後，我自己想了很久，當時是一時衝動做出那種事，根本沒有想太多，沒有考慮到那個孕婦可能被我弄得很尷尬。她本來可以不用變成大家的焦點，都是我害的，她也許會生我的氣吧……」

「可能吧！」

「……我太多管閒事了是嗎？」

「不過，老想著自己是不是多管閒事，做好事的機會是會稍縱即逝的。」

明儀的臉慢慢離開雙手，轉向他，他雙肘靠著腿，微彎上身，眺望遠方，「比起經過深思熟慮才去做，第一時間反應下的行動更加單純，單純地想幫上忙，這樣不好嗎？」

「給別人帶來困擾怎麼辦？」

「如果有充裕的時間讓妳考慮清楚當然最好，不過，萬一沒有呢？就算會給別人困擾，總比事後才後悔來得好，做好事也得兩害相權取其輕啊！」

她望著他，無法言語。程硯側過頭，因她傻呼呼的模樣而感到困惑。

「怎麼了？」

「沒有。」她揚起嘴角，抿抿唇，輕輕笑出聲，「鬆了一口氣，雖然還是內疚，不過眞的鬆了一口氣。」

「本來就不是什麼大事。」

「就算是這樣，不過這幾天一直壓在心上，沒辦法不去重複想那件事。可是，現在聽你說的話，就覺得心上那顆石頭『咻』地不見，不擔心了。」

他為她生動的形容詞而淺淺笑開，「是嗎？」

明儀彎起安詳的微笑端詳他，有那麼半晌都不說話，後來才面向逐漸明亮的天空，敞開心房。

「老實說，打從開學到現在，我一直很不安。不是針對特定的事，大概是因爲來到新環境，面對一堆不認識的人、不同以往的生活習慣，這些都讓我感到不安。尤其是到校第一天，自己要去找報到處和宿舍，還迷路了，走到別棟大樓去。這學校好大，好多大樓，大得讓人想哭。雖然大學生活好像滿順利的，不過，不知道什麼時候又會迷失的感覺也一直都在……啊！我今天會不會太聒噪了呢？」

說著說著，她意識到都是自己講個不停。對於她的告白，程硯暗暗訝異。看她和朋友打鬧。也會和學伴出去聯誼，還在公車上很漂亮地處理讓座事件……這些，都讓他以爲她已經能夠獨立而堅強地走下去。

由於程硯沒回答她，明儀問得更謹慎，「我眞的太吵了？」

「不是，只是沒遇過妳一口氣說那麼多自己的事。」

她躊躇片刻，舉高手，伸伸懶腰，然後雙手撐在背後，一派輕鬆，「雖然是戰戰兢兢地過日子，不過日文課是例外喔！」

「日文課？」

「你也在那堂課裡嘛！就算沒有說話，不過一見到高中同學也在同一間教室，那個人又是程硯，怎麼說呢……就會有一種不論遇到什麼事也能迎刃而解的安心感。」

她的說法令他錯愕，「妳把我想得太神通廣大了。」

「哈哈！但是我的確這麼想呢！只要程硯在，不管是課業上的問題、生活上的問題，你都會有辦法。又或者，即使什麼都不做，只是在那裡，那麼一切就都不會有問題了。對我來說，程硯就是那樣的一個人。」

「……」

他又不接腔了，明儀偏著頭，歉然地對他笑笑，「這種想法好像挺強人所難的，不過，還是請你讓我這麼想吧！」

「妳要怎麼想，我管不著。」

「我就知道你會這麼說。」她用力起身，眺向遠方不再稀薄的晨曦，迎著那道燦爛曙光，有些刺眼，「我參加了校慶的接力賽，三千公尺的。他也很喜歡跑步，做一些和他有關的事，總覺得有一天會再遇到他。」

她沒有說出「他」是誰，彷彿那個名字已經漸漸地……成為一個會觸及傷痛的禁忌。

「我想要拿第一，想要完成當年他做不到的事。校慶應該會很多人吧！也許他會來，那時候就能看到我在這裡跑步，會知道我什麼都沒有忘記。」

明儀被初升陽光所滲透的背影，有說不出的透明，如同有一部分的她還活在過去，無法跟著時間腳步前進，殘留在回憶裡，溺著水。

「看著我跑一會兒，好嗎？」

她轉頭，望向程硯，明明被陽光溫暖地包圍，她嘴角的笑意還是透著幾分寂寞，也許他還不能明白幸福之於她的意義，然而，這份陪伴肯定是他目前唯一能做的事。

即使那完全於事無補。

「去吧！」

這個世界上，沒有什麼「如果」的事，也沒有不會醒來的夢境，只是他從未想過這一拖延，就是好些年的光陰。

顏立堯已經不在了。而她在六年之後才知道。

【第二章】

我不是笨蛋，遇到自找麻煩的事，放棄就好了。以前的我會這麼想。

然而，如果那個麻煩是自己珍惜得不得了的事呢？

最近，身邊愈來愈多人勸我要乾脆俐落地放手，明知道他們沒說錯，我反而害怕起來。

我害怕一放棄就什麼都沒有了。

我害怕一放棄就好像做了什麼不可挽回的事一樣。

我害怕我放開的，是大海裡唯一的浮木，會沉入未知的黑暗裡。

所以，顏立堯，一直拚命地記住你，究竟是因為喜歡，還是害怕呢？

如果你在我身邊，這問題就不會那麼複雜了吧！

……………………明儀

「哇！好可愛喔！」

經過夾娃娃機，那原本是明儀的一句無心之言。湘榆跟著貼在透明的壓克力板前，對裡頭那隻鴨嘴獸不以爲然地擠眉弄眼，「妳好怪！旁邊一堆兔子不是更可愛？」

「我就覺得鴨嘴獸比較可愛嘛！」

見她們停下腳步，顏立堯和程硯兩個男生也過來看個究竟。

高二的期末考前夕，他們相約假日到學校念書，傍晚便到校外買晚餐。剛買完，回學校途中逗留在夾娃娃機前面。

「好，我來。」

顏立堯將拎著的食物交給明儀，掏出零錢朝機器洞口丟。不過，很意外，這一次並沒有夾到那隻鴨嘴獸，它剛好卡在比較裡面的位置，被兩隻兔子壓住。

顏立堯不甘心，又一次掏出銅板。明儀趕緊上前勸阻，「我不是眞的要那隻鴨嘴獸，只是認爲它很可愛而已。」

他回頭，對她爽朗地笑笑，「可是現在我是眞的想要那隻鴨嘴獸呀！」

她稍稍紅了臉，說不出一句話地敗陣下來。接下來一連幾次的挑戰，顏立堯都沒能將那隻鴨嘴獸成功夾起，湘榆老早就看不下去，不停要他改夾別隻或是乾脆放棄算了。

「不要吵，我已經快夾起來了。」

顏立堯不管，賭氣著換過零錢再繼續奮鬥。明儀覺得內疚，悄悄瞄向程硯，他倒是一派無所謂的泰然自若，等他注意到明儀，她才用爲難的眼神示意由他出面。

誰知，程硯慢悠悠地說：「叫一個想要努力的人放棄，不是很沒有禮貌嗎？」

她愣住，當下有被責備的難堪。然而，顏立堯的努力並沒有結果，不久後，教官出現在路口，他們被迫離開夾娃娃機，回到學校。

臨走前，顏立堯還很不甘心，頻頻回頭看櫥窗裡那只剩一隻的鴨嘴獸。

隔天上學，明儀路過那台夾娃娃機，特別朝裡面多探一眼，發現昨天那隻鴨嘴獸不見了。

「被別人夾走了吧……」

那是預料中的事，儘管如此，還是免不了小小的失望。

「哇！」

才剛在座位坐好，迎面就撲來一團毛絨絨的東西！她嚇得起身，發現掉落在椅子上的，竟是那隻鴨嘴獸！

「哈哈哈！妳也嚇得太誇張了吧！」

丟東西過來的人是顏立堯，他笑得很得意。明儀拿起鴨嘴獸，早以為不會再見到的布偶，抱在懷裡的感覺……怪怪的，不對，怪的是她的心情，根本不曉得應該高興、驚訝還是疑惑才好，因此她只是呆呆地回望他。

「昨天回家之後，愈想愈不甘心，後來我又跑回去夾，不到五次就夾起來囉！」

她看著他意氣風發地比出五根手指頭，還是不明白，「為什麼要那麼堅持呢？」

「妳相不相信超能力？」

如果有一天

「我相信，只要對某件事非常非常堅持，那個時候人類就會有超能力，再不可能的事也可以做到的超能力！」

「啊？」

他看似十分天眞地在告訴她關於超能力的事，明儀還爲這樣的信念感到不可思議，但是，她喜歡他的笑容、他的說法，非常喜歡！

顏立堯微低下頭，伸手摸摸鴨嘴獸大大的嘴巴，「在這個世界上，如人所願的事太少了，所以總想要更努力，讓美夢成眞的可能性變得多一點，能夠多一點就好了。」

對於他另有弦外之音的話語，明儀似懂非懂地微微而笑。在不遠處的程硯彷彿聽得懂，他轉向窗外，窗外校園正被朝陽照得晶晶亮亮，背著書包的學生們踩踏輕快腳步，穿梭在那片金光中，笑語錚鏦，身上附著那些光的粒子讓他們看起來都像是奇幻世界的精靈，懷抱希望、勇氣、夢想那些美好因素的種子，邁入新的一天。

程硯托著下巴凝神眺望，他不是個浪漫的人，深知不是每顆種子都能發芽成長，有的青春還來不及揮灑，便要提早殞落。然而，他還深深眷著窗外那充滿希望的光景，直到紅了眼眶。

✉

程硯買了機車，以大一新生來說，算是滿早的。

一次在車站的巧遇，他載明儀返回宿舍，那時就告訴她，如果需要，他可以幫忙接送往返車站。

起初，明儀還很客氣，不敢隨便麻煩他，仍然搭公車代步。後來有一回她記錯火車時間，發現時，只剩二十分鐘可以趕到車站。

「怎麼辦？公車不知道什麼時候會來。」

明儀探頭到窗外，看得見公車站牌前各種車輛來來去去，就是不見公車的蹤影。

「好！妳別無選擇了！」室友小茹突然將她往外推，「去打電話吧！」

「給誰呀？」

「程硯啦！他不是說過可以載妳？」

「咦？不要啦！」明儀當下緊急煞車。

小茹也有修日文課，認識程硯，也曾目擊程硯用機車載明儀回宿舍，把冷酷的程硯和憨直的明儀湊在一起，怎麼想都是興奮到不行的發展！

她知道明儀有個難以忘懷的前男友，現在還苦苦打聽著他的下落；她知道當明儀神情落寞地在發呆，表示又想起那個前男友了；她還知道，明儀每天勤快地練跑，似乎也和那位前男友脫不了關係。

總之，身爲同學兼室友，小茹把拯救明儀當作自己的使命。如果是自己感興趣的事，小茹偶爾也會有正義感的。

「妳再這樣耗下去就別想搭上火車了，去嘛！打個電話又不會怎麼樣！」

拗不過小茹嗲聲嗲氣的要求，明儀走出房間，在公共電話前猶豫一會兒，然後下定決心拿起話筒，撥了男生宿舍的號碼。

鈴聲響了不到三聲就被接起，是一個開朗的聲音。

「喂？」

「呃……你好，請問程硯在嗎？」

沒想到對方停頓一下，脫口就叫出她的名字，「蘇明儀？妳是蘇明儀？」

明儀納悶地瞧瞧話筒，繼續回話，「我是，請問你是……」

「我是許明杰啦！妳的學伴，記不記得？」

明儀再次吃驚地拿開話筒，他和程硯同一間寢室？

「喂？喂？妳在聽嗎？」

「啊！有在聽，那個……程硯不在嗎？」

「喔！他剛走出去，妳找他有什麼事？」

「只是想問他能不能載我……沒事了，謝謝你喔！」

「等一下！我可以載妳呀！妳要去哪裡？」

許明杰的聲音聽起來很興奮，她推拖幾次，這期間還不停瞟向牆上時鐘，最後才盛情難卻地請他幫忙。

許明杰的動作果然快速，還沒到約定時間，他的人和機車已經在女宿外面等候了。

「來，妳的安全帽，是幾點的車？」

「三點三十五分。」

「還有十二分鐘，得拚一下囉！」

許明杰回頭對她表示騎快車的必要，明儀朝他握個拳，用力「嗯」了一聲！

真正上路之後，她才體會到許明杰奔放的騎車方式。蛇行和超速先不說，幾次過彎的壓地就讓她害怕得緊抓他的腰，也沒空管這麼做會不會引起他誤會了。

意外發生時，他們正快速直行，有另外一輛機車毫無預警地從巷口衝出來，明儀根本沒見到是怎麼撞上的，等她聽見刺耳的撞擊聲響，人已經整個被甩出去！落地的剎那，右腳踝一陣劇痛，痛到她一度試著爬起來，又跌坐回去。

許明杰也同樣滾出去，但是他馬上起來探望明儀的情況。

「蘇明儀，妳有沒有怎麼樣？有哪裡受傷嗎？」

除了腳很痛之外，她還沒能弄清楚整個狀況，這是她生平第一次出車禍，嚇壞了。勉強環顧四周，看見許明杰倒地的摩托車前檔已經裂開，幾塊碎片散落在地，而他帥氣的臉上有一道輕微卻怎麼也無法忽略的擦傷。

對方是一位歐吉桑，他的情況比較沒有大礙，嘴上罵一罵、唸一唸，牽起機車，逕自騎走。

「喂！」

許明杰見狀，追了幾步，他老人家轉個彎便不見人影。一旁好心的路人將明儀扶起來靠牆，問說要不要叫救護車。

「救護車太慢了，我載妳去吧！我的車破雖然破了，還是可以騎。」

許明杰再次載她上路，只不過這一次不是前往車站，而是醫院。

已經趕不上那班三點三十五分的火車了吧！明儀想。現在火車再也不是最要緊的事，她的腳不時陣陣疼痛，痛得她必須用力抓握機車後把手，才能暫時忍耐下來。

「對不起啊！都是我騎太快了，害妳趕不上火車，還受傷。」

急診室裡，許明杰不斷道歉。明儀從沒到過急診室，原本就不自在，加上他又自責萬分，更令她手足無措。

「沒關係啦！要不是爲了要載我去車站，也不會撞車呀！而且你的車也壞了，我才應該說對不起……啊！好痛好痛……」

似乎只要身體一用力，腳就會痛起來，許明杰見她彎著身子抱住腳踝，住了嘴。

打從意外一發生，就著急得吵吵鬧鬧的他，此刻忽然像洩了氣的皮球，他垂著雙手，失望而後悔地注視明儀紅腫的腳踝。

明儀發現了，她伸出手，柔柔握住他手腕，這個動作叫他回神，如夢初醒地望向她和善的面容。

「不要放在心上喔！我不要緊，眞的。」

「……」

他被她握住的手，牢牢拳握起來。

這時，一位護士推了一台輪椅過來，要明儀去照X光。她坐好後，護士又轉向打算跟上去的許明杰，「你留在這裡就好，等一下會幫你處理傷口。」

已經被護士推走的明儀一聽，趕緊回頭將許明杰打量一遍。距離拉遠，才發現原來他受傷的地方不只有臉，手臂和膝蓋的褲子都被乾掉的血跡染得紅一片、褐一片。手臂上的傷口很大，傷勢根本看不清楚，只知道就是血肉模糊，光是用看的就覺得痛了，他居然還一路騎車載她到醫院。明儀一直朝後注視他，直到輪椅被推進電梯爲止。

急診室的空調很強，她並不覺得冷，可怎麼……心哪，反而爲了一股無以名狀的暖流，輕輕顫抖了起來。

檢查的結果，許明杰的是外傷，只要傷口癒合就好。明儀的情況就比較麻煩，她的腳踝骨裂開〇．二公分，前兩個星期必須上石膏固定，復原至少要一個月。

「一個月？可是我三個星期後就要比賽了，怎麼辦？」

這噩耗讓明儀立刻向醫生發難，醫生卻無關痛癢地露出職業笑容，「那就沒辦法了，放棄吧！」

「放棄」那兩個字一滑入聽覺，猶如巨大落石撞了進來，激盪出的反感出乎意料的大！她覺得憤怒和無力，卻一句話也無法反駁。

「臨時有事，就不回去了，嗯！下星期……可能也沒辦法回去，總之，我這邊忙完就會打電話回家跟你說，好。」

和老家的哥哥通完電話，她心虛地對著從許明杰那裡借來的手機失神。許明杰的傷口包紮完畢，一跛一跛近前來，說：「我們回去吧！先送妳回女宿。」

「你還能騎車嗎？要不要叫計程車……」

「我請室友來載我們了。」他莫可奈何地苦笑，「本來想自己載妳回去，可是不知道爲什麼，一放鬆下來，才覺得傷口眞的好痛，他媽的痛！」

明儀爲他貼切的形容噗嗤一笑，稍後又察覺不對！許明杰剛剛說叫室友來了，他的室友不就是……

這個念頭剛閃過腦海，急診室的自動門打開了，程硯和阿宅一前一後地進來。

阿宅看起來並不習慣外出，誠惶誠恐，不停打量著四周，一有人走近，他就閃到旁邊去。他其實不矮，只是老駝著背，和程硯走在一起便差上一截。程硯則是那個始終如一的程硯，冷靜沉著。明儀看著程硯，他卻沒看她，只是簡單向許明杰詢問現在的狀況。說完之後，許明杰走過來。

「蘇明儀，程硯會載妳回宿舍，阿宅就載我回去。明天我再打電話給妳。」

可不可以讓那個宅什麼的載我呀？明儀在心裡哀求。雖然和那個自閉羞澀的男生不相識，他也一副神經兮兮的模樣，但不管怎樣，肯定都比和現在的程硯獨處來得輕鬆。有一道直覺，她說不上來。關於這次意外，程硯會生氣，她會挨罵……這是什麼爛直覺？

「我背妳。」

程硯走到床前，背向明儀。明儀伸出手攀住他肩膀，因爲陌生的溫度又失手放開。

他側頭見她坐回床鋪，一板一眼交代，「手要抓好，再摔下去就不是骨頭裂開這種小傷了。」

「是。」

不知不覺，她對他的態度嚴謹了起來。

從急診室到停車場不過一百多公尺的距離，程硯卻走了好久。他慢慢走，盡量不去晃動到背上的明儀。他什麼話也不說，她卻懂的。

程硯的肩膀和背部有硬邦邦的觸感，雙手扶在上面，還能感覺到男性肌肉的活動，明儀凝視自己的手安放在他肩膀的姿態，不曉得爲什麼，他的沉默竟讓她莫名心安，比起在急診室一連串的急躁，他一出現，似乎那些紛紛擾擾都自然平靜了。

「腳，很痛嗎？」

他驀然出聲，既低沉又厚實的聲音，卻出奇溫柔。她一聽，稍早前在許明杰面前努力築起的堅強一下子都潰了堤。

「……嗯。」

她低下頭，藏起眼角不爭氣而湧現的熱意。

兩個人一路上都沒交談，回到女生宿舍。明儀留在機車後座，等程硯打電話給小茹，不多久，小茹拿著向宿舍借來的枴杖跑出來。

「天哪！明儀！妳裹石膏耶！這麼嚴重呀？」

小茹嬌聲的驚叫有些做作之嫌，引來一旁同樣流連在女宿外的男女注意，不過她才不管，繼續誇張地向明儀問東問西。程硯將明儀扶下車，交給小茹，仔細交代醫生囑咐的注意事項，哪些食物不能碰、最好別做什麼活動、藥包怎麼吃等等，最後才說：「不好意思，接下來就麻煩妳了。」

小茹一怔，匆匆堆起甜甜笑臉，「放心吧！」

一直到明儀回到房間，她和程硯還是沒能說上多少話，頂多在分別時向他道謝，他制式地回句「不客氣」，如此而已。

經過一番折騰，好不容易得以離開急診室，她以為今天的車禍風波也告一段落，然而，從程硯難以理解的態度看來，並不是這麼一回事。

「來，妳的晚餐。」

出門的時候是下午，回到宿舍已經接近八點，明儀餓壞了，呼嚕呼嚕吞著小茹買回來的麵。吃到一半，發現小茹反向坐在椅子上，雙手靠在椅背，歪著臉，眼神直勾勾地打量她。

「幹麼？」

「平常沒什麼機會聽到，不過剛剛仔細一聽，才發現程硯的聲音很有磁性耶！」

「啊？」

「跟同年紀的男生比較起來，他的說話方式真的成熟很多，真的！整個人又很有教養，他爸媽一定把他教得很好。」

看著小茹嚮往出神的表情，明儀低聲說：「程硯只跟爸爸住。」

「咦？媽媽死了？」

「離婚了，在他國小的時候。」

「是喔！單親家庭的小孩還能長得這麼好，不簡單哪！」

小茹把人說得好像植物一樣，明儀倒也認同她的說法，點點頭。

多年之後，明儀曾經好奇地問過程硯，他和顏立堯到底爲什麼會這麼要好。程硯說，單親家庭的小孩容易受到排擠，顏立堯卻主動和他熱絡親近。

明儀半信半疑，「就因爲這樣？」

「像阿堯那麼有正義感的孩子大有人在，不過他是唯一一個……不會讓我覺得和其他人不一樣的朋友。」程硯當時的語氣透著含蓄的歡愉，和寂寞。

小茹接著分析起程硯，「他剛剛臨走前要我照顧妳，那種說法……好像妳是他自家人一樣。」

明儀停止筷子動作，小茹神祕兮兮衝著她拉長音調侃，「還說你們沒什麼……」

「大概是因爲我們是同鄉吧！」

也或許是顏立堯的關係。她這麼想的時候，心，悄悄酸了起來。

「同鄉」的字眼，勾起她想家的念頭。若是沒發生車禍，此刻的她應該在家陪哥哥看球賽，或是和湘榆約在某家咖啡廳天南地北地敘舊。

那一夜，明儀徹夜難眠，一方面是腳傷痛得受不了，另一方面，她反覆回想今天程硯的冷漠。她並不想要撒嬌，那會讓一個人變得軟弱。然而這個晚上，明儀把自己裹在棉被中，久久不想出來，忍不住在心裡問起一個迴避已久的問題。

顏立堯，你爲什麼不在這裡？

「腳骨裂開？這跟骨折哪裡不一樣？我看我下星期去找妳吧！反正剛考完期中考。」湘榆從電話得知明儀腳傷的消息，十分有義氣地說要蹺課來找她。

那時，明儀已經擺脫石膏的束縛，試著用雙腳走路，復原情況比預料中好。

湘榆在日文課上課前半小時像隻花蝴蝶翩然來到，她站在宿舍門口，丟下手上行李，一身亮眼的入時打扮，臉上掛著的卻是記憶中同樣親切率性的笑容。

「哈囉！風紀，好久不見！」

她用明儀高中時代的職稱叫喚，明儀從錯愕中驚醒，顧不得腳傷，往前奔去，緊緊抱住湘榆的脖子。

「哇塞！需要搞得像失散多年的姊妹重逢嗎？」

湘榆咯咯笑起來，明儀將她摟得更緊，百感交集下，輕輕在手臂上印掉才剛奪眶而出的眼淚。

明儀的一位室友住進來不到一個月，馬上就搬出去外宿了，所以現在空出一個床位，這三天湘榆可以睡在那裡。

湘榆和小茹都是公認的美女，也有勻稱的身材足以撐起美麗衣裳，不同的是，一個是女王型，另一個是嬌滴滴型的。兩人初次見面就很合得來，聊衣服、聊彩妝、也聊男生。

「妳勸勸她，腳都沒完全好，還想去賽跑！」小茹指著明儀，想要聯合湘榆一起來對付她，「老師都出面勸她放棄囉，她還不理，不知道在死腦筋什麼。」

湘榆果然也很配合，端起不敢置信的高姿態唸她，「賽跑？妳有沒有毛病呀？真的跑下去，妳的腳就廢了啦！」

明儀不喜歡那些勸說，打從心底不喜歡。

「也許腳會好得比想像中還要快也說不定哪！現在已經不痛了，再過幾天就會完全好的。」不願繼續這個話題，她拿起背包，「走吧！日文課快遲到了。」

湘榆興致勃勃跟著去旁聽，她的出現不僅吸引其他同學的目光，也讓程硯露出難得的驚訝神色。

「哈囉！你還是老樣子嘛！又聰明又欠揍。」

湘榆不管這座位已經擺了書本，擅自坐下去跟程硯聊起來。程硯嘴上沒說，但見到老同學，神情挺愉快的。

「妳還是一樣，講話牛頭不對馬嘴。」

「才沒有呢！你不知道班上聰明的學生就特別欠揍嗎？」她歇一歇，回頭看看明儀並沒有過來一起聊天的意思，轉而質問起程硯，「有沒有好好照顧我們明儀呀？腳受傷了，很不方便耶！」

他停頓一下，單手翻動課本，「要照顧也輪不到我吧！不是有同班同學和室友嗎？」

程硯的語氣沒來由地冷了下來，湘榆瞧瞧擺出「與我無關」態度的程硯，再瞧瞧始終留在座位上的明儀，心裡有數地頷首，「說得也是，你又不是住海邊的，沒必要管得這麼廣。不知不覺就會把她當作是你的責任，眞不好意思呀！」

他再度擱下課本，看嬌媚的湘榆托起下巴微笑，無動於衷地將視線轉回去。

「搞不懂妳用激將法是什麼意思。」

湘榆立刻變臉，皺皺鼻，以一種「憤而離去」的氣勢起身走開。

下課後，湘榆挨過去和明儀擠一張椅子，故意放低聲音問：「跟程硯吵架囉？」

明儀困擾地抿起唇，猶豫很久，「……妳覺得我們像是吵架了嗎？」

「這個嘛……跟程硯那種人不太可能吵得起來，所以是在冷戰？」

「湘榆，他好像在生我的氣，可是我不知道他是爲了哪一件事生氣。」

說到這裡，兩個女生同時轉頭看向斜對面的程硯，他正在和同系的同學說話，就跟往常一樣。

湘榆見明儀十分苦惱，拍拍她的肩，「安啦！妳學伴不是他室友嗎？找機會向學伴打聽看看不就知道了？」

話雖如此，等到當晚見到許明杰之後，對於湘榆自信樂觀的說法，明儀就不是那麼確定了。

湘榆從小茹那裡得知明儀的學伴非常積極，在明儀行動不便的期間，不時送三餐和消夜過來，有時還自告奮勇要接送她上下課。

於是，她趁著許明杰送消夜來的機會，跟著來到女宿門口，想一探究竟。

許明杰發現走出宿舍的不只明儀，露出小小的驚訝，然後客氣地將麵線糊遞出去。

「我不知道妳朋友來，早知道就多買一份。」

外貌協會的湘榆對這個男生第一眼就頗有好感，沒等明儀接話，就大方將貢品接過來，「沒關係，沒關係，女生吃太多，需要減肥就不好了。」

「不會啦！妳們都很有大吃大喝的本錢。」

許明杰也不是省油的燈，誇女孩子的話自然而然就溜出嘴。他們兩人一搭一唱，明儀根本插不上話，直到湘榆故意提起許明杰勞心勞力的各種服務，她才回神，想起自己應該要道謝。

「不好意思，這陣子一直麻煩你，謝謝啊！不過，我的腳已經好多了，你眞的不必再多費心了。」

「這是應該的，妳千萬不要覺得不好意思。說來說去，會發生車禍都是我騎車騎太快的關係，程硯罵過我了。」

「程硯？」聽見那名字，明儀心頭一震。

「是啊！出事的隔天他就怪我騎太快，說什麼『趕火車有比安全重要嗎』。」說到這裡，他大概又回想起被責罵的情景，既懊惱又沒轍，「被教訓的當下很生氣，又很不甘心，明明對方那個歐吉桑也有錯啊！不過冷靜下來，才認爲程硯沒說錯，在他面前，我無話可說。」

「那，有沒有罵我？」

明儀脫口而出，許明杰奇怪地「啊」一聲，她也不好意思地閉嘴。

許明杰連忙搖手，「他沒有罵妳喔！爲什麼要罵妳呢？每次我載妳去醫院回診回來，他都會稍微問一下妳的情況。」

湘榆靈活的眼珠子轉到身旁的明儀上，她則緊抿雙唇，在突來的安心和感動中，說不出話。

一回到房間，關上門，明儀一骨碌往下蹲，把臉埋入膝蓋唉叫，「啊——沒在生我的氣，那到底是怎麼樣嘛？」

「小茹還沒回來呀？」湘榆看著時鐘顧左右而言他。

「她在計中上網，不到門禁時間不會回來的。」

「上網有這麼好玩嗎？」

「她最近認識一個網友，被迷得神魂顚倒，老是說對方有多體貼、多有學問。」

「沒見到本人都不算數啦！」湘榆很現實地斷言，然後朝明儀頭頂拍一下，「把臉抬起來，一起解決這麵線糊吧！」

明儀無精打采地站起來，幫忙動作迅速的湘榆把麵線糊從塑膠袋倒進碗公，留下一半給小茹。

「哇噻！好好吃喔！明儀，妳好幸福，學校附近有這麼好吃的美食！」

「不是在附近，這家麵線糊騎車要二十分鐘才會到。」

「二十分？那我這次不就來對了！喔耶！讓我遇見美食！」

她喜孜孜呑下一口麵線，大呼過癮，明儀卻動也沒動，只是對著那碗麵線嘟噥，宛如正在訴說一個悲傷的故事，「我倒是常吃，雖然已經告訴過許明杰，不用那麼費心，可是他好像都聽不進去。」

「既然這樣，妳就別辜負人家的好意了。」

「他如果只是普通的學伴那還好。問題是，知道他是因爲喜歡我才對我好，就不能……不能那麼簡單就接受。」

「我知道，但是話又說回來，妳幹麼不接受呢？別再說妳忘不了顏立堯，那種話已經聽膩了，這種沒意義的堅持，妳該懂得適可而止呀！」

那碗香味四溢的麵線糊捧在手裡，是有點過燙了，猶如她每一次想起顏立堯的面容時，心底泛起的溫度，即便難以承受，卻還甘之如飴。

「如果沒有意義，那麼，高中時喜歡顏立堯的那些時間、那份心情，又算什麼呢？那些明明是我曾經非常珍惜的東西，如果可以說丟掉就丟掉，認眞活過那個時光的我，不就白費了嗎？」

「……」

「我是不會忘記的，一直堅持下去一定會有回報，是不是？」

湘榆不忍心再多嘴，只好心疼地笑，「大概吧！」

明天湘榆就要回去了，今晚她特地帶著枕頭和棉被爬上明儀的床，說要聊天聊到天亮。

她們壓低聲音講話，凌晨兩點多，其他室友都睡著了，聽著那些均勻鼻息，明儀也昏昏欲睡，對湘榆的輕聲細語有一搭沒一搭的。

湘榆完全沒有睏意，她在那邊大學肯定過著多采多姿的夜貓子生活吧！湘榆的身體好香，有沐浴乳、洗髮精和保養品的香氣，白天她還會在性感的鎖骨上擦抹香水，那些隨著年齡而添加的味道似乎象徵一個女孩的蛻變。此時此刻，她和湘榆雖然緊緊相依，但就某方面而言，也有愈離愈遠的錯覺。

兩個女孩有一陣子陷入不想說話的寂靜，夜晚的力量沉沉籠罩，明儀雙眼就快闔上之際，隱約聽見湘榆開口的聲音，那聲音細小，聽起來像從很遠的地方傳來。

「明儀，我在想啊，妳說程硯在生氣的事……」

「嗯？」她勉強睜開眼睛。

「如果程硯眞的對妳生氣，我猜，應該就只有一個原因了。」

「什麼？」

「他不是說過，以後妳要去車站，他可以載妳嗎？」

「嗯。」

「可是妳從來沒有找他，卻坐上他室友的機車，然後出車禍。他呀，會不會就是爲了這個在生氣？」

「啊？」

「『笨蛋！妳如果坐我的車，就不會出車禍了』，妳想，程硯那個人有可能說出這種話嗎？」

「絕對不可能。」她停停，慢了半拍抗議，「幹麼罵我笨蛋？」

「妳看，因爲說不出來，所以就生悶氣囉！」

這下子，明儀整個精神都來了！她想起程硯的確說過可以載她，以及在急診室他對她冷漠的態度，想著想著，始終拼湊不起來的原因，終於慢慢浮現。

「可是，爲了這種事生氣……」

太不像程硯了。明儀原本想這麼說，湘榆邊打呵欠邊接話，「爲這種事生氣是滿幼稚的，不過，也不無可能吧！再不然，他就是對自己生氣，怎麼當初沒接到妳電話，不然載妳的人就是他，或許就不會讓妳受傷了吧！哎唷！不論是哪一個原因，妳別管他，讓他自己生悶氣，氣完就好了。」

還想再確定清楚一點，翻身過去的湘榆卻神速地睡著，留下明儀在熄燈的房間，毫無睡意地，反覆思索那萬分之一的可能性。

她將半張臉藏入被窩當中，細細地、細細思索。奇怪的是，每當湘榆那句形容程硯「滿幼稚」的話語一飄進腦海，她就覺得有一點點好笑，還有一點點……一點點的……

由於明儀一早就有課，湘榆決定等她下課後再離開。然而，那堂課後來因為明儀和同學的爭執沒能上成，還讓湘榆破例打電話向程硯求助。

「喂？程硯？是程硯嗎？」

手機一接通，立刻傳出高分貝的叫喊，程硯將手機自耳畔拿開，再次看看顯示不明來電的螢幕，單手收著書本回話，「妳是哪位？」

「秦湘榆啦！你聽不出來喔？」

「太大聲了，根本不知道是誰。」

「哎呀！不跟你哈啦了，你趕快來運動場啦！」

「我等一下有課。」也不問明原因，他直接表明立場。

「蹺掉！你快來運動場，叫明儀別再跑了！」

他住了手，「她在跑？為什麼？」

「還不是因為她同學要她退出校慶的比賽，說什麼再不換人就來不及，還說她如果真的上場，肯定會輸！明儀就很堅持她沒問題，然後就賭氣去練跑了……怎麼辦？我就算不是醫生，也知道她現在還不能跑步的啊……」

「我馬上過去。」

偌大的運動場，平時冷冷清清，只因為校慶的日子逼近，前來練習的學生比往常要多一些。小茹在，湘榆也在，隨著她們焦急的目光，程硯很快就找到跑道上的明儀。

她的步伐沒有節奏感，氣息紊亂，根本就不是在練跑，再加上腳傷未癒，跑沒幾步就踉蹌一下，受傷的腳看起來耐不住這樣的劇烈運動，一定正痛著吧！不過……

明儀奔跑時的側臉如此認眞，堅決得彷彿可以賭上全世界。他知道她的目標並不是在校慶上奪冠，蘇明儀的終點，是顏立堯。

「他也很喜歡跑步，做一些和他有關的事，總覺得有一天會再遇到他一樣。」

見不到了。他想那麼告訴她，卻什麼也不能說。

程硯不吭一聲便朝跑道跑去，飛快的身影叫湘榆嚇一跳，她從來不知道一向走書生路線的程硯也能跑得這麼快！

「蘇明儀！停下來！」

他大喊，然而明儀似乎沒聽見，跌了一下，起身繼續向前跑。程硯加快速度繞到她前方，伸手攔住她！

「啊！」

一個猛烈的衝擊，明儀撞上他，跌進他臂彎，混亂中，她聽見程硯呻吟一聲，接著兩人雙雙跌倒在地！

停止下來之後，最先進入知覺的是跑道被日光烘烤過的塑膠氣味，因爲跌倒，全身各處開始發痛，稍後，她發現自己正枕在程硯的手臂上，他看了她一眼，神情有些痛苦地將手抽回來。

「明儀！明儀！」

湘榆和小茹花了將近一分鐘才跑到他們這裡，湘榆情急地破口大罵：「妳發什麼神經啦？把腳跑斷了怎麼辦？不過就是場賽跑嘛！明年還會有呀！這次先放棄會怎麼樣？」

明儀癱坐在地，就像不正常運作的機器被突然拔掉電源一樣，恍惚得宛如現在才意識到他們的存在。小茹看不下去，跟著加入勸說。

「對呀！明年我一定推選妳參加校慶賽跑，今年就先不要了吧……」

沒等小茹說完，明儀先尖聲爆發開來，「不要……不要叫我放棄！不要叫我放棄！我不要放棄……」

她雙手貼地，對著燙熱的跑道抗拒大喊！從喊叫到啜泣，不知道她說的是比賽，還是那個怎麼也見不到的人……

湘榆看傻了眼，她第一次見到性情溫和的明儀這般激動，用全身的力量在反抗著。超過一百八十天的日子，累積一層層對顏立堯的思念，壓抑著，堅持著，長久以來，化作一根拉到再不能緊繃的弦，一個意外的觸動，便脆弱斷裂了。

程硯站起身，拉住她些許擦傷的手臂，在她崩潰的這一刻，低聲而堅定地說：「夠了，放棄吧！」

他的聲音有效地進入她的聽覺，明儀怔怔轉向他，甩開他的手，「什麼嘛！那個時候你不是說，叫一個想要努力的人放棄，是很沒有禮貌的事嗎？」

明儀並沒有指明是哪個時候，但程硯很快便想起是夾娃娃機的鴨嘴獸事件。

「明明你也認爲放棄不好，爲什麼還要我那麼做？一直努力下去不行嗎？不是有志者事竟成嗎？沒辦法得到回報嗎？為什麼不對我說『加油』……」

「因為也有無能為力的時候。」他強硬地打斷仍在使性子的她，「這個世界上，也有無能為力的時候。」

那種直接切斷任何希望的說法，令在場的女孩們都噤了聲，尤其是明儀，她停止吵鬧，就是靜靜望著程硯，以一種緩慢的速度將他的話吸收進去，然後還期待一絲奇蹟的可能。

「然後呢？怎麼辦……對於無能為力的事，應該怎麼辦才好……」

他蹲下身，柔聲告訴她，「不能怎麼辦，只能這樣活下去。」

如同幼年時母親的離去、如同顏立堯日漸衰弱的身體、如同好幾次想對明儀說出真相……他什麼也辦不到。

明儀聽著，再次掉下眼淚，「真的什麼也不能做？」

就連要放棄喜歡這個女孩的念頭，直到如今，也未曾成功過。

「不用做什麼，只要好好度過這段無能為力的日子，就可以了。」

他的話語，柔軟地竄入她胸口，包圍住揪到作痛的心臟，多麼溫暖，足以融化所有強硬的堅持。

那答案是那樣簡單，對深陷絕望的她卻是不可能的奢求。明儀緊緊閉上眼，低下頭，抵靠程硯的肩膀開始哭泣，不同於方才放肆的痛哭，這一次她狠狠咬住唇，即使淚水不停，也沒有哭出一聲。

那天她哭了很久才停止，在校慶前夕，以一種安靜的方式，學會了放棄。

這次的風波，在明儀親自向起過爭執的同學道歉，並主動退出比賽後告一段落。

湘榆回去了，又過幾天，校慶熱熱鬧鬧地展開，規模遠比高中時還龐大，班級有活動，社團有活動，系學會也有活動，大家都極盡所能地在校園每個角落炒熱氣氛。

明儀的工作是在跳蚤市場幫忙義賣，聽見運動場的廣播，得知接下來是三千公尺接力賽，便轉身對小茹說：「小茹，我休息一下，等等回來。」

「好哇！慢慢休息，別擔心這裡。」

小茹笑盈盈地推她一把，她離開攤位，直接走向運動場。

熱血沸騰的運動場十分吵雜，有大會廣播、各班賣力的加油聲、學生興奮的喧譁。明儀站在後方看台，慶幸趕上了自己班級上場。她專注看完全程，這一輪的賽程結束，換下一梯上來，她還看著，目光早已被底下的紅土跑道牢牢吸引了。

「咦？蘇明儀！」

有人朗聲喚她，她回神，前方走道走上來的人是笑容滿面的許明杰，在他身邊的則是程硯。

這樣一動一靜的組合，以前也常常看到，顏立堯總是……

不行！她強迫中斷才剛浮現的念頭，揮手打招呼，「嗨！」

「妳也來看比賽嗎？」

許明杰三步併作兩步先跑到她面前，巧合的相遇，讓他看起來像得到糖果的孩子。

「剛剛輪到我們班上場。」

明儀指指下方，同時偷偷瞥向程硯，他正面向加油聲特別激烈、花招也特別多的一處觀眾，實在看不出他現在的情緒如何。

而許明杰原本興致勃勃和她聊起校慶，突然又想到必須趕去別的地方，「糟糕，我不能閒聊太久，聽說我們班的大海報掉了，要去看看能不能補救。」

「喔！那你快去吧！」

「嗯！蘇明儀，改天再請妳喝東西吧！」

「好……咦？」

他揚個手，精神奕奕地跑掉了。明儀回應他的手還擱在半空中，納悶他那句請喝東西的邀約，難道他們班的攤位在賣飲料嗎？

這時程硯也正要離開，明儀見狀，脫口想喊住他，「呃……」

聲音卡住了。這猶豫來得莫名其妙，也許是不確定他是不是還在生氣，也許她沒來由想起那天在運動場上的哭泣。

然而程硯彷彿聽見，他回頭瞧瞧她，前方的許明杰也在同時停下腳步催促，「程硯！快啦！」

「你先走，我等一下就過去。」

許明杰離開之後，程硯走下四五層階梯，來到明儀身旁，先開口問起她的腳傷。

「妳的腳還會痛嗎？」

「不會了，上次回診被醫生狠狠罵一頓，這次有乖乖遵守指示，好得很快。」

然後，程硯不再說話，只是沉穩地凝視她，以他自己的方式端詳她是否眞如她所說的安好。明明他的態度是那麼輕鬆自然，明儀卻感到心跳一次比一次要加快一些，有點……怪怪的。

「那個……」她避開他的注視，將視線往下飄，卻又不知道該飄向哪裡，「那天你在跑道上把我攔下來之後，我一直滿擔心的。」

「擔心什麼？」

「那個時候，我有沒有撞傷你呀？我記得當時撞得滿用力，你有沒有怎麼樣？」

「這種事，妳一直記到現在？」

「本來應該直接問你，不過我前陣子也過得很混亂，想問，又覺得心有餘而力不足……」

她的精神還透著一絲疲憊，想必花了不少工夫調適自己吧！

程硯伸手按按自己肩膀和鎖骨中間的位置，說：「這裡，一點點瘀青，現在早就好了。」

程硯坦白告知撞傷的情況，明儀相信他不會騙人，因而大大地鬆口氣。

「妳啊……我好歹也是男生，沒有那麼經不起撞。與其擔心這種無聊事，倒不如好好想想該怎麼把腳治好。」

哎呀！又被罵了。跟這個人對話，好像講沒幾句就會被唸呢！不過，她還是很高興，現在的程硯，已經感覺不到他在生氣了。

「那天被你看到我無理取鬧的樣子，眞的很不好意思。如果可以，眞希望一切可以倒帶就好了。」她覺得腳痠，便在看台上坐下，把雙腿伸直，「但是，那天你爲我做的事，我很感謝。那麼糟糕的時刻，幸好，你也在那裡。」

「只不過對妳說些洩氣話，這沒什麼好謝的。」

老實說，他自己也毫無頭緒，一般人遇到喜歡的女孩子，應該不會說什麼「無能爲力」的話吧！捨棄那些好聽的安慰言語，明知她會有多難過，他還是執意那麼做，嚴格說起來，他總是在打擊她呢！

下方運動場正如火如荼地進行賽事，看台觀眾也跟著群情激昂，明儀的沉靜倒像一襲置身事外的涼風，清清爽爽地吹過，不會引起任何人注意。相較於前些日子，她眞的明顯脫去一層焦急浮躁。

「其實，不用你們說，我也知道自己再這樣下去是不行的，老是留戀過去，要怎麼前進呢？可是，就是沒辦法放手，心裡有個聲音告訴我，不能就這麼放手。直到那天你上前阻止，我才眞正冷靜下來，仔細考慮自己想要的到底是什麼。」她仰起頭，由下往上，朝他彎起一抹釋懷的笑，「我想要的，不是找到顏立堯，不是這麼簡單的事，所以決定不再打聽他的下落了。或許，哪天我們會在什麼地方見面，那個時候我就會知道他過得好不好、還記不記得我，這才是我想要的，之後的事，就不強求了。」

「……蘇明儀。」

「嗯？」

程硯不看她，淨望著下方操場正邁力狂奔的選手們，眞切而緩慢地說：「雖然那天跟妳說了一些落井下石的話，不過，我認爲那不會徒勞無功的。努力度過無能爲力的日子，人應該就會變得更堅強了，所以，不會什麼都沒有，我是這麼想的。」

「……嗯。」

他嘴裡「堅強」兩個字化作一隻無形的手，將她從溺水的大海裡拉拔起來，回溫的暖度從心底直湧上眼眸，她抬頭看向天空，眨掉快要奪眶的淚水。幾分鐘後，明儀順了順被風吹到嘴邊的髮絲，想了又想，最後決定開口。

「我可以問你一個奇怪的問題嗎？」

「什麼？」

「關於我車禍的事，你……是不是在生氣啊？」

他沒料到她會突然跳到這個問題來，因而愣住。

啊！定格了，定格了。明儀曉得自己沒猜錯，更進一步追探下去。

「我不記得自己有跟你吵架，所以怎麼也想不到原因。你先聽我說，我一直沒有讓你載我去車站，是因爲覺得那會很麻煩你，你不是我的司機，不能隨便把你呼來喚去。」

她的直接，令他無法四兩撥千斤地轉移話題，程硯沉默一會兒，最後死心，嘆口氣，「妳又不是第一天認識我，自找麻煩的事我不會做。既然已經向妳開口說可以載妳，對我而言就不會是個麻煩。」

他的言語向來是那麼坦誠無僞，沒有美麗的包裝，卻十分清澈，像他的眼睛，溫柔透明。

「我知道了，是我小人之心度君子之腹。」

他鎖起眉頭，「妳明知道我不是那個意思。」

「哈哈！想一想，我眞的很不了解你呢！連湘榆都比我還厲害。」

「秦湘榆？」

「嗯！她說，程硯會生氣，是因爲我沒有坐你的車，而去坐許明杰的車。呵呵！這種話聽起來很孩子氣吧？」

現在回想起湘榆睡前的猜測，明儀覺得既無稽又好笑。可是程硯並沒有一如預期地出言斥責，她奇怪地抬頭，站立的程硯望著遠方，不管是望著哪裡，只要不和明儀四目交接就好，只因爲他一句話……也無法爲自己那樣的情緒辯解。

「程硯？」

「是很孩子氣呢……」

他稍微背對著她的身影，不知怎麼，現在看上去有些懊惱、有些靦腆，不像平常的程硯，明儀卻看得出神。

她不是眞心要說他孩子氣，他卻沒有反駁，一直注視他的背影，她的心情……不受管控。

揪著，燙著，衝動著……

「我該走了，許明杰在等我。」

「嗯。」

程硯離開運動場，依舊沒有直視明儀，明儀也始終目送著他的背影，直到那背影消失在視線中。

想要對他說「謝謝」，也許說一百遍也不夠，也想說：「雖然毫無邏輯可言，但我一點都不認爲你生氣的理由很孩子氣喔。」還想說……說什麼好呢？

一旦專心凝視他的背影，話好像就講不出來了。

明明心情是高興的，卻又爲什麼心臟始終……揪著，燙著，衝動著？

【第二章】

阿堯，我和你已經是熟到不能再熟的朋友，所以，就不說那些客套話了。

我認為，你是一個極度任性、自私、完全不懂得為別人著想的人。不讓大家知道你生病的事，說到底，是因為你害怕吧！害怕人們提心吊膽的哭哭啼啼，會加深你對死亡的認知，你並不想要知道得那麼清楚，所以選擇逃避。

這樣的你，躲在十九歲，那個你最幸福的年紀，永遠地。

但是阿堯，人會一年一年地成長，不管願不願意，我們已經漸漸超越你當年的年紀，承受你已經不在的事實，試著堅強地過日子。

我選擇去創造一個豐富精采的人生，足以讓你羨慕嫉妒。

本來是這麼想的。然而在那樣的人生裡，我卻常常像個獨居老人對著空氣說話。

……如果你也在就好了。

……………………………………………………………程硯

「你在幹麼？」

學生幾乎都走光的冷清校門口，顏立堯聽見有人說話，迅速掉頭，看見是程硯，精神又變得渙散

「等蘇明儀，她忘記帶圍巾，剛回教室拿。」

「我是問你，一直盯著自己的手幹麼？」

他將攤開的手轉向程硯，「手很冰啊！」

程硯走近，莫名其妙瞧他一眼，理所當然，「今天十一度。」

「所以手冰冰的這一層，大概也是十一度囉？」

「不知道。」

於是顏立堯繼續研究自己的手掌，將它翻來覆去地觀看，喃喃自語，「十一度就這麼冰了，零度會是怎麼樣呢？」

「……你該不會想把自己的手放進冷凍庫去做實驗吧？」

「不是手而已，有一天，整個人都會被送進冷凍庫吧？」

聽見他這麼說，程硯警覺到什麼，意外地望著他。顏立堯調皮地笑，「電視上不都這麼演嗎？」

「怎麼了嗎？」

他低下頭，用乾淨的白色球鞋踢地上石頭，天氣太過乾冷的關係，石頭滾過地面的聲響相當鏗鏘清脆。

「上次不是說等到可以用的心臟嗎？結果跟我的身體排斥得很嚴重，不能用了。」

程硯沉吟一會兒，心頭有從高空墜跌的失落，即便如此，對於好友的病情，他從不說安慰的話，「那就再等吧！」

顏立堯彎下腰，對著寒冷的地面大聲長嘆，「啊——總覺得等不到了，不想等，直接放棄算了。」

「你在耍什麼脾氣？」

「你懂什麼？」他忽來的憤怒對準程硯，「這就好像是你已經苦苦等了很久，終於叫你上台領獎，輪到要頒獎給你時，才說，啊，對不起，搞錯了，這個獎不是你的。而且不只一次這樣！你懂這種感覺嗎？這比被甩巴掌還難過！」

「……我的確不懂。」

程硯不跟他爭執，只是等待顏立堯繼續發洩。不過，顏立堯自己先冷靜下來，歉然地看看他，接著說：「我最近在想，死亡到底是什麼感覺？如果不跳樓也不割腕，就只是這樣死了，會痛嗎？也許連自己已經死了也不知道吧！『死掉』這個過程，對當事人來說可能一點明確的感覺也沒有，那就應該沒什麼傷心可怕了，反正人最後都會死的。」

這是顏立堯國三發病以來第一次主動提起「死亡」，程硯並不想聽他說這種事，一旦他真的願意開口，代表他已經開始做某些心理準備。

「嗯。」

這樣的末雨綢繆，是大家都不願意走到的地步。

「可是，阿硯，」顏立堯微微仰著頭，望向沒有雲的凜冽天空，俊逸的眉宇深鎖了起來，「明知道最後都會死去，爲什麼人還是想拚命地活下去呢？」

隨著他嘴裡輕輕呼出的白霧，那是程硯所聽過最悲哀的問題，他無法回答。

這時，明儀背著書包遠遠從教室方向跑來了。她脖子上圍著那條粉色圍巾隨風飄曳，在四周枯萎的色調中暖暖發著光，熨上她歡喜的臉龐。

顏立堯痴迷地看著，嘴角淺淺揚起一縷微笑，「好溫暖啊……」

「對不起！久等了！」明儀一邊奔跑，一邊將雙手放在嘴角大喊。

他們兩人一起看著她，心中喜歡的那個女孩。

「阿硯，要一直那樣暖呼呼地活下去喔！」

✉

明儀有時會和小茹到學校餐廳吃午餐，自助式的。兩人選好座位後，小茹發現程硯、許明杰和阿宅出現在門口的蹤影，推推明儀手臂。明儀回頭看，正好和許明杰四目交接，他立刻脫隊跑來。

「妳們也來這邊吃呀？」

「想不到午餐要吃什麼的時候，就會來餐廳。」明儀將椅子推一推，挪出夠用的位置，「一起坐吧！」

三個男生去選菜的空檔，明儀發現小茹正興致盎然地打量他們。

「怎麼啦？」

「程硯和許明杰同時出現耶！我該支持哪一邊呢？」

明儀花了一會兒工夫才聽懂，認眞警告，「不要亂講！我也就算了，程硯要是知道，會生氣喔！他生氣起來是超級恐怖的喔！」

才說完，三個大男生已經端著餐盤過來，許明杰抬頭觀看餐廳牆面花花綠綠的裝飾，很快樂地說：「耶誕節快到了耶！」

「聽說我們學校的舞會玩得很瘋，你們會去嗎？」

小茹打從一入學，就把參加舞會當作她的第一目標，最近更是拖著明儀逛遍百貨公司，買了一套當天穿的洋裝，說是爲了要跟白馬王子見面準備的。那件裙襬超短的羊毛洋裝是紫羅蘭色的，很適合甜美的小茹。

「我應該會去，程硯嘛……」許明杰瞄瞄身邊埋頭吃飯的程硯，笑道，「這個機器迷，聽說那天有三台電腦要修。」

「三台？」對於有人寧願修電腦而不去舞會，小茹簡直不敢置信。

「那是興趣，我喜歡修東西。」

「那你一定很懂電腦囉？我最近想買電腦了，老是要跑計中，好麻煩喔！如果眞的要買，可以請你幫我找嗎？」

她興奮請求，程硯稍稍停下筷子，看看她，又低頭吃飯，「妳確定了再說吧！」

小茹被冷淡的回應潑了一桶冷水，她中途邀明儀去洗手間，一面洗手，一面嘟噥，「我看程硯根本不想幫我吧！」

「怎麼會？他不是說等確定再說嗎？」明儀轉開水龍頭。

「那一定是因爲看在妳的面子上，他才那樣敷衍我的。」

小茹的嘴愈翹愈高，明儀笑著說明，「不是那樣。是妳拜託他的方式不對。程硯不喜歡別人有求於他時講得含糊不清，所以他才會說，等妳確定要買了再跟他說啊！」

小茹聽完她爲程硯做的解釋，佩服得五體投地，「妳很了解他嘛！簡直是他的專屬翻譯了。」

「高中同班三年了嘛！不過，有人比我更了解他呢！以前都是由他來當程硯的翻譯，現在他不在，就換我充當了。」

她說著，一度傷感起來，最後又打起精神，將縱流不停的水龍頭關掉。小茹曉得她想起誰，趕緊轉移話題。

「比起來，程硯算好了，坐他旁邊那個宅男，陰沉得要命，都不講話，該不會有自閉症吧？」

「嗯……許明杰說過，阿宅平常喜歡上網、看漫畫，所以沒事就會待在宿舍，可能是因爲這樣，所以不太會交際吧，尤其有女生在場。」

小茹還是做出嫌惡的表情，和明儀一起走出洗手間。回到餐桌時，許明杰正好從餐盤挖起一匙馬鈴薯泥，問也沒問就分給程硯和阿宅。

「聽說這裡的沙拉很好吃，我盛很多，一起吃吧！」

阿宅無好無不好地點頭，程硯卻停住所有動作。他轉向許明杰，半天不說話，許明杰還莫名其妙，「幹麼？」

明儀忍住笑意透露，「那個人不吃軟綿綿的東西。」

「軟綿綿？」

「嗯！像棉花糖、豆腐、冰淇淋……這些軟綿綿的東西。」

「啊？那些東西不是都很好吃嗎？」

「就是呀！而且他喜歡吃的是梅子這種像零嘴的食物喔！」

似乎怪她隨便透露自己弱點，程硯瞪了她一眼。

「給我吧！」

她當作沒看見，拿湯匙從他盤子裡挖走那坨馬鈴薯泥。這個動作如此習慣自然，許明杰因而多看片刻，也看見程硯無意間流露的縱寵薄薄地滑過嘴角。

小茹眼尖，發現笑容在許明杰臉上褪了色，在桌底下用拐子撞撞明儀，明儀卻不能會意。

「對了！阿宅也會參加舞會嗎？」

留意到阿宅被晾在一旁，簡直跟隱形人沒兩樣，明儀體貼地找他聊天。雖然和他不熟，不過打電話去男宿時，有幾次是阿宅接的，就不覺得那麼陌生了。

疏於整理髮型的關係，阿宅劉海很長，大半時候幾乎都快蓋住眼睛，以致於很容易忽略這個人的長相，即使前幾分鐘才見過面也一樣。

明儀喜歡他的謙虛靦腆，她知道他會自動去做別人不願意碰的事，比如搬開路上可能會絆到人車的大石頭，也會熱心向問路人指路，還會衝上前頂住別人肩頭快掉下來的重物。即使那些受他幫助的人事後多半不會記得他的樣子，阿宅還是以他隱形的姿態做了許多好事。

如果他能夠更大方勇敢就好了。

可惜一有人和自己對話，阿宅立刻聞風喪膽，慌張地掉了筷子。這種反應叫小茹更是打從心底討厭，她別過頭，兀自喝起湯。明儀彎腰撿起滾到腳邊的筷子，幫他拿了一副新的回來。

「謝、謝謝。」他連道謝都顯得惶恐。

「你還沒說會不會去舞會。」明儀不想放過他，又把問題帶回來。

阿宅抿起一抹羞澀的微笑，想講話，卻支支吾吾找不到合適的開頭，許明杰搶著幫他回答，「這傢伙！肯定是要窩在電腦前跟網友聊天吧！」

「網友？小茹也喜歡在網路上和別人聊天耶！對吧？」

「嗯！」小茹還是愛理不理。

「誰說的！我已經、已經邀她跟我一起……去舞會。」阿宅理直氣壯地開場，最後還是愈講愈小聲。

「對方是女生啊？」

「應該……是女生吧！暱稱叫、叫『晴天娃娃』。」

這時，小茹嗆了一口湯，猛烈地咳了起來！

明儀幫忙拍背，小茹用衛生紙摀著嘴，咳到眼眶泛淚，好不容易停止了，卻沒來由站起來說要先走。

「咦？小茹！」

「幫我收餐盤喔！謝啦！」

她頭也不回，抓起背包離開餐廳，留下一頭霧水的明儀。

吃過飯，一起離開餐廳，許明杰刻意走到明儀身邊，問道，「對了，上次說要請妳喝東西，還記得嗎？」

「嗯？」她困惑地回想，終於想起上次校慶他的確說了那樣的話。

可是，當時她以為許明杰班上攤位在賣飲料，他才禮貌性地那麼說，況且，那都是一個月前的事了。

「請我喝那個就可以了。」剛好路過一台販賣機。

「不行！那怎麼可以！我可不是隨隨便便說要請妳喝東西的。」他一派認真，接著語氣轉為柔和，「耶誕夜那天，請妳喝吧！」

她敏感地站住，那份溫柔似曾相識，她懂，那是對待心裡喜歡的人的自然流露。

他以那樣的溫柔故意約在耶誕夜，一定有什麼特別用意吧……

明儀閃避他的注視，不知所措地紅著臉，然後暗暗瞥向在前方等候的程硯和阿宅。距離並不遠，他們一定聽見許明杰的話了，明儀一度和程硯平靜的眼眸相對，欲言又止之際，許明杰強勢打斷他們之間的目光，開朗地下結論，「那我就當妳答應囉！耶誕夜那天晚上，時間要留給我！」

「呃……」

見她轉為焦急，他噗嗤笑了出來，苦澀地，「抱歉，我這像是在趕鴨子上架吧？一定很惹人討厭。」

「不是討厭啦……」

「那就是喜歡？」

他再次不按牌理出牌，那份淘氣簡直和顏立堯如出一轍，害明儀當場愣得啞口無言。

「耶誕夜那天我會去接妳，等我電話喔！」

不給她說下一句話的機會，許明杰揮揮手就跑掉，而程硯和阿宅不知什麼時候已經自行離開。途中，阿宅打破沉默，用蚊子般大小的音量說：「剛剛蘇明儀看你的樣子，像是要你救她耶！」

「……我又不是她的誰。」

他試著置身事外，卻又在說完那賭氣的話之後，感到一絲後悔。阿宅本想搭腔笑他「好酸喔」，最後還是識相地把話吞回去。

而許明杰也沒再回到他們的行列，他一直跑到英聽中心才停下，一度環顧四周，納悶自己來這裡做什麼。

「可惡……」

他倚著冰涼的大理石柱，不管往來的外文系學生，對著地面懊惱閉眼。

氣溫逐漸下降，瀕臨十一度的低溫，樹木不再覆有翠綠的枝葉，陽光的強度怎麼也敵不過寒流，那樣的風一吹，一年又即將過去。

有的人在悸動與不捨之間徘徊，有的人不小心陷入挽留與放手的掙扎中。還有的人，只爲了賭一口氣，寧願做出自我厭惡的事……

然而「時間」，仍在人們猶豫的時候，停止不了地流逝了。

「耶誕快樂，阿硯。醫院打從傍晚開始就不停傳來教會詩歌的歌聲，原本討厭那種聖歌的我，今天突然覺得也滿好聽的，大概是因爲心裡很平靜的關係吧！甚至想把來探病的家人親戚通通趕回去，然後就一直站在大廳，聽那些孩子唱歌。不過，還是算了，眞的那麼做之後，我一定會馬上後悔。今天晚上特別容易想起想念的人，並不適合獨處。你呢？是不是也有誰在你身邊？阿硯，耶誕夜，我到底待在醫院幹什麼？你會不會也有這種疑問，在你所在的地方，動也不能動的，到底是爲了什麼？」

他讀著顏立堯格外絮叨的簡訊，一遍，兩遍，被心中小小湧起的懷念之情所牽制，捨不得關掉亮閃閃的畫面，直到房門打開，他才匆匆放下手機。

是阿宅回來了。

現在是晚上十點過一些，以舞會來說，回來得倒是略嫌早了些。

阿宅一進門就直接坐在電腦前，對著未開機的筆電，失魂落魄。

程硯等了幾分鐘，認爲他應該沒有下一步動作的打算，於是主動問：「順利嗎？」

阿宅搖頭。

「見到人了嗎？」

阿宅又搖頭。

「錯過了嗎？」

阿宅垂下頭，盯著自己剛從屋外進來還冰涼的雙手，有氣無力，「不可能錯過吧！我比約好的時間早到二十分鐘，在銅像那裡等了快兩個小時耶……」

「也許對方臨時有事不能來，你上網看她有沒有在線上？」

「……我被放鴿子了吧？一個星期前她就很少上線了，就算遇到她，也都很快就下線，大概在躲我吧？」

「吵架了嗎？」

「沒有啊！完全搞不懂爲什麼她會突然這樣……」他歇了好久，向來只有過溫馴表情的臉上泛起一道自嘲冷笑，「說來眞好笑，當我一個人站在那裡，覺悟到她不可能出現的時候，心裡竟然還有一點點慶幸，慶幸自己不用當著面被甩。」

「你想太多了。」

「不是，就算眞的見到面，我肯定會被甩的。講話結結巴巴的男生，很噁心吧！」

「都還沒去做就一直這麼想，才噁心。」

程硯講話一向中肯，不留情，他放任阿宅面對全黑的電腦螢幕兀自喪氣。後來不知過了多久，阿宅的心情稍微平復，看看一旁，程硯早就停下修理筆電的手，正望著牆上時鐘。

「已經這麼晚了。」

聽見阿宅有默契地替他說出內心話，程硯收回視線，強迫自己把注意力放回筆電上。又過些時候，阿宅拿起漫畫看到一半，發現那位室友再次浮躁地往時鐘方向瞧。八成為了報復他方才的沒人性，阿宅故意自言自語，「奇怪，女宿門禁時間都到了，明杰怎麼還沒回來？」

程硯瞥了他一眼，不搭腔，繼續測試電腦，試了半天卻不成功。這時，門外傳來熟悉的腳步聲，阿宅「啊」一聲，程硯霍地起身，一瞬間意識到自己過於緊張，又坐回椅子，房門在下一秒鐘打開，果然是許明杰回來了。

儘管他的動向備受關注，不過阿宅還是翻漫畫，程硯的手也沒離開電腦。直到許明杰經過時帶起一陣明顯酒氣，一路走到床邊，直接撲上去，程硯這才回頭，看他動也不動地趴在床上，忍不住質問：「你喝了酒還騎車？」

「廢話，不然我怎麼回來的？」他整張臉還埋在枕頭裡，話講得含含糊糊。

「蘇明儀呢？你有在門禁前送她回去嗎？」

「幹麼問我？你不要一副她老爸的樣子。」

許明杰不負責任的態度，令程硯終於耐不住氣，過去拉提起他手臂。

「你到底有沒有送她回去？」

許明杰瞪住他，用力甩開手，一觸見程硯眼底的擔憂，原本摻雜一點類似妒意的情緒便消減下來了。許明杰撫著手臂，挑釁地反問：「你這是幫那個高中死黨問我，還是為了你自己？」

程硯愣愣，許明杰見他沒有立刻回答，沒好氣地，「別問我，她今天沒有跟我在一起，我剛是從PUB回來的。」

這下子，連阿宅都丟下掩飾用的漫畫，叫道，「你們不是要去舞會嗎？」

「才怪！她前天約我見面，叫我找別人一起去。」說到這裡，他扔了五百元鈔票給阿宅，「喂！講這種傷心事就要買啤酒來配，不然我不講喔！」

阿宅拿著紙鈔，心不甘情不願地走出去。門一關上，房裡也陷入若有所思的寂靜，一會兒，許明杰坐回自己的床上翻玩皮夾，當他再度打破凝結狀態開口，聽起來像是玻璃摔破了那樣唐突。

「她問我，喜歡她哪一點。我絞盡腦汁講了很多，她最後又問，是不是也喜歡不能忘記顏立堯的她。」說到這裡，他停頓片刻，「顏立堯……是你那死黨的名字嗎？」

「……嗯。」

「她最後那個問題，你不覺得太奸詐了嗎？我完全答不出來……」許明杰往後倒在床上，單手擱在眼皮，「我連想要賭她有一天會忘記舊情人的勝算都沒有……」

蘇明儀說，就連她自己也不知道，什麼時候才能忘記顏立堯。

蘇明儀還說，她很笨，不明白那麼幸福的回憶爲什麼非要忘得一乾二淨不可。

對於她的傻勁，程硯默默無語。許明杰撐起頭，半壞心眼地咧咧嘴。

「不過一看到你，我就不覺得悲慘了。我不認識那個顏立堯，就算哪天眞的把蘇明儀搶過來，也不痛不癢。但是你就不一樣了，喜歡上死黨的女朋友，不是那麼簡單的事吧？今天是耶誕夜，不想找她一起過節嗎？」

對於他意有所指的說法，程硯冷冷回看一眼，再次低頭處理始終修不好的筆電。

「除了維持現狀之外，我沒有打算做任何事。」

許明杰不以爲然，又倒回床上，誇張感嘆，「看吧？你們兩個……很難哪！」

程硯不再理會他，還是專心應付進度延誤很多的筆電。阿宅帶了十罐啤酒回來，一面慢吞吞地灌，一面用他閉塞的方式哀悼那場無疾而終的網戀。許明杰則從頭到尾拖著阿宅要醉到一塌糊塗，賣力強顏歡笑著。

偶然間，瞥見方才隨手放在桌上的手機，程硯遲疑半晌，伸手將螢幕按亮，畫面重新出現尚未關閉的那則簡訊，他凝著上面顏立堯無奈卻得不到答案的字句，出了神。

「你會不會也有這種疑問，在你所在的地方，動也不能動的，到底是爲了什麼？」

牆上時鐘剛過午夜十二點，走廊上的聲音還是熱熱鬧鬧。房內的許明杰和阿宅已經喝掛了，而程硯也總算完成兩台筆電的修復工作，手機很罕見地在這種時間點作響，來電的人還是湘榆。

他猶豫一下，似乎接到她電話總沒好事。

「喂？」

「喂？程硯，幫個忙好不好？你還沒睡吧？」

就算睡了也該被吵醒了吧！他按捺住想吐槽的話，直接問：「要幫什麼忙？」

「你打個電話給明儀，確認她是不是眞的在宿舍。」

「爲什麼會不在？」

「她今天來找我，我偏偏……偏偏遇到一件事，很難過……哎唷！我失戀了啦！不要逼我講出來啦！」

「我什麼都沒問妳啊！」他眞覺得她不可理喻。

「總之，明儀陪我到很晚了才回去。我剛突然想到，她可能會趕不上門禁，打電話給她，她又說她已經到了，要我別擔心。」

「那麼妳是在擔心什麼？」

「擔心她說謊呀！我從電話聽見她那裡的聲音不像是在宿舍，像在外面。你說她會不會爲了讓我放心，所以騙我呀？」

是有那個可能。

湘榆又補一句，「拜託，你打個電話確認一下。如果是你，我相信明儀那丫頭絕對不敢說謊！」

他皺起眉，看看手機，這秦湘榆老是莫名其妙地認定一些莫名其妙的事，到底是打哪來的自信？

「我知道了，有消息再跟妳聯絡。」

不多久，程硯聯絡上明儀，她的確沒能趕上門禁而待在麥當勞。他很生氣，搞不懂她可以聰慧地解決讓座爭執，爲什麼卻讓自己三更半夜還流落街頭。

騎車趕到麥當勞，見到她孤單地坐在靠窗座位，那憤怒，更是油然而生。

「妳知道現在幾點了嗎？爲什麼不找妳在校外住宿的同學？都多大的人了，還不懂得照顧自己。」

當他抑制不了地開口責罵，明儀怔住了，印象中，這是她第一次被程硯凶。

「我想，我同學也許還在約會，不想打擾她們。而且，今天不想被問有沒有跟誰一起過耶誕節……」

程硯聽完，頓時生氣不了，他們兩個就這樣在店內僵持一陣子，他才語帶歉意，「我跟我們班女生不熟，沒有她們電話，可能沒辦法幫妳找到過夜的地方。」

「不用麻煩啦！我本來就想在麥當勞過一晚的。」

「……好吧！」

他二話不說就去拿架上雜誌，然後在隔壁位子坐下。明儀原本想說不用陪她，但直覺那鐵定又會討罵，於是乖乖到他身邊坐好。

他並沒有交談的打算，看起雜誌，好像可以就這麼持續一整晚。反倒是明儀彆扭了半天，覺得該說點什麼。

「你有沒有去參加舞會？」她聊天似地探問。

「沒有。」依稀，他迷人的嘴角閃過一抹無奈的笑，「我不受女生歡迎。」

這點明儀有所耳聞，程硯確實擁有不錯的外表和優秀條件，不愛搭理人的個性卻老讓女孩子卻步。眞可惜，只要好好相處過，就會曉得程硯其實相當體貼。

「是她們不了解你，我就會喔！會跟你一起參加舞會。」一秒後她才想到這時間舞會都結束了啊，「說起來，高中時不是有跳過幾次土風舞嗎？我們好像一次也沒一起跳過。」

往往快輪到他們面對面時，一切就忽然終止了，流動的音樂、旋轉的舞步、男女生尷尬的情緒，都以不自然的狀態驀地消失不見。他們老是隔著一個相鄰的距離，互望一眼。他站得筆直優雅，非常有教養，給人一種王子從故事書中走出來的錯覺。

和他共舞的女孩子肯定會覺得自己像公主吧！

「去舞會也沒用，我不會跳舞。」程硯說。

「並不一定要會跳舞才去舞會呀！兩個人一起踏步、轉圈圈，就是跳舞囉！」

「那個不叫跳舞，就只是踏步、轉圈圈。」

「……只要覺得是跳舞，就是跳舞囉！」

「明明就不是跳舞，要怎麼覺得是跳舞？」

她開始無言，現在是怎麼回事？爲什麼原本很單純在聊跳舞的事，會演變成有點火氣的對槓呢？冷靜，要冷靜，蘇明儀，繼續跟他認眞就輸了。

「將來有一天，我們有機會一起跳舞的話，你就會明白我的意思。」

聽她信口下了這個結論，程硯沒來由笑一下，微小的喉音，還是被她聽見。

「你笑什麼？」

「『有一天』其實是不好的名詞，『有一天』通常是被寄予希望，卻永遠不會來到的日子。」

程硯很成熟，常常說出頗具道理的話，偶爾，那些話語當中會有一兩句帶著悲傷氣息，那個時候，她便會覺得程硯很遙遠，擁有著不能告訴她的祕密的程硯，很遙遠。

「我去買點東西來吃。」

爲了逃避那道距離感，明儀起身走向櫃台，稍後端一盤子食物過來。

起初，程硯有點看呆了，「……妳很餓嗎？」

「要撐到天亮嘛！一起吃！」

她將熱咖啡遞給他，程硯接手的瞬間，指尖和指尖，不小心碰上了。

程硯躊躇一下，將咖啡接過來。明儀又笑嘻嘻走開，「啊！忘記拿吸管。」

他瞧瞧那兩杯熱咖啡，再回頭望向站在櫃台前的明儀，不懂爲什麼喝熱咖啡要吸管，也不明白爲什麼她耳畔的顏色……紅紅的。

只是，只是啊……剛剛碰觸到的指尖，意外灼燙，燙得烙入心坎。

明儀本來是與高采烈吃著漢堡和薯條，漸漸，速度放慢，最後不吃了，淨是拿著薯條在餐盤上亂晃。

「許明杰……有沒有去舞會？」她小心問起。

「沒有，他去PUB。」

「……他有說吧？我約他見面的事。」

「嗯，說了。」

她注視著薯條，既無奈又抱歉地將它丟在餐盤上，「雖然很想問他好不好，不過那眞像是廢話，怎麼可能會好呢？」

「也沒妳想的那麼嚴重，許明杰那個人很樂觀。」

明儀拄著下巴，想想他的話，笑了，「我也很樂觀喔！」

「嗯？」

「認眞說起來，我很幸運，從來沒有失戀過。」她的笑容像是剛約會後所留下的幸福洋溢，「就算現在沒有男朋友，可是我啊……從來沒失戀過。」

「就某方面來說，妳的確比許明杰還樂觀。」

「不過，我最近在想，如果當初顏立堯直接告訴我，他不喜歡我了，那麼對於現在的我而言……是不是比較好呢？」

他抬起頭，細細端詳，才發現剛剛的幸福只是海市蜃樓，但，這陣心痛是眞實的，每當她提起顏立堯時，便會在胸口劃過。而明儀也正牢牢凝視他，她的嘴角還揚著笑，取代從前的懵懂，那是只有經過歷練才有的滄桑。

「有時候很羨慕你呢！你一直都很清楚自己想要的是什麼，然後自信滿滿地去做，不會猶豫，不會迷惑。」

「我不是妳想的那樣。」

他輕描淡寫地否認，有些傷感餘味。明儀困惑一會兒，也不追問，只將目光轉向落地窗，早已熄燈的街道偶爾有參加完舞會的男女騎著機車呼嘯而過，爲接近十二月底的寒夜掀起短暫的青春喧鬧。

然後，有什麼非常美好的，追也追不上地……遠去了。

縱然喝光一整杯咖啡，明儀只撐到凌晨三點多便趴倒在桌上。

程硯不曉得她睡著的確切時間，等他將目光從雜誌抽離，身旁的明儀已經沉沉睡去。

朝著他，有大半的臉都埋入手臂中，因此，他只能見到明儀彎翹睫毛覆在臉上的陰影。

程硯將她披在椅背上的大衣拿起來，緩緩蓋在她身上。時間經過了一兩秒，手，還捨不得離開。

這個動作，顏立堯也曾經爲她做過吧？這個夜晚，他卻不是爲了顏立堯而做，如同稍早許明杰反問他的問題，那答案也不是爲了顏立堯。

他悄悄用手指撥開她臉上垂下的髮絲，只想看看方才那背對著他、紅通通的耳朵，她的體溫沿著髮絲熨上他指尖，隨著心跳，一次比一次更加劇烈地燃燒。

他正做著顏立堯做不到的事，然而，即使只能背負一份罪惡感陪在她身邊，這個連明儀也不知道曾經有過那樣碰觸的夜晚，他……

「明儀……」

他像呼吸一樣輕輕喚著她的名字，輕得……連心都痛了起來。

大一生涯隨著夏天的到來，結束了。程硯和明儀繼續維持現狀，許明杰從情傷中恢復得很快，退回到普通學伴的關係，和明儀保持聯絡。而阿宅依舊沒有再遇見網路上的「晴天娃娃」，這樣的狀態在整個暑假停滯不前。

剛放假沒多久，某個熱到快把世界融化的下午，程硯擺在桌上的手機響起兩聲清脆鈴聲，之後便一直靜靜地躺在那裡。

當時家裡來了客人，他和妹妹都在客廳陪著聊天，等客人都離開了，程硯回到房間，見到手機閃爍著燈號，是顏立堯捎來的簡訊。他笑笑，真稀奇，那傢伙竟會在非節日的日子傳簡訊來，大概是要埋怨日子過得太無聊。

然而，當他打開訊息，登時變了臉色！

「阿硯，我超想去隔壁國小痛痛快快地跑個幾圈，接下來不論會發生什麼事，都不管了！對了，事情如果瞞不住，有封要給蘇明儀的信，我藏在保健室喔！拜啦！好友。」

他要跑？顏立堯怎麼能跑？早在國三時他就被醫生禁止跑步了！以那樣衰弱的心臟，他還想要跑個幾圈？

簡訊中過於任性、隨性的交代，令他的心臟「碰、碰」地用力膨脹、收縮！他實在不喜歡這些文字透出的不祥預感。

在幾次沉重的呼吸後，程硯動手回撥了電話。

那是程硯第一次違背約定，主動聯絡顏立堯。他痛恨不守信用，可是現在管不了那麼多了！

顏立堯那一端的手機關機，程硯不死心，又撥了第二通、第三通過去，仍然進入語音信箱。

當第四次又聽見語音留言時，他情急地對著手機喊話。

「阿堯！我不知道你在想什麼，不過不准你去跑！這些事不能等你換心之後再去做嗎？你不回我電話沒關係，可是你不要亂來！蘇明儀……你想一下蘇明儀，她還在等你！所以你……你……渾蛋！」

他不知道該說什麼才能成功阻止顏立堯，便使勁將手機扔向床舖。

一則就此斷了音訊的簡訊，讓程硯陷入失常的情緒，他撥了無數通電話，留下許多給顏立堯的留言，然而那個號碼的另一端，卻不再有回應。

程硯太了解他了，冒著生命危險，只爲了自己想做的事，那的確是顏立堯。

直到深夜，他還試著想聯絡上死黨，就算是周遭的親朋好友也好，打遍所有電話號碼，卻都得到不知情或不能透露的回答。

一遍又一遍重複的動作中，一些曾經出現在他想像中的畫面化作跑馬燈，他想像過也許顏立堯有一天換心成功，來到他面前，要把明儀帶走；他想像過顏立堯會突然出現，嘻皮笑臉地向他道謝，「謝謝你幫我守密，不過從今以後就不需要囉」；他還想像過，他們三個人又聚在一起，笑談顏立堯隱瞞病情的種種，好似那都已是一場過眼雲煙……

最後，程硯癱坐在地上，失神凝視躺在地板的手機，螢幕亮光在持續幾秒鐘之後，也無聲熄滅。

「阿硯，明知道最後都會死去，爲什麼人還是想拚命地活下去呢？」

安靜得連針掉在地上的聲音都聽得見的房間，隱約傳來那個悲哀的問題。

「明明那麼說的……」

看著毫無一絲動靜的手機，程硯領悟到自己的無能爲力，這份不甘心在強烈顫抖，他撐住額頭，拳握著手直到作痛，直到一股暖流漫上眼眶。

「可惡……」

大二開學之後，程硯也不再接到顏立堯的消息。

以往大約每隔一個月，顏立堯就會捎來他的近況，程硯一直等到中秋節都過去，依然沒能等到隻字片語。

他有時對著一聲不響的手機，不發一語，有時在半夜驚醒，做著來不及阻止顏立堯奔跑的惡夢。

除此之外，他按照平常步調，日復一日地生活，直到要上日文課那一天。

前往教室的路上，起了一陣小騷動。程硯停下腳步，有三四個學生對著地上一灘水和一只破掉的塑膠袋哇哇叫。

「快點啦！水啦！水啦！」

「靠！你是有看到水喔？去哪裡生水給你？」

「算了啦！沒救了。放在這裡曬魚乾好了。」

然後他們說笑著一哄而散，程硯這才看見地上還有一個發亮的物體，走近，那是一條藍色鬥魚，像是被柏油路面黏住一樣動也不動，只有鰓還在急促拍動。

他上前，做了自己平常不會做的事。將魚捧在手心，環顧四周，別說池塘，連水龍頭都沒有。等他好不容易趕到教室大樓，急忙朝牠身上沖水，那條漂亮的鬥魚連鰓也不動了。

看牠張著嘴，程硯頹然垂下手。他沒去日文課，在系館後院找個樹下將鬥魚埋葬。

坐在矮階上，程硯半舉著手，那隻手還殘留捧拾過鬥魚的觸感，滑滑的，涼涼的。

他凝神良久，滑滑的，涼涼的……摸得到，但那條魚的生命在什麼地方忽然不見了。

有鞋子踩過後院落葉的聲響。他轉頭，明儀意外地出現，讓他瞬間回想起當年他和顏立堯一起等待她從教室跑過來的身影，那暖洋洋的感覺又跟著她一步步回來了。

「你還好嗎？」

她見他無故蹺課，四處尋找，終於讓她在他的系館後院找到人。

「妳來幹什麼？」

「你沒上課，我有點擔心。」

事實上，程硯這陣子的反常，明儀都看在眼底，他上課心不在焉，獨處時也顯得焦躁不安，猶如切切等著什麼卻始終等不著。

「就算沒去上課，課程我還是能應付。」

聽他這麼說，明儀有點生氣。

「我又不是在擔心那個，你沒來上課很反常嘛！」

「這種小事不用妳擔心。」

「擔心不行嗎？我們班來念這所大學的就只有我們兩個而已，我把你當作相依爲命的朋友……難道除了顏立堯之外，這世界上沒人能夠和你做肝膽相照的朋友嗎？」

她最後那句話說得過於意氣用事，誰知程硯一聽見「顏立堯」的名字，所有防備一下子潰不成軍。他失去一切的神情，赤裸裸倒映在明儀詫異的眼裡，她想，是不是傷到他了呢？

「顏立堯……」

程硯悲哀的嗓音才喚出他的名字又啞然中斷，他想告訴她，顏立堯可能已經去世了。

聲音才到咽喉，就被一股強烈酸意淹沒，不知該如何繼續下去。他不想說，不能說，這一刻程硯才深深體會到，打從顏立堯過世的那一天起，謊言的雪球便開始滾動，而且不能停止。當初顏立堯要他答應的，原來是如此不堪負荷的承諾。

顏立堯是眞的不在了。

不在這地球上的任何一處，怎麼找也找不到，如同那條可憐的鬥魚，什麼都挽不回來。

「程硯。」明儀在他面前蹲下，「很痛苦很痛苦的時候，一直忍住，只會讓它像汽球一樣膨脹，並不會過去。要讓痛苦離開，得幫它找一個出口才行啊！雖然我不是顏立堯，還是可以當你的出口。你不用告訴我原因，垃圾桶什麼都會接收的。」

他看著明儀比什麼都還要溫柔的面容，她什麼都不知道，也許知道眞相之後，最難過的人會是她。

好傻……她跟他一樣，傻傻地被顏立堯留下來了，留在這個只能爲他而哀傷的世界。

他擁住她，不捨地、悔恨地……擁住她。

那個擁抱來得太突然，明儀因此往後跌坐在地，直視落葉紛飛的前方，呆愣好久。葉子，被按下慢動作的鍵，像紙，輕輕交錯飄下，只有那個風景是動的，她，則被圈在他的懷裡。這是她第一次被顏立堯以外的男生擁抱，陌生的體溫與身體令她害怕。

然而程硯並沒有鬆開手，他還牢牢環著她嬌瘦的身子，將臉埋入她肩窩，寬大的背彷彿正忍受著什麼劇痛而抽搐。

明儀從倉惶到回神，她伸手碰碰他背部，這個人正無聲痛哭，一句話也不肯說地痛哭著，她被圈住的手臂開始發疼，疼得就快要跟著程硯一起落下淚來。

「不要緊，不要緊……」

她摟著他，只是安慰他「不要緊」，一遍又一遍，卻不曉得到底該重複幾遍才能撫平這場傷痛。

女孩子的身體很柔軟，還有透著淡淡香氣的肌膚，暖洋洋的溫度像剛曬過太陽，他緊抱著她的時候，甚至可以感受到明儀均勻的呼吸。

這些活生生的特質，都是現在的顏立堯所沒有的。

「阿硯，要一直那樣暖呼呼地活下去喔！」

【第四章】

嘿！顏立堯，你說，為什麼人們喜歡牽手呢？

不用靠別人的幫忙，也能夠好好地走路，多一個人牽制住自己，其實行動會比較不方便……等等。

不牽手的好處可以列出好多的「等等」，而想要牽手的理由卻一個也說不出來。

牽著你的手，偶爾，心會痛痛的，但還是會很幸福地過去拉住你。

每次這麼做的時候，我總會暗暗告訴自己，這輩子，大概沒人可以讓我像這樣地想要牽手了。

不過，最近看著他的背影，我很想知道那個人身上的溫度，知道和他手貼著手的感觸，想呀想的，竟然也有一點點心痛的感覺。

但，我頂多只會在他背後遠遠地懷抱這個念頭。因為這一段距離，是我為了你留下來的。

……………………………………明儀

「糟糕。」

顏立堯才剛離開籃球場沒幾步，就拉著制服上衣站住。原本在樹下等他的明儀放下書包，近前來。

「怎麼了？」

「釦子掉了。」

他拎拎上衣，上面數來第三顆釦子鬆脫，只剩一條線繫住它。

「妳會不會把它縫回去？」

「會，可是我沒有針線。」

他一聽，失望的程度顯得很誇張，垂頭喪氣，「女生不是應該都會帶著那些東西嗎？」

「你聽誰說的？」

「漫畫。」他又恢復調皮的表情。

明儀也故意彎起甜甜的笑容，「那請你去日本，找那邊的女生幫你忙吧！」

「哎唷！我也不是認爲女生身上一定要帶針線。」他說到一半，拿起礦泉水猛灌好幾口，下場打球沒一會兒就離開，倒是喘得厲害。放下水瓶，他接著說：「一想到女朋友幫自己補衣服，那感覺不錯呀！」

「……讓媽媽補不行嗎？」

「讓媽媽縫釦子會心存感謝，讓女朋友縫釦子則是感到幸福。」

他大方解釋給她聽，明儀對感情的事還沒有免疫力，每提一次「幸福」的字眼，便不自覺忸怩羞澀。這時程硯也離開球場，到一旁喝水。

「你眞難伺候耶……」半天，她只能擠出這句話。

「我又沒有眞的要妳隨身帶針線幫我縫釦子，有的人就是會對某些事特別有幻想嘛！」

他這麼一說，明儀皺起眉頭，「你想過我幫你縫釦子？」

「看漫畫時偶爾有想到一兩次。」

「什麼嘛……」

「那是什麼反應？妳難道沒有想過讓男朋友幫妳穿鞋子、開車門？」

他隨口說說，明儀立刻哇哇叫了起來，「穿鞋子？我又不是女王！」

見到她慌張的反應，顏立堯更得意忘形地轉向程硯，「阿硯，你說我講的對不對？大家都會對特定的事有某種程度的執著，是吧？」

程硯還在喝水，喝夠了，他抹一下嘴角，鎖上瓶蓋，這才冷冷面對他，「請不要把我扯進那一類的討論裡面。」

「你幹麼這麼不屑？我說你一定也有特別執著的事。」

程硯再度正色道，「我的執著，就是不想加入你們的討論。」

顏立堯碰了一鼻子灰，悻悻然繼續灌水，忽然，明儀朝他伸出手，不自在地要東西，「拿來。」

他聽不懂，「拿什麼？」

「衣服。雖然現在沒有針線，不過我、我可以帶回家縫。」

她笨拙地向他要衣服。這一回，顏立堯眞心笑了，柔柔摸一下她的頭，拿起書包。

「下次吧！現在被妳扒了衣服，我不就得光溜溜地回去？」

「對喔……」

當天，她到超市買了一個迷你針線包。過幾天，湘榆發現她的零錢包裡多了針線包，還稀奇地借來看，當它是個珍奇古董。

「妳沒事帶這個做什麼？」

「可能會有機會用得上呀！」

「用得上什麼？」

明儀偏起頭，給她一枚神祕微笑，「讓別人幸福。」

後來，顏立堯的鈕釦沒再鬆掉；後來，顏立堯在高中畢業後消失了。

後來，那個希望能帶來幸福的針線包，還一直讓明儀好好地帶在身上。

✉

大二下學期開始，明儀也買機車了。升上大三，小茹在便利商店打工，一週三天，硬拉著明儀一起去。爲了配合白天上課時間，她們挑了午晚班的時段上班，明儀的哥哥因爲這個下午三點到晚上十一點的時間而反對到底。

「妳又不缺錢，學人家打什麼工啊？」

明儀的哥哥蘇仲凱雙臂交叉，儼然兄代父職地訊問她。

「又不是錢的問題，打工可以增加經驗嘛！又能學到功課之外的東西……」

「這是什麼大小姐的說法？不缺錢就把打工機會讓給需要的人啦！」

她沒想到哥哥頑固起來會這麼討厭，以前從不管她的，現在開始有兄長的樣子，便嚴得要命！

「你到底是爲什麼不讓我去打工？如果是怕我危險，我已經跟你說過了，程硯陪我去看過環境，那裡的店長和店員都很好。」

一提到程硯，蘇仲凱將霸道的目光移到旁邊座位，挑高粗獷的眉毛。虧他有一張好看的臉，氣質卻很流氓。

「蘇明儀那個上班時段，除了她同學，還有其他女店員在，可以不用擔心。比較需要擔心的，應該是她下班的時間點。」

程硯直接挑明蘇仲凱心中的顧慮，這讓做哥哥的多打量他兩眼，然後瞪向明儀。

「對呀！十一點耶！妳門禁不就是十一點？」

明儀氣得快要跺腳了，「我一開始不就說了，店長願意讓我提早十分鐘下班，這樣剛好可以趕上門禁，絕對沒有問題！」

「笨蛋！有沒有問題不是妳說了算。」他回嗆一聲，轉向程硯，「喂，既然你是被她抓來背書的，那就負責到底。下班後盯著她回宿舍，可以嗎？」

「哥！你在講什麼啦？」蘇明儀張大嘴，立刻站起來。

程硯先是愣一愣，看看她，居然也點頭，「那倒可以。」

「等一下，你可以不用理他……」

「什麼不用理？沒大沒小。」蘇仲凱態度更加強硬，「我先說好，如果這個程硯不能送妳回宿舍的話，打工的事就免談！」

半小時後，他們離開明儀家的公寓大樓，她顯得十分沮喪。

「眞對不起，我沒想到我哥會提出那種沒道理的要求，而且他還對你很沒禮貌。」

「我倒覺得身爲一個哥哥，他那樣很正常。」

「才怪呢！你也有妹妹，我就不認爲你會跟我哥一樣。」

看得出來她有點鬧彆扭，程硯笑笑，「不過，擔心是一定會的。」

明儀這才慢慢冷靜，她做了個深呼吸，對他說：「你不用把我哥的話放在心上喔！打工的事，我會再好好跟他談談，一定要讓他點頭爲止。」

「妳說送妳回宿舍的事嗎？我說『可以』並不是客套話，也沒有在幫妳達到打工的目的，是眞的可以。」

明儀放慢與他並肩的腳步，爲難地，「沒有人會答應這種無理要求的……」

「我是量力而爲，何況那個時間出門，剛好可以帶消夜給室友。」

明儀低下頭，踢開一顆腳邊的小石頭，悄悄會心一笑，他總是可以漂亮地爲自己的善意找到正當理由。

兩人在人車並不太多的路上步行一會兒，程硯主動停下來，「不用送了。」

「沒關係，我順便幫我哥買蠻牛，那只有你們那裡的便利商店有賣。」

相處久了，她也從他那裡學了點皮毛。

又安靜走了一陣子，甚至有好幾分鐘，路上連一輛車、一個路人都沒有，他們就像走在一座才廢棄不久的城市裡。明儀抬起眼睛晃晃天空，九月傍晚的天空很清爽，晚霞是水墨般的輕淡顏色，就連雲絮形狀也宛如羽毛，風一吹便會散開一樣。

橙色的光是一襲紗，披覆在前方高低不齊的大樓、一盞盞列隊的路燈、還有顯得孤單無聊的紅綠燈號誌，這溫暖的景致看久了，反而有一絲無法言喻的哀傷。

「好久沒跟你一起走在這條路上了。」她呼出一聲懷念的感嘆，「上次是什麼時候呢？高……高三？」

「是高三，送妳回家的時候。」

「時間過得好快啊！那當下沒有什麼感覺，不過只要回頭細算日子，就會發現時間經過的速度眞的好快。」

「嗯。」

她側過頭，鬼靈精地衝著他笑，「第六年囉！我們認識邁入第六年了。」

程硯花了一段時間讓自己適應「六年」的長度，才說：「眞的很久了。」

「是吧？我想我們第一次見面時，一定沒有想過將來還會在一起這麼久。」她停一

停，嫣紅的夕照在雲絮邊緣，框了一層淺淺光影。她凝然望著，悠悠道出心中遺憾，

「不過，也從沒想過會有分開的一天吧！」

程硯凝望她被暮光包圍的寂寞側臉，明白她想起了誰。從腳下延伸出去的是他們兩人幾乎快靠在一起的倒影，偶然瞥見，不由得暗暗質疑起自己的存在。

在她身邊的人不應該是他，他卻留下來了。

「程硯。」她忽然叫他名字，「我們……要是可以一直跟黃昏的天空一樣就好了。」

「黃昏的天空？」

「因為，不管這個世界怎麼因著時間而改變，天空是不會變的。」

他覺得有趣，「那又為什麼非得是黃昏呢？」

明儀則因為他也有想不透的事而有些得意，「我們現在正走在黃昏的天空下嘛！現在，這一秒，腳下這條路，可以一直一直下去，你說這樣多好？」

偶爾，當他從明儀那裡感受到快樂暖意，心底那小小的、像刺一般的罪惡感，就會被撫平、消化。

「小心。」

原本無人的巷子，迎面駛來一部疾行的休旅車。程硯將明儀拉向一邊，等她驚魂未定地目送車子過彎後不見，他才輕聲責備，「妳不能邊講話邊注意安全嗎？」

「因為專心在跟你講話嘛！」她試著強詞奪理。

他也不留情，「照這樣下去，妳人生的路不一會兒就可以走完了。」

「哈哈！那可不行。」她迎向美麗晚霞，開朗地笑，「我要當黃昏的天空，只要一抬頭，始終都會在那裡。」

「當誰的天空？」

「你……」

倏地，她的聲音好像被扯斷似地浮在半空中，她的微笑猶如汽球「砰」地一聲就破碎。

程硯帶著一點訝異望著她自己也嚇著的眼睛，原本不經意還牽在一起的手，因為對面走近的路人，又不得不分了開來。

放了手，才察覺到原來曾有過那麼一次，不熟悉的體溫，在身上密合的烙印。

方才一度興起的波瀾，不知不覺隨著這城市荒廢，不算長，也不能說近的路程，最後他們安靜地走完。

「歡迎光臨！」

才朗聲說完，明儀雙眼跟著一亮，伴隨門口的「叮咚」聲，程硯和阿宅一道走進來。

一升上大三，程硯同寢室友的原班人馬搬出去外宿，合租一層公寓，他們都是要靠咖啡來熬夜的夜貓子。

「好難得。今天怎麼一起來?」

明儀是少數會主動跟阿宅抬槓的女生，阿宅和她熟了之後，被訓練到沒以前那麼怕異性，至少應對進退不會自閉得那麼格格不入。

「要、要買遊戲點數。」

他唯唯諾諾的語氣一竄入小茹耳中，又聽見他要買的東西，令她受不了地轉身裝忙。

「三杯美式，一杯拿鐵。」

程硯說出常點的咖啡名字，明儀便順口問，「拿鐵?恩雅今天有來呀?」

「嗯。」

恩雅是許明杰在大二下學期末開始交往的外校女朋友，學聲樂的，和愛爾蘭那位知名的音樂家同名，而她的歌聲也確實動聽，本人氣質相當好。

許明杰大方將她介紹給明儀認識，就算交女朋友了，至今還是以學伴的身分關心著明儀，每次大考的 all pass 糖從沒少過。

明儀忙著沖煮咖啡，又有一位客人進來，四十多歲的男性，不過他沒有買東西，而是直接走到櫃台，輕輕說了句日語。

「咦?」

雖然修過日文課，但小茹還是當場呆住，那位看似是日本人的男性再次重複剛剛的問句，間雜少許難以辨識的英文，好像是在問路，不過她聽不懂問的到底是什麼地方。

小茹不熟練地用日語請那位客人寫下他要找的地方，明儀也放下手邊工作準備要過去幫忙，她無意間注意到程硯冷眼旁觀這一切的微妙神情，當下還覺得不解。這時，斜前方傳來一串流利日語，一看，竟然是阿宅！

明儀和小茹都詫異地停下所有動作，目不轉睛地看著阿宅不慌不忙地跟那位日本人交談起來，並且詳細告知路該怎麼走。那誠懇的語氣、毫不猶豫的神態，簡直不是平常的阿宅嘛！

日本人再三感謝阿宅之後，便走出了店外。明儀再也忍不住，驚奇地問：「阿宅！你什麼時候學會日文的？不是沒修日文課嗎？」

「我、我從漫畫……還有電玩裡面學的啦！」彷彿被打回原形，他笑得靦腆，「看多、聽多，自然就會了。」

「好厲害……」

明儀只知道阿宅對任何漫畫都瞭若指掌，問他哪個角色的名字、什麼時間點發生了什麼事等等，他都能倒背如流，就連幾十年前的漫畫也難不倒他。電玩更是玩到爐火純青的境界，好像遊戲根本就是他設計的一樣。

不過，一口流利的日文，倒是出乎她的意料之外。

「我要買這、這個。」

阿宅拿著儲值單到櫃台，小茹臉色不是很好看，接過單子，默默幫他結帳。拿到從機器印出的發票時，她卻沒有馬上交給阿宅，只是咬著唇瞪視桌面。

由於她狀似在生氣，阿宅不知所措地看看四周，「呃……」半天才只敢把索取發票和儲值卡的手伸出去一點點。

小茹忽然大大倒吸一口氣，將東西交給阿宅，「謝謝。」

阿宅收下後，意識到小茹嬌聲的道謝是對著自己，才又匆匆抬頭。

這大概是小茹頭一遭直視阿宅，單單是這樣的四目相接，就害他被那雙水汪汪的明眸給電上一記！小茹因爲出面解圍的人是阿宅而顯得心有不甘，卻還是坦率道謝，「剛剛不是幫我應付那個日本客人嗎？謝謝你。」

「沒、沒什麼啦！我又……沒有……」

遇到明儀以外的女生，阿宅又開始亂了陣腳，小茹噘起嘴，不再多說什麼。不久，小茹去年耶誕節開始交往的男朋友在店外等她了。

那男生總是騎著重機，帥氣得要命！

「明儀，我先走囉！」

看小茹春風滿面地拎起包包離開，阿宅這才收回視線，向明儀道別。明儀與下一個時段的店員迅速完成交班動作，然後跟程硯一起離開便利商店。

有個問題，她還想向程硯查證清楚。

便利商店離女宿步行不到十分鐘，途中會經過一段完全沒有燈光的路，路的兩旁橫貫一條圳溝，水流淙淙，還算乾淨。明儀最喜歡這段小路橋，在夜色下聆聽潺潺水聲，水面反射著一旁住家的燈光而粼粼閃爍，還間雜昆蟲此起彼落的鳴叫，是一段活潑的月下小路。

感覺得出來，程硯也很喜歡這一小段短短的路程。

「你其實聽得懂那個日本人在說什麼吧？」她直接提出疑問。

「嗯，大致上。」

「那你爲什麼故意袖手旁觀？」

程硯往前走了幾步，才淡淡回答，「妳的室友需要學會看見人的另外一面。」

不用明說，明儀也曉得他指的是什麼事，訝異著程硯平常不講，原來小茹對阿宅的不友善他都看在眼裡。

明儀輕快繞到程硯身邊，雙手背在後面，俏皮追問他，「嘿！你是爲了小茹，還是爲了阿宅才這麼做的？」

他側頭和她互望一眼，高深莫測地揚起薄薄笑意，不打算再多說。明儀的目光卻仍停留在他身上，拜接送所賜，她常常有機會從這個角度近距離觀看他，三十度仰角，二十公分的距離，也許是因爲這份在身旁的安全感，這條小路才顯得格外可愛。

兩人的腳步聲有時一致，有時又岔開，不管怎樣，總是在一起的。

白天上課，晚上打工到十一點確實很累，但回去的這段路程卻有說不上的舒服愉快。

然而，也不是每個晚上都如此。

今天晚上，接近十一點的時刻，程硯和往常一樣進來買咖啡，不多久，方才圍在影印機旁的女生們過來結帳，認出了他。

「咦？程硯！你也來買東西呀？」八成是他班上同學，很熟地跟他攀談起來。其中一位短髮女孩拿出影印好的資料。

「正好！我們剛剛在討論這個地方，你看一下。」

於是他們開始熱絡討論起課業上的問題，明儀又吃驚又佩服地偷偷打量他們。嘴裡說出她聽不懂的專有名詞，偶爾會突然笑開來，接著又是一連串專業的質疑和探討。

最詭異的是，程硯居然那麼自然地和女生們對話！高中時代的他也會和女生講話，只是字句都節省得很，如今，升上大學之後果然世故多了。他的應對進退十分得體，不會讓人有過於冷漠的感受。專注解說的側臉，即使和女孩靠近，也看不出一點彆扭的自若神態，儼然是成熟的大人了。

明儀直直凝望著，直到胃裡有某種東西在翻湧。

三杯咖啡都泡好，他們還沒有結束的意思，也許是聞到咖啡香的關係，那個短髮女孩抽空探頭對她說：「啊！我也要一杯摩卡，快點！」

明儀愣一下，點點頭，轉身再次沖泡起咖啡，小茹挨到她身邊，低聲抱怨，「那是什麼口氣？又不是她家佣人。」

她笑笑，沒說什麼。後來，他們的話題改變，短髮女孩掏出一堆電影票券發送，也分給了程硯，說：「來，每個人兩張，這是我爸拿回來的。」

「哇！這部片不是還沒上檔嗎？」另一個微胖女孩大叫。

「嘻嘻！我爸公司就是有這個好處，不夠再跟我拿。」短髮女孩突然想到一個好主意，「對了！我看找個時間我們一起去看電影好了，怎麼樣？」

大家興致盎然地同意，只有程硯沒作聲，短髮女孩追問：「程硯，好不好？」

「再看看吧！」他沒說好，也沒說不好。

然後女孩們帶著影印好的資料離開便利商店，小茹也讓重機男友接走了，最後明儀才跟程硯一起踏出響起「叮咚」聲的門口。

路上，明儀比平常安靜，不是盯著自己的腳，就是好像在想什麼想得非常入神。程硯看了她幾次，問：「怎麼了？」

「咦？」她迅速抬頭，「什麼？」

「妳怪怪的。」

用「怪怪的」來形容女孩子不好吧！明儀喪氣地皺起眉，不過程硯也只有對她才會這樣吧？

「你們要考試了？」

「嗯！後天有個小考。」他停頓片刻，又問：「妳應該不是爲了我們的考試才怪怪的吧！」

「你幹麼一直在意我怪怪的呀？每個人都會有怪怪的時候啊！」

他狐疑不語，轉向正前方，繼續和她並肩而行。

經過圳溝時，程硯沒來由說：「剛剛林瑛慧……就是後來點摩卡的那個女生，她平常講話就是那樣，別介意。」

明儀放慢些腳步，再度抬頭看他的背影。原來他在討論那些難解習題時，還費著心思留意她這邊，那麼，她就沒什麼好不高興了。

明儀加快腳步跟上去，輕聲說：「我不會介意。」她介意的，並不是那件事。

他再次觀察她一下，不予置評地保持沉默。明儀微微蹙起眉頭，對心裡一份矛盾的情感感到困惑。

路程很短，他們各自的思緒卻拉得很長。

「嗨！妳回來啦！」

聽見房內明儀的招呼聲，小茹匆促拉開笑臉，「妳還沒睡呀？」

以往小茹就算返回宿舍，也會留在交誼廳跟男朋友講電話講到七晚八晚才回房，大多時候明儀早已睡著了。

「要睡了。」明儀將乳液倒在手上，輕快地往臉上推抹，「怎麼最近妳男朋友都這麼晚接妳？」

「什麼？」

「最近妳不是都要我先走嗎？」

小茹的笑容漸漸從她疲倦的臉上消失，她沒有立刻回答，只將外套和包包都卸下來，放在桌上，然後快速把頭髮盤起，坐在明儀旁邊的桌前開始卸妝，這才開口講話。

「那個渾蛋沒有來接我。」

「啊？」

「不是我被放鴿子喔！是我不要他來的。」

「這又是爲什麼？」明儀將乳液的蓋子鎖好，正面轉向她，準備聆聽。

「總之，他在跟我交往之前，就已經有一個交往好幾年的女朋友了。」說到這裡，小茹又停下忙碌的手，正色強調，「我沒有故意當第三者喔！是他根本沒跟我說。」

「嗯！我相信妳。」

見到明儀篤定的模樣，小茹收起方才扶搖直上的殺氣，垮下肩膀，「我要他選，要她還是要我。結果那個孬種說他兩邊都放不下，妳說可不可惡！」

「可惡！」

「不過，最讓我生氣的是，我打電話給他女朋友，要跟她說這傢伙劈腿的事，他女朋友竟然不相信，還要我別再騷擾他了……」小茹從激動到落寞，她訥訥看著手上混融各種顏色的卸妝棉，深深嘆口氣，「女人好傻啊！寧願爲自己編一個美麗的假象，也不要殘酷的現實。可是再光鮮亮麗的包裝，最後也會跟這塊卸妝棉一樣，慘不忍睹。」

「小茹……」

「我也一樣啊！當初跟他交往，就有姊妹淘警告我，說他素行不良，我偏不信，硬是認爲他和我這一段是不一樣的，是特別的。」

這時，明儀伸出手，握住她，「但小茹妳絕對是特別的喔！」

小茹露出泫然欲泣的表情，撲摟上去，撒嬌的聲音照樣叫人酥麻，「明儀，妳眞是個好孩子！」

「好啦，好啦！」明儀任她抱著，拍拍她的背，幾分鐘後又問：「可是，既然妳和他已經分手，爲什麼不跟我一起回家？」

小茹放開她，不好意思地笑笑，起身去拿換洗衣服，「怎麼好意思嘛！我跟妳回去的話，不就變成妳和程硯的電燈泡了？」

「妳在說什麼電燈泡？我們是朋友啊！妳和程硯也是，一起回家不會怎樣的。」

「哼哼！朋友。」小茹假意冷笑兩聲，「那麼程硯他同學來找他那天，妳那張吃醋的臉是怎麼回事呀？」

明儀整個人怔住，措手不及的目光隨著小茹又拿睡衣、又拿沐浴乳的身影飄忽。

「我看得很清楚喔！他和那些女生聊得起勁時，妳可是很哀怨地看著他們。」

「哀怨？」她難爲情地往桌面趴去，「難怪程硯說我怪怪的……」

「有什麼關係？會吃醋、會不安、會自己生悶氣……雖然都是些討厭的情緒，不過這正是『喜歡』的表現啊！」

「我不是……我不會對程硯……有什麼『喜歡』的感覺……」明儀自己思索好久，才緩緩自嘲，「我大概是……太自以爲是了吧！以爲對程硯而言，我是比較特別的，畢竟在這所大學裡，只有我們兩人是高中同學呀！那天晚上看到他和他同學可以很自然地講那麼多話，嚇了一跳，覺得……特權沒有了。好像是原本受寵的獨生子，突然多出一群弟弟妹妹，把父母的注意力都瓜分掉了那樣……話又說回來，我這樣很奇怪吧？」

小茹笑一笑，經過她背後時，拍拍她的頭，「不會呀！很可愛。我是說，對程硯來說，妳這樣很可愛。」

見小茹捧著換洗衣物要走，明儀忍不住多問一句，「小茹，妳有沒有事呀？」

「放心，比起傷心難過，我啊，」她裝狠地掄起拳頭，「更想把他大卸八塊！」

小茹去洗澡之後，明儀還趴在桌上一陣子。她想著那天程硯和同班女孩們說話時認眞的側臉，想著那一刻胸口部位酸酸的刺痛，想呀想的，彷彿在冰涼桌面聽見一聲一聲……怦然的脈動。

隔天的日文課，明儀私下找機會向程硯提起小茹的狀況，還說她怎麼也不肯跟他們一起回宿舍。

「那叫阿宅送她回去好了。」

對於他漫不經心的建議，明儀起先不敢置信，等到確定他是認眞的，才結巴地反對，「不好吧！小茹……對阿宅不是那麼好……」

「沒讓他們多了解對方，永遠都不會好的。」說這句話時，他沒有絲毫猶豫。

明儀只好趁打工時間的空檔硬著頭皮向小茹說這件事，果不其然，小茹強烈反彈！

「爲什麼要那個怪咖送我？那樣反而危險吧！搞不好他都看一些變態漫畫，上網玩色情遊戲……」

「小茹！」明儀凶巴巴地打斷她，「阿宅不是那種人，他有借我漫畫，也推薦我玩線上遊戲，完全不是妳想的那樣。」

「……就、就算是那樣，我也不要啊！跟他又不熟……」

「那不然就跟我和程硯一起走吧！」

這次明儀態度擺得十分強硬，小茹鼓起腮幫子，為難地考慮良久，才勉強接受阿宅的服務。

當天晚上，程硯和阿宅一起出現在店內，交班時間到，小茹要明儀先離開，她繼續完成剩下的拖地工作，而阿宅就坐在落地窗前的高腳椅，緊繃神經，望著窗外稀少的人車。小茹一面拖地，偶爾瞥瞥人如其名的阿宅，然後暗暗埋怨明儀太多事，看也知道她討厭這宅男吧！她又不是小孩子，幹麼非得有人護送才行……

「哇！」

她的拖把撞到眼前一雙腳，阿宅正不吭一聲站在前面，把小茹嚇得倒退幾步。

「對不、對不起，我、我幫妳拖……」

她鎮定下來後，扠著腰，嬌氣責怪他，「你幹麼突然出現啦？還有，不用你幫忙，這是我的工作，萬一被店長看到我讓客人拖地，被罵的人不是我嗎？」

「對不起……」

又道歉了，他連道歉的模樣都讓她感到不耐煩。小茹收拾妥當之後，過去跟阿宅沒好氣地說：「喂！走了。」

才走出店門口，小茹便伸出手接住不知何時落下的毛毛雨，想起昨天聽見氣象報導說這幾天有鋒面通過，會下整整一個星期的雨。

就在這個時候，身旁「嘩」地張開一把傘，讓她驚訝轉頭。

阿宅低著頭，「對不起，我只有……帶一把傘出門，給、給妳用。」

這也需要道歉？小茹自忖一下，故意將傘拿過來，頭也不回地走出店家。

一路上，小茹撐著傘走在前方，阿宅則在她背後五公尺的位置默默走著。雨並不大，一陣陣飄下時，傘面會躍動著叮咚聲響。小茹悄悄回頭觀察阿宅，他依舊自顧自低頭走路，好似完全不在乎這場雨，她收回視線，開始感到內疚。

在日光燈的照射下，路面出現一個個雨漬暈開的黑點，那些黑點的連結愈來愈廣，她終於回頭，站住，就在阿宅快撞上她之際，他趕忙煞車。

「一起撐吧！」她說。

「咦？」阿宅慌張搖手，「不、不用啦！雨又不大……」

「一起撐又不會怎樣，會怎樣嗎？不要扭扭捏捏、吞吞吐吐的，你又沒有欠我錢，幹麼一直唯唯諾諾的樣子？」

她索性發脾氣給他看，弄得阿宅又得道歉一次，然後小茹將傘高舉過他的頭，命令道，「你比較高，你拿。」

「是。」

阿宅乖乖接過傘，走在小茹身邊，只是他還在意著距離，因此身體右半邊還是露在傘的遮蔽之外。

這一次，小茹更放肆地打量他，他長長的劉海下，有一雙像牛的眼睛，溫和質樸，若不是駝背的緣故，肩膀應該算滿寬的吧！臉蛋也算清秀，乾乾淨淨的。她探頭盯著阿宅另一邊被淋濕的肩膀，那肩膀，讓她的目光多停了幾秒鐘。

明明是不錯的男生呀！爲什麼要那麼宅呢……霍然間，她意識到自己前一秒的念頭，發起一陣寒顫而趕緊搖頭。

忽然，遠處響起煙火的施放聲音，他們抬頭搜尋，不知哪個地方在慶祝什麼而施放了小型煙火，花樣很簡單，在雨夜卻異常耀眼，這讓小茹特地佇足觀看好一會兒。

「好厲害，到底是怎麼做出那些不同顏色的光呀？」

她只是在感嘆，不是眞心發問，沒想到一旁的阿宅卻連珠炮地說明起來，「那是利用金屬的化學反應，把釋放出來的能量轉成光能。鈉的化合物燃燒時會發出黃色的火燄，鈣的化合物是紅色的火燄，鉀就是紫色，然後……」

他還沒全部講完，小茹已經忘光一半，呆呆聽他說得起勁。等阿宅停止，發現她目不轉睛，馬上又變回原來的阿宅。

「對不起，都是、都是我在講。」

「那都是你們上課學的？」

「不全是，是我看一本《究極花火之役》的漫畫知道的，那個作者很用心，把那些原料的排列順序都分析得很讚！眞的很讚！」

說到漫畫，他又滔滔不絕了起來。小茹一面佯裝認眞聽他說，一面覺得這人眞不可思議。後來，她故意問他幾個刁鑽問題，比如希臘神話某位神祇的由來、柔道各種招數的特色、古典樂背後的故事等等，幾乎都難不倒阿宅，最扯的是，那些知識全是他看漫畫學來，還費心去一一查過資料的。

她愈想愈覺得誇張，忍不住噗嗤一笑。

阿宅莫名其妙住嘴，見她不知爲了什麼緣故而笑得燦爛，濕冷的右邊肩膀剎那間變得輕飄飄的，然後，原本是下著淅瀝細雨的城市，在他眼底明亮了起來，從身體內部到四周方圓三百公尺的夜晚逐漸暖亮，那並不是空中煙火的關係。

「明儀。」

小茹繞到第二排架子後，用眼神向正在補貨的明儀示意，明儀探頭，原來是程硯和阿宅來了。

「妳先回去吧，剩下的交給我。」

「謝謝。」

明儀快步跑向櫃台，收拾好東西，這才發現外頭的雨又飄下來，這個星期的雨總是停停下下。

「有沒有帶傘？」

程硯這麼一問，明儀發現他手上拿的兩把摺疊傘，笑笑，「嘿嘿！沒有。」

明儀嘴上那麼說，不過跟著走進櫃台的小茹倒是瞧見她背在背後的手，偷偷將自己的傘推進櫃子深處。

「總覺得最近小茹和阿宅的感覺不錯呢！」明儀撐著程硯帶來的傘，快樂地走在他身邊，「明明可以四個人一起走的，她卻不要。在宿舍也比較常提起阿宅的事，說他跟她以前認識的男生不一樣，不會滿腦子只想愛現、耍帥，還很有深度……說到底，都是你的功勞。」

他倒不以爲然，「不管喜歡或討厭，只要妳室友能重新認識阿宅這個人就可以了。」

「是是是。」她沿著傘緣望出去，黑壓壓的天空，沒有月亮和星星，不禁有感而發，「你的眼睛能夠看見一般人所看不到的特質呢！做你的朋友……很幸運喔！」

說著說著，她不由自主又想起上次在便利商店，那幾位女生和程硯交談的情景，想必程硯一定也會發現她們的優點吧！對她所不認識的女孩抱持著她所不明白的好感……啊！心情又怪怪的了。

程硯想到初識許明杰不久，許明杰也用「幸運」來形容過朋友這件事。

「我這種人，大概只適合當朋友吧！」他意味深長地回應。

明儀不了解爲什麼他的語氣透著一絲落寞，想要說點什麼，卻說不上來，於是她也保持靜默。經過橋面時，程硯像是想到什麼而止步，他從口袋拿出兩張票券，問：「對了，這部電影上映了，我記得妳說過妳想看，要去嗎？」

那裡的光線不是太充足，明儀將票券接來，仔細辨讀，原來是幾個星期前那位短髮女生分送給大家的電影票，她因此訝異抬頭。

由於她也不說好或不好，程硯又詢問一次，「妳想去看嗎？」

「……你在邀我嗎？」

他更是一頭霧水，「現在不正是這麼說嗎？」

「我以爲……你會跟你同學去……」

「沒那個打算。」他看她還是呆呆的，又說：「如果妳不想去，我就把票給許明杰和他女朋友。」

「啊！不是啦……」

明儀欲言又止，程硯接著猜，「或者妳想跟別人去的話……」

「沒、沒有，跟你去很好！」

她情急澄清，卻換來下一秒的尷尬。程硯是不知道該回應什麼的語塞，明儀則兀自苦思半天，最後逼自己直視他。

「跟你去，沒有不好啊……」

雖然見不到今晚的月亮，不過被流動水面反射的燈光還是溫柔映上她半邊臉龐，明明是銀白色的水光，在她臉上卻暈染成漂亮的櫻花色，帶著不認爲自己有錯的倔強。

他不小心看得出神，一向傻呼呼的明儀什麼時候有了這麼惹人憐愛的表情？讓他胸口緊揪到幾近屏息，還想在下一秒便將這個女孩抱在懷裡……

「好嗎？喂，程硯？」

明儀放大音量，他才如夢初醒，這場細雨彷彿這一刻才開始落下，落在屋簷和地面的雨聲分外清晰。她仍舊一臉困惑，「你沒有在聽？」

「抱歉，剛剛說了什麼？」他收回視線，到現在耳朵才恢復知覺的樣子。

「我說看電影的事，如果要在白天看，約下星期一好嗎？我記得那天我們兩個都沒什麼課。」

「好。」

聽見他沒有反對，明儀又燦爛地笑了。傷腦筋，不要表現得那麼開心的樣子，會讓那不知所爲的衝動又敗部復活啊……

送明儀回到宿舍後他便回去了。回去之後，坐在沙發上什麼也不做，直到許明杰回來。見到程硯淨是靠著椅背，面對沒打開的電視，又發現桌上有張電影票，許明杰忍不住好奇，「你要看那部電影？」

「嗯。」他這才起身，脫掉身上外套。

「一個人？」

「沒有，跟蘇明儀。」

「喔……」

許明杰嘴上什麼也沒說，不過那句搭腔聲拐了一個彎，拐出不尋常的意味。

「怎麼樣？」程硯問。

「你沒有強迫她跟你去看電影吧？」

「我爲什麼要做那種事？」

「是嗎？」他點點頭，咧開「那就好」的微笑，「我記得很久以前我約她看過一次電影，不過那次是我死纏爛打，她勉爲其難才答應的，好像跟男生一起去看電影是什麼壞事一樣。既然現在已經可以輕輕鬆鬆去看電影，那表示她走出前男友留下的陰影囉？這樣很好呀！」

許明杰注意到程硯似乎對他的話感到驚訝，於是補充道，「我有說錯嗎？總是要有一個人取代她前男友留在她身邊，不然，她這輩子不可能會有幸福快樂的日子好過。」

「……我知道。」

他面色凝重，許明杰將消夜扔在桌上，對他嗤之以鼻地一笑。

「但是你不希望那個人是你對不對？不對，也不能這麼說，你希望那個人是你，卻又不能是你。」

許明杰發覺自己繞起口令，逕自嘿嘿笑了兩聲，就進房換衣服。

後方響起雨水打入的聲音，程硯走到窗邊，原想將玻璃窗關上，當冰涼的雨水滴在他手背，想起那個冬天，顏立堯向他說起關於十一度時，手的溫度。縱使這幾年來顏立堯的存在只是一通通有去無回的簡訊，關於他的回憶，只要閉上眼，便能立刻回到過去，一切歷歷在目。

他讀著那些簡訊，眼前浮現每一張顏立堯的笑臉，而喃喃自語，「那麼好強的你，如果知道自己被取代了，一定會很不甘心吧……既然如此，就好好地活下去啊！」

他悔恨的聲音得不到任何回音，只能被吸入清冷的雨夜，淅瀝瀝，淅瀝瀝……與孤單交響。

和程硯約好見面的時間是中午十二點，但明儀從昨天晚上到現在都還沒能搞定今天的服裝。床上披了幾件洋裝和裙子，她重複試穿幾次，再瞟瞟逼近的時間，急得跳腳。

「怎麼辦？我不知道該穿什麼！」

小茹還賴在床上，懶洋洋趴起上身，勾起慵懶的笑，「要去約會啦？眞好啊！」

原本手忙腳亂的明儀意識到不對勁，快速回頭，「不是約會。」

「不然是什麼？」

「是……」眼珠子心虛地溜向天花板，「和朋友看電影？」

小茹擺出受不了的表情，拉上棉被。最後，爲了方便坐機車，明儀還是捨棄所有漂亮的洋裝和裙子，穿了牛仔褲出門。

不知道是不是小茹那句「約會」效應的影響，明儀今天一整個非常不自在，她無法正視程硯的臉超過三秒鐘以上，上車搭住他的肩時，也有過一瞬間的心驚膽跳，就連坐在速食店裡，也完全沒辦法像往常一樣大口大口地啃漢堡。

程硯注意到她的異常，但他今天也顯得心事重重，並沒有多問。

他們快速解決掉午餐，就到樓上影城等候開演時間。時間還很充裕，遇到信用卡公司的業務員在遊說，明儀剛巧也想辦一張這家的信用卡，便坐下來填寫資料。

寫完姓名、電話、地址，她認爲讓程硯在一旁納涼很不好意思，抬頭想對他說話，卻發現他正看著她。

不是有話要對她說，而是比較近似觀察或欣賞的角度，安靜凝望。那一刻，程硯的眼眸，清明深邃，相當……懾人心魂。

明儀停下筆，百思不解，「有什麼不對嗎？」

「沒有。」他跟往常一樣的輕鬆閒逸，笑一笑，「很好看，妳寫字的樣子，很好看。」

沒想到才鎮定下來的怦動，一下子又野火燎原！明儀不知如何是好地愣在原地。

發現自己把她弄得語塞，程硯歉然解釋，「以前我妹問過我，覺得哪一型的女孩子最好看，我那時候回答她，我喜歡看女孩子專心寫字的樣子，她罵我答非所問。不過，我現在眞的這麼認爲。」

他的解說並沒有成功解除明儀的窘迫，心臟部位有一道灼熱感覺滿上來了，漲滿胸口，連一絲空間也無法留給氧氣。她只得趕緊埋頭書寫，卻連自己念哪所大學都忘得一乾二淨。

面對不能落下的筆尖，她倉惶閉眼，有種無處可逃的難堪。

他其實懂得明儀躲避的背影。奇怪的是，有一股說不出原由的衝動，就是想要讓她更加不知所措，然後……

想要觸碰她。

進入漆黑的電影院，明儀視力一時適應不良，被階梯絆了一下，程硯的手自後方扶住她，她站穩後，程硯改走她前面，拉著她手肘慢慢往上走。

明儀抬著頭跟隨他背影，他背部的輪廓在黑暗中逐漸清晰，寬闊的肩線、比她更厚實的骨架，在她守望的晦暗視野鮮明地凸顯出來，看呀看著，驀然……有想要抱緊他的衝動。

不知是他的腳步過快，或是她走得太慢，他原本拉著她肘臂的手不知不覺錯開，貼上來的，是彼此燙熱的掌心。

她怔住，臉龐飛快緋紅！程硯也對這不經意的碰觸感到訝異。明儀的手指比想像中柔軟，同時矛盾起來，存在著不知該不該抽離的僵硬，然後，出乎自己意料之外，他牽住她的手，什麼也不說地繼續走。明儀讓包覆上來的溫暖嚇了一跳，悸動的目光從自己被拉住的手再次滑向他可靠的背影，她有做夢的錯覺，情不自禁反握住他的指尖，一步一步，在安靜的電影院，牽手了。

他們沒人開口，也沒有誰先放開手，這樣緊實的接觸似乎深深探入靈魂某處，不用精準的言語，也能明白對方一些不言而喻的思緒。

偌大螢幕隨著緊湊的劇情閃閃爍爍，她沉浸在精采的特效聲光中，始終無法將電影內容吸收進來，滿腦子……全是方才在那段階梯上曾擁有過的短暫體溫。

這是怎麼回事呢？心情好飽滿，還感到無名心酸，酸得讓人莫名其妙地想要落淚，她想，她猜，她也許……也許……

結果，那場電影到底演了什麼，明儀完全沒看進去，偶爾問問程硯某個情節，他回答得支吾，該不會也沒專心在看吧？

又在書店逛一會兒，他們決定回去了。

「啊！下雨了耶！」

站在門口，外頭已是傾盆大雨，周圍聚集不少跟他們一樣望雨興嘆的客人，明儀提議，「怎麼辦？要不要等雨停了再走？」

「妳等一下不是有課嗎？」

「蹺一堂又沒關係。」

「不行。」他又恢復一絲不苟，「妳在這裡等我，我去騎車過來，車上有雨衣。」

「不用啦！就在對面而已，我跟你一起過去。」

程硯考慮片刻，將自己的外套脫下來，蓋在她頭上，「走吧！」

「咦？」

剛會意，他已經帶她衝入雨中，一手幫忙壓住她頭上外套，直奔向對面騎樓。

不過幾秒鐘工夫，明儀奔跑的雙腿都被地上積水打濕。一回頭，騎樓外的街景已讓大雨刷成白茫茫的一片。程硯將外套自她身上拿下，探問：「有沒有淋濕？」

這時，她才看到他淌著水的頭髮、濕透的衣服，和一臉擔心的神情。

「淋濕的人是你吧！」

她反抓住自己袖口，伸手爲他擦雨水。明儀蹙起眉頭的神情是那樣可愛，幫他擦乾臉上雨水的動作既認眞又焦急，程硯靜靜凝視，喜歡她的心情，滂沱縱流。

「可以了。」

他輕輕握住她忙碌的手腕，明儀停止所有動作，回應般望向他那雙多情的眼眸。她喜歡他注視自己的方式，宛如一種無條件的呵護縱寵，這些年她到底被這樣的視線注視多久了呢？

他們之間一定有什麼磁性力量，那力量是非得靠著對方的存在才會湧現勇敢、喜悅和一絲深沉的隱隱痛楚。

他微微低下頭，她看向他淺薄的唇角，覺著全身力氣都跑光，任由那絲無以名狀的引力牽動，和程硯更加靠近……

驀地一聲大雷打下！明儀「啊」一聲躲開天上閃光，程硯驚醒般轉向灰濛濛的天空，這場雨下得好劇烈，像是誰爆發的悔恨，又像絕望的心碎，不停，不停。

午後雷陣雨來得快，去得也快，回到宿舍時已經收斂許多，陽光從雲層縫隙綻露光芒，照亮滿地亮晶晶的積水，清澄水面映著他們面對面的倒影。

「謝謝你，我今天玩得很高興。」明儀眞心道謝，不經意發現他外套袖口上的鈕釦搖搖欲墜，「糟糕，會不會是剛剛借我的時候弄到的？」

程硯無所謂地瞟一眼，「沒關係。」

「等我一下。」

她開始翻找包包，拿出零錢包，零錢包裡有一只小巧的針線包。

程硯一見到那針線包，刹那間，回不去的那一年，都回來了。

明儀熟練地穿好針線，就地幫他把外套鈕釦縫起來，嘴裡還唸唸有詞，「一下子就好，這很快。」

她專心將針尖刺入布料，往下拉，再往上穿出來。她的手，優雅跳著慢舞。

都經過數個寒暑，她舞動的手還是一點一滴地……把那年回憶都串起來。籃球有節奏的彈跳聲響，同伴汗濕的鬢髮，他們三人對於「執著」這一點的笑語，從此明儀身上始終帶著針線包的心意……

她專注的側臉，落在他眼底，成爲一道刺痛。

當天晚上，他們各自在各自的住處顯得特別沉默。明儀摟著抱枕窩在床上發呆，小茹路過她面前，忍不住問她在幹麼。

「想兩個人。」她一面回答，一面將臉埋進抱枕。

「哪兩個？」

「一個在身邊的，一個已經不在身邊的。」

而許明杰和阿宅在客廳看綜藝節目看得哈哈大笑，終於進了廣告，許明杰壓低聲音問阿宅，「他怎麼了？」

阿宅瞧瞧斜對面緊閉的房門，搖搖頭。

「今天不是去看電影嗎？怎麼一回來就把自己關在裡面？」

「不知道耶！是不是跟蘇明儀吵架了？」

雖然身處不同地方，他們想的都是同一件事，一個在身邊的，一個已經不在了。

再過幾天的晚上，小茹和阿宅先從便利商店離開，明儀在櫃台內，背對著程硯調咖啡。

最後一位客人三分鐘前也走出去了，整間店就剩下他們兩人。

程硯不發一語，看她正小心翼翼攪勻，他點的咖啡，她總是格外用心。

「蘇明儀。」

「嗯？」她回頭瞧他一眼，又繼續處理第二杯咖啡。

「上次看電影時，我跟妳說過，喜歡看妳寫字的樣子。」

她屏息，停住手，沒有回頭，接著故作輕鬆地笑一笑，壓下機器，「我還記得呀！」

「我在想，是因爲對方是妳才那麼想，還是單純欣賞寫字的樣子。」

「嗯……那結果呢？」

「其他女孩子就算寫上一整天的字，我也不會多看一眼，所以，大概是妳的關係吧！」

她又不自覺歇了手，緊張盯住眼前冒煙的咖啡，程硯……怎麼一點都不「程硯」了？

「妳對我來說，是一個特別的女孩子。」他深深望著眼前怎麼也不敢回頭的背影，原本放鬆的手，爲了下一句難以啓齒的話語而拳握，「因爲妳是顏立堯的女朋友。」

明儀睜大眼，手指不小心撞到杯子，幾滴褐色咖啡灑上桌面，像她阻攔不及的瞬間心痛。

「因爲阿堯的關係，妳是一個特別的朋友，我是這麼想的，以後也會這麼想。」

於是，她漸漸明白，程硯是在宣告自己的立場，他在說，她只是一個朋友。

起初明儀惶惶恓恓，動也不能動，稍後她倒吸一口快耗盡的氧氣，看看天花板的日光燈，這裡依舊明亮，爲什麼方才有那麼一秒會有天昏地暗的錯覺？

再次低頭面對那些香氣滿溢的咖啡，她蓋上杯蓋，擦拭桌上涼掉的液體，然後轉身正面對著程硯，給他一個恬淡微笑，「我知道了。」

好奇怪，理智早就告訴過她的事，爲什麼現在聽他親口提起，還是會有被甩了的難過？

回去的路上，誰也沒說話，天空飄著雨，他們一前一後撐傘走著。

這段不算遠的路程還是一樣可愛，有她喜歡的潺潺水聲、滴滴答答的小雨、覆在他們身上的柔和光影。

明儀稍稍抬起眼，低矮傘緣的那一端是她看了無數次的背影，即使在這個低溫雨夜，仍然如此溫柔。

她眷戀凝望，淺淺抿起一縷笑意，如果可以站在他身邊的位置，陪他一直走，不論去哪兒，一定是很幸福的事……

才這麼想，眼淚，卻不聽話地掉了下來。

【第五章】

不知道為什麼，在什麼都無所謂的放空狀態，忽然想起你在學校操場跑步的畫面，一圈又一圈地跑著。

阿堯，後來我發現，有些事並沒有盡頭，就算想要放棄，就算想要終止，費盡心思，到頭來還是徒勞無功。

就跟你跑步一樣，是終點，也是原點，一碰觸到那個點，一切又會再重新開始。

乍看之下，好像是被誰拿在手裡的棋，只能任憑擺佈，又被放回原來的位置。

不過，我說的不是惡性循環，對於蘇明儀的感情，即使回到原點，對我而言也是甘之如飴。

那是為放棄這件事努力過無數次，才覺悟到的事實。

…………程硯

如果有一天

「好冷喔！」

他清楚記得，那是個異常寒冷的冬天，整個世界都變作一片蒼白的寒冷，至今只要閉上眼，猶能感覺到會刺痛皮膚的溫度，或許是這緣故，那個女孩給他初次的印象也是朦朦朧朧的。

找了半天，他猜想剛才那句輕聲細語大概來自那個女孩。

他在等顏立堯，那位摯友正面臨人生重要的轉捩點（這是他說的，說穿了不過是去聽告白對象的回答）。至於那個女孩，就不知道在做什麼了。站在凋零的花圃旁，綁著馬尾，身穿水藍色的長襬外套，脖子上戴了黑格紋的圍巾。她是一個適合圍巾的女孩，冬季厚重的衣物加在她身上有一種圓滾滾的可愛。呼氣時，嘴裡會透出襯顯今日低溫的白色霧氣，臉頰和鼻頭凍成蘋果紅，是一個看上去挺舒服的女孩子。

她用腳尖在泥土地上畫呀畫，雙手宛如正和誰共舞地半舉在空中，有時跳到左邊，有時轉圈子，明明是孤單的身影，卻忙得不亦樂乎。

他在一旁靜靜觀看，女孩古怪又帶點滑稽的舉止，深深吸引他的注意。她那在自己世界中自在的獨舞，從此在他記憶裡烙印了好些年。好些年來，他彷彿依然停留在當年從旁凝視她的那一刻，不曾離開過。

直到另一個較爲明豔的女生從穿堂跑出來，揚聲高喊，「明儀！久等了！」

那時，他才知道馬尾女孩的名字，叫明儀。

「湘榆！妳好慢喔！我等得又冷又餓！」

「抱歉啦！要搞定仰慕者都比較花時間。」

「妳答應他啦？」

「哈哈！怎麼可能，那就不需要花那麼多時間啦！」

「啊！等我一下。」

明儀又跑回原地，用鞋底隨便塗掉方才在地上的傑作，匆匆跑開。

而他還想不透，今天又不是情人節，怎麼大家都選在今天告白？

不久，顏立堯也精神抖擻地出現，「阿硯！」

他看著笑容滿面的好友走近，準備回家，「走吧！」

「不想問我結果嗎？」

「看你的臉就知道了。」

「喂！別這樣啦！你就讓我講一下剛才發生的事，不然我快爆炸了！」

「想說就說吧！」

他覺得顏立堯這個人一興奮起來滿聒噪的，不過，看他毫不收斂的喜悅如此閃耀，像個孩子一樣，也是有趣的一件事。

路過那女孩用腳畫畫的地點，程硯稍微停下腳步，盯著鞋邊泥土，原本還忘情說個不停的顏立堯也跟著站住，問：「怎麼了？」

「沒有，沒什麼。」

儘管說「沒什麼」，他還是輕輕地笑了。

地上泥土雖然有被塗抹的痕跡，但由於太過倉促草率，所以還能分辨得出大部分的字跡。

「肉包、肉包、肉包……」

那位叫明儀的女孩原來用腳尖在地上寫了好多個「肉包」。

「眞的這麼想吃肉包啊？」他想著，覺得好笑。

身旁的顏立堯卻不明白令程硯開心的原因，死纏爛打，追問不停。

「就說沒什麼。」

程硯認爲不是値得一提的事，那無人世界中的獨舞，放在心上就好。

沒想到，這一放，就放了好些年。

五月初的運動會帶著過分回暖的溫度來臨，面對操場熱鬧的光景，過去的寒冬宛若是一場模糊夢境。今天的接力賽顏立堯跑第四棒，比往常更加活力四射，將那一丁點清冷驅散得不著痕跡。

「我們的第一棒起跑就比別人慢，現在又落後很多。」

程硯提醒他目前的局勢，言下之意並不對班上成績抱希望。誰知顏立堯揚手一握，對他回以輕鬆笑臉。

「我很快就會追回來。」

程硯目送他朝跑道走去，他始終猜不透顏立堯這個人是不是有什麼神奇力量，好像只要他自信滿滿說出口的事，再難如登天也辦得到。

果不其然，顏立堯一起跑，他飛快的速度、勢在必得的氣勢，立刻成為全場焦點，為他加油的聲浪愈聚愈多。

「反正最後是贏定了吧……」

當程硯暗暗在心裡預測結果，出人意料的變化卻在這一刻發生了！

顏立堯一個前撲，跌倒了！眾人一陣錯愕下，他就這麼倒地不起，程硯也同樣驚訝，那是絕不可能發生的！做任何事都相當拿手的顏立堯不可能會失誤，尤其是賽跑。

比賽結果再也不重要了，顏立堯似乎不是絆倒那麼單純，他連爬也爬不起來，被老師和一名醫護同學攙到保健室，幾乎全班同學都趕去關心。

顏立堯人緣好，保健室也因此被吵得鬧烘烘。相較於其他人情急的探問，程硯選擇站在偏後的位置，細細觀量好友的情況。有不少擦傷，不過他還能撂話說「我沒怎樣啦」，然後就使性子背對大家。

大夥兒只好識趣地離開，程硯轉身之際，瞥見保健室中除了他們班之外，還有另外一個人存在。

剛剛太專注於顏立堯的傷勢，以致於沒能發現，現在他才看見那位保健室女孩。手臂掛有紅十字臂章，忙著在櫥櫃找藥品。她對保健室的擺設不是很熟，翻了幾個抽屜都找不到，有些慌張的側臉，程硯第一眼就認出來了，是那個冬天，用腳尖在地上寫「肉包」的女孩子！

他覺得意外，而且程度遠超過預料，不明白這份為了陌生人而起伏的情緒所為何來。

離開前夕，程硯曾掉頭再看她一眼，不意，明儀也正目送他們，因爲發現他的注視，而對上他的眼睛。接近盛夏的陽光穿透屋外林梢，閃閃爍爍地在她肩膀上躍動。有別於去年冬天模糊的印象，這一次，明儀的五官輪廓，甚至她眼底炯炯有神卻非常和善的靈光也變得鮮活起來。那小小的亮光，隨著短短幾秒鐘的視線交流，悄悄轉移到他心底，像尚未點燃的火種，不起眼，但確實存在著。

多年以後，程硯每每想起在保健室那段什麼也沒發生的往事，總摻和著些許後悔，後悔當時沒能做點什麼，爲那不容易察覺的悸動……做點什麼。

打工的日子在升上大四的時候結束了。

以準備研究所考試爲由，明儀向便利商店遞出辭呈。關於她的退出，這次程硯什麼也沒過問，持續一年的夜晚接送，就這麼在無法回應的沉默中告一段落。

那之後，明儀和小茹一起去駕訓班上課，同時爲研究所的考試努力用功，將時間塡滿一些，和程硯的交集就會一個個減少。

那少之又少的交集，最後只剩下一週兩次的日文課。如果沒有特別的事，那麼就連交談的機會也不會有。他們的關係退回到高中時代，那個生活中還有顏立堯的歲月。

倒是幾個星期後，小茹也決定要把打工的工作辭掉，就明儀所知，小茹還滿喜歡在那間便利商店工作的。

「妳不用跟我一起辭呀！」

小茹看起來在意氣用事，「我要辭，非辭不可。」

「這又是爲什麼？」

來到駕訓班的專用車旁，教練放牛吃草，小茹乾脆拉明儀坐進車裡，慢慢載著明儀，駛動車子，滑向訓練車道。

「我想要看看阿宅會有什麼反應。」小茹直接了當地表明動機。

「那、那是什麼意思啊？」

「……阿宅從漫畫和電玩那裡懂了很多東西，我覺得他這個人很厲害，以前低估他了，所以想要重新認識他。」小茹坐得直挺挺，看著前方擋風玻璃，油門愈踩愈重，「可是，最近那些讓我喜歡他的理由，卻忽然討厭起來。」

「爲什麼？彎……轉彎啦！」明儀緊張兮兮地伸手指路。

「每次和他在一起，他老是談同樣的東西，我不是不愛聽，只是不喜歡那些東西被他擺在第一位的感覺。很好笑吧！人和物品明明不能相提並論，我卻硬要爭到第一不可。那隻大笨牛，只顧著漫畫和電玩，八成不會想到，如果我不去打工，我們兩個就不會有見面的機會吧！」

明儀一聽，小茹那些違規駕駛的動作都被拋在腦後了。小茹是爲了測試阿宅的心意而辭職，那麼她呢？

是爲了逃避吧！不想讓自己對程硯單純的情感變了樣，不想讓他爲難……那個晚上，站在她身後，後說她是一個特別的女孩的程硯，或許是非常困擾的吧？

一想到這裡，明儀傷感地閉上眼，登時，「碰」的好一聲巨響！她整個人往前撲，額頭撞上車子前方的置物箱！

按住還暈頭轉向的頭坐起身，環顧四周，原來車子撞上像分隔島的東西了，小茹雙手還僵硬地緊握方向盤，鐵青著臉，嚇得動彈不得。

幸虧小茹家境富裕，被教練罵一罵，最後賠錢了事。隔天明儀頂著腫了好大一個包的額頭去上課，逢人就被笑說在駕訓班也能出車禍。

上日文課當天，額頭的瘀青從紫紅色轉爲青綠色，腫包還是很大，依舊是大家起鬨的焦點。混亂中，一度和座位上的程硯視線交會，他愣愣，看不出情緒的目光在她臉上逗留片刻，移開了。

明儀藏起一份失落，提醒自己不該有想要撒嬌的念頭。離開教室，小茹走到她身邊問：「妳和程硯怎麼了？感覺他最近好冷淡。」

「沒有啊，他本來就不是一個會問長問短的人嘛！」她笑笑，讓身體輕輕靠了小茹一下，「今天是妳最後一天打工了，要連同我的部分一起加油喔！」

雖然這麼幫小茹打氣，但其實連她自己也不曉得爲什麼會說要「連同她的部分」一起加油。她沒有什麼是需要加油的，不用爲了誰踏出那一步，只是，爲什麼會感到一絲困獸之門的寂寞？

自從程硯不用再接送明儀回宿舍，現在外出買消夜的工作便落在阿宅身上。

他照例買幾包零食和三杯咖啡，等小茹結帳。

「一共兩百二十九，需要袋子嗎？東西有點多喔！」

「啊！好。」

「再加一個袋子，兩百三十元。下星期起不用來接我了。」

她用制式的腔調講完，使得找零錢找到一半的阿宅頓悟般抬頭。

「咦？什、什麼？」

她把一桌的東西一一裝進袋子，往前推，正式宣告，「我說，下星期起不用來接我，因爲我不做了，今天是打工的最後一天。」

阿宅微張著嘴，長劉海後方的眼睛先是盈滿困惑，再慢慢恍然大悟。不過，他的反應最多也是吭句「這樣啊」，便默默把袋子接過去。

小茹見他什麼行動也沒有，咬咬唇，故作輕鬆地繼續說：「對了，爲了謝謝你這陣子的接送，我請你吃飯吧！」

「啊？」阿宅受寵若驚，連忙搖手，「不、不用啦！又不是什麼大事，眞的……不用啦……」

他客氣得要命，把小茹看得一肚子火。可是一想到沒有發脾氣的理由，她鼓起腮幫子，忍住。

回宿舍的路上，阿宅不再像往常那樣提起漫畫和電玩，頭低低的，宛如做錯事的孩子，沉默得很。再幾步路就到宿舍，小茹受不了這樣的淤滯狀態，主動問他一個問題，「喂！如果有一部你很喜歡的漫畫絕版品，和一個你同樣喜歡的電玩絕版品，這兩樣都掉進海裡，你會先救哪一個？」

這個讓人摸不著頭緒的問題讓阿宅呆了好一陣子，才笑笑作答，「漫畫吧！電玩的絕版品應該不太可能玩了，一方面沒有支援的機器……所以我選漫畫。」

「那，如果現在那個絕版品的漫畫和我都掉進海裡，你又會救哪一個？」

阿宅怔怔，開始結巴，「當、當然是妳呀！人、人命關天耶……」

她還不肯放過他，「但是掉進海裡的漫畫很可惜呢！再也看不到了喔！」

「這個……也沒辦法啊……」

他好像真的遺失了那麼貴重的東西，十分悵然地嘆口氣。沒想到原本心情不錯的小茹沒來由發飆，「看不到漫畫，你會覺得可惜；看不到我，難道就不會覺得可惜嗎？」

阿宅嚇到了，不明白她那句話的前因後果，只能不知所措地杵在原地。小茹一說完，漲紅臉，用力跺腳，惱羞成怒地跑進宿舍鐵門。

「女生……好難懂喔！」

看電視看到一半，阿宅突然喃喃冒出這句話。坐他旁邊的程硯冷不防閃開身，斜對面的許明杰拿著咖啡的手停在半空中，呆呆張著嘴。

阿宅這幾天真的很反常，平常愛不釋手的漫畫、線上遊戲等等，都被他冷落一邊，偶爾沮喪發呆。就某方面來說，是比以前更宅了。

「喂！你這樣說就有失公平了。」許明杰擠過來，拍拍他的肩，「對女生來說，我們男生也很難懂呀！」

阿宅依舊一臉茫然，等著許明杰說下去。

「不過，一般沒事的話，不會想去懂一個人的。當你想要懂一個人的時候，那表示那個人對你的意義已經跟其他人不一樣了。」

他活脫是深山中的高人，悠悠講完一串饒舌的道理後，阿宅又問：「然後呢？」

「……然後我都說成這樣，你還是不懂的話，我看你可以死心，不用再追問了。」

阿宅洩氣地站起來，慢吞吞窩回自己房間。程硯等他關門後，問許明杰，「講話幹麼不直接一點？」

他笑兩聲，重新拿起咖啡，回答還是頗有禪意，「有些事，不是直接講就可以體會的。」

程硯不再理他，將注意力轉回電視，誰知幾秒鐘後，許明杰又蹦出一句，「不過也有人的情況是，太懂得對方，反而體會不了。」

程硯瞪他一眼，「體會什麼？」

讓聰明的程硯發問，他顯得很得意，也很欠揍，「看吧？果然體會不了。」

程硯乾脆不接腔，許明杰倒是自己轉移話題，唐突地提出邀請，「對了，要不要跟我去爬山？」

「不要。」

不想做的事，他向來直接拒絕。

「別這樣，我看你最近也很 down，跟我出去散散心吧！」

他若有所思地抬起頭，並沒有否認的打算。想起一些往事片段，兀自笑一笑，「你跟我朋友眞的很像。不管心情好不好，他都看得出來。」

「那個叫顏立堯的人嗎？」

「嗯。不過，他不會提到心情好不好，而是直接拖我去做平常不會做的事。」

聽見自己被與他相當重視的一位朋友相提並論，許明杰很高興，對程硯揚揚眉梢。

「那，就讓你回味一下，一起去爬山吧！」

程硯差不多是那個時候迷上登山的，之後只要一有空，就算許明杰沒邀約，他也會自己找社團、找旅行社去爬山。那遠離學校三四天的日子，似乎是糾結的思緒得以喘息的片刻。

後來，他開始學著帶相機沿路拍攝，拍天空、拍飛鳥、拍花草，有時也會從鏡頭專心盯住某個景色許久，然後一個快門也沒按地放下相機，出神眺望遠方，彷彿那裡有什麼是他打從心底想要，卻追尋不著的。

明儀從阿宅那裡聽說程硯又去爬山了，十分驚訝。

「他沒跟妳說嗎？」阿宅納悶。

明儀搖頭，垂下眼，無奈笑笑，「他應該……不會告訴我這種事，我們……」尾音只到了「我們」兩個字就中斷，她不知道該說什麼，只好不好意思地望望阿宅，然後把一張便條紙交給他。

「這是小茹的手機號碼，雖然我可以幫你叫她出來，可是如果你自己約她，她一定會比較開心。」

「謝謝，謝謝妳。」

他道謝兩次，臨走前，忍不住停下來對她說：「那個……雖然程硯什麼都沒說，不過，他絕對不是不關心妳。」

對於阿宅話題的轉折，明儀錯愕一下，隨後輕輕一笑，「我知道。」

就算知道，她，或者是程硯，還是什麼也不能做吧！

過兩天，阿宅果真主動打電話給小茹，本來約在簡餐店，小茹卻不要，她指定要在學校那尊蔣中正銅像前見面，而且規定非在晚上七點五十分不可。

小茹今天穿了一件非常適合她的紫色洋裝，適合到路過的人都會不由自主多看她一眼。只是，小茹眞強壯，連件外套也沒穿，不冷嗎？

她臉上的妝比平常濃一些，原來的長髮剪短了，剛好在肩膀位置，髮尾彎著波浪捲，俏麗可愛。這模樣似曾相識，就連那件洋裝也有熟悉的感覺。

會是在什麼時候看過呢？

阿宅努力絞盡腦汁，可惜一陣東北季風自空曠的四周颳來，把他的思考能力也一併颳走。

「要不要……找個地方坐？這裡很冷。」

「等一下吧！你先說，找我出來有什麼事？」

「喔……」他笨拙地搔搔頭，瞅著地面，尋找最恰當的開場白，「我、我是想問，就算……就算以後不用送妳回去，還是可以打電話約、約妳見面嗎？」

聽見他終於那麼說，小茹一掃先前陰霾，安心地放鬆身體，彎起甜美微笑，「其實，我們早就應該要像這樣約出來見面的。」

他不懂，因而皺起眉頭，小茹吸一口氣，下了什麼決心似地，朝他伸出手。

「你好，我是晴天娃娃。」

早被遺忘很久的名詞毫無預警地出現，阿宅「咦」了好大一聲，眼睛瞪得大大的。

小茹歉然看看他合不攏嘴的模樣，「對不起，晚了三年才來。」

於是阿宅完全想起來了！剛入學那年，他和網路上暱稱「晴天娃娃」的女孩約好，晚上七點五十分在這尊銅像前見面，那個女孩會穿著紫色洋裝，有一頭齊肩的捲髮。

小茹見他半天不吭聲，背在背後的手心慌地交握扭動，「喂，你說點什麼吧！」

阿宅抬起頭望向她，這是他第一次面對面，雙眼直視小茹，沒有自卑、沒有閃躲。她不由得緊張，胸口亂難受的，這阿宅竟然也能讓她的心跳得亂七八糟！

「妳爲什麼……要現在才說妳是晴天娃娃呢？」

「因為……」

「那天晚上……為什麼不來？」

「我……」

「妳知道對方是我，覺得很遜，所以根本不想來吧？」

看見他勉強扯出一抹自嘲的笑，小茹狂跳的心臟立刻就酸了。她想為自己說些辯解的話，又想起自己已經決定不再閃躲才來赴這場約，於是只能難過得啞口無言。

「既然當初不來，為什麼現在又說自己是晴天娃娃呢？我實在搞不懂……」阿宅蹙著眉宇沉吟半晌，再次開口的聲音裡含著難得的慍氣，「我知道自己真的很遜，可是……別耍我。」

「呃……」

她見他轉身離去，往前追兩步，那離去的背影映在眼底……太灼痛了，她不知如何是好地停下腳步。

被他責備的結果，她不是沒預想過，也做過心理準備，卻沒料到真實上演的時候會是這麼難以承受。

自小到大養尊處優，很少有東西是她得不到的，如今這失去的心情所帶來的打擊叫她佇立原地，連動彈寸步的力氣都沒有。

阿宅往前走了一段距離，終究於心不忍，悄悄回頭探視，發現她還站在那裡，在人煙稀少的夜晚怪孤伶伶的。他收回視線，不安地繼續走，等到第三次回頭，阿宅終於邁開步伐跑回去，一路跑到小茹跟前，和她滿臉的驚訝對望。

「妳不要、不要站在這裡啦！這裡很冷……」

他嘴上說「冷」，卻有一股暖流竄入她冰冷的手腳，開始循環發燙。

小茹抿起唇，只是傷心地望著他。阿宅見她動也不動，沒辦法，脫掉自己的外套遞過去。「給妳，這裡眞的很冷。」

她盯著那件外套半天，才慢吞吞接過來，「你幹麼又回來？」

「……我送妳回去。」

「不用了，現在還不是很晚。不過，既然你回來了，就把我的話聽完再走吧！」

「嗯？」

「一開始，我的確很不喜歡你，覺得你很怪，甚至認爲你是那種會把網友關起來，然後殺人滅口的那種怪人。」

阿宅再次很受傷地「咦」了好大一聲。

小茹趕緊解釋，「但是那是一開始的時候！後來，你會來便利商店送我回去，就完全不那麼想了，眞的！」

「那沒有什麼啦……」

「看吧？你的確是一個好人啊！叫我欺騙一個好人，我怎麼做得到？所以，才想跟你說，晴天娃娃就是我。」她停一停，歇口氣，「沒有要你的意思，只是不想一直良心不安而已。」

這會兒輪到阿宅安靜下來，他們倆相對無言有一分多鐘，小茹再次瞧瞧他，說：「我說完了，你走吧！」

他躊躇片刻，呑呑吐吐地說起莫名其妙的話，「對我來說，妳……妳不是漫畫，也不是電玩。」

「啊？」

「別說是掉進海裡，就算只是一天、一天見不到面，就會覺得渾身不對勁……啊！這麼說好像也怪怪的，對不起，我不太會說話……」

小茹從一臉霧水，漸漸，露出一點點歡喜，他愈是慌得笨拙，就更加深她的笑容。

「那個……我喜歡、喜歡妳在我旁邊聽我說那些無聊的事，也喜歡妳在我旁邊說說話，總、總之……就是……就是……」

他結巴得幾乎快講不下去了，小茹歪起頭，靈巧地輕輕問：「你喜歡我？」

那簡單的問題對他而言太過強烈，以致於這個靦腆的大男生漲紅著臉，「呃……」半天還在猶豫怎樣的回答才不會失禮。

幸虧小茹是箇中高手，她朝他遞出手，嬌羞地邀請，「是的話，就送我回家吧！我啊……可不會隨隨便便讓不喜歡的人送回家的喔！」

阿宅看著眼前那隻比想像中還小了許多的手，白白的，見不到什麼皺褶或硬繭，是一隻非常小巧漂亮的手。他牽起她時，還萬分小心翼翼，彷彿那是寶貴的易碎品一樣。

小茹單手將他的外套披在自己身上，快樂地對他說：「走吧！」

走吧！去哪兒都無所謂，喜歡的人在身邊，哪裡都可以跟他去了。

「你不要駝背，男生高是好事，跟我走在一起又不丟臉，抬頭挺胸。」

「喔……」

「你看不看少女漫畫？或許看多了，剛剛的告白就會說得更順口。」

「抱歉……」

「不過剛剛的也很好啦！呵呵！」她挨上去，以十分女朋友的方式挽住他的手。

關於大學的必修學分之一，「戀愛」，阿宅和小茹繞了一大圈，終於在大四那一年正式交往。許明杰和明儀退回朋友的關係之後，和他音樂系的女友恩雅也走得相當穩定。至於程硯，大學即將畢業的前夕，他在第四次登山時遇到一位特別的女子。

「和我非常相似的人」，程硯這麼形容過她。

大地回春的時序，許明杰邀程硯登玉山，那次登山團的報名人數多，一共二十來個，最小的是國中生，最老也有剛過六旬的。

三天兩夜的行程很趕，休息空檔，許多人或坐或躺地閉目養神，沒什麼彼此深入認識的機會。攻頂當天，天還沒亮，一行人摸黑上山，在山頂上頂著刺骨寒風，等呀等呀，終於等到遠方山巒射出耀眼的光芒。

正當大家興奮地拿起相機猛拍照，程硯不經心回頭，看見一百多公尺的距離外，有個年輕女人既不欣賞日出美景，也不拍照，她背對大家，站在一處看起來再往前就沒有路的地方，腳前有繩索圍起來的簡單護欄。不過那個年輕女人並沒有退後的意思，反而一直朝下方看。

程硯又繼續拍攝日出，但，不知怎的，心上沒來由地介意，於是再度回頭晃晃。這一次，他的觀察持續得比較久，雖然怎麼想也叫不出她名字，單憑厚重的雪衣也看不出身材體型，她姣好的側臉，卻透著與她外表年齡不合的滄桑和寂寞。

就在她微微往前傾身之際，程硯一個箭步衝上去，用力拉住她手臂！

那女子沒想到有人會過來，嚇著了，受驚的明眸圓睜，直視眼前面露焦急的大男生，隨後，她的表情轉爲不曉得他爲什麼這麼做的困惑。

由於她表情的轉變，讓程硯尷尬鬆開手，和她無言地對視一眼。

「你以爲我要跳下去？」她問，含著新月般的笑意。

見到她笑，程硯退後一步，「抱歉。」

幸虧其他人還忙著對日出讚嘆不已，這場小騷動並沒有受到注意。

「不用道歉，因爲我是眞的想下去。」女子俏皮地指指下方草叢，「你看，我的『金平糖』掉下去了。」

程硯跟著往下探頭望，好不容易，在下方大約二十公尺的草叢堆中發現一隻小小的棕熊布偶，所以「金平糖」是熊的名字？

他粗略衡量一下，才掉頭對她說：「撿不到的。」

「不過，看起來不是很陡呀！也許我像滑溜滑梯那樣慢慢地滑下去……」

「妳還沒碰到它，就會先一路滑到山底。」他老實預告，接著又解釋，「那裡的石頭和草叢太多，路面會很滑。」

女子聽完，沒什麼特別反應，依然掛著細細的笑，「但是，『金平糖』對我來說，意義重大。」

「真的那麼重要，就不應該帶那種東西來爬山。」

「就是因爲重要，才帶在身邊呀！」

「再重要也比不上生命吧！生命一旦消失，其他的附加意義也就沒有了。」

然後，她開始興味打量起他，「你一定是什麼都不缺的公子哥兒吧！」

「就是因爲失去過，才那麼說。」

他冷漠回話，轉身就離開，許明杰則迫不及待向程硯炫耀他剛剛錯過的美麗光景。

以程硯的標準來看，許明杰算是聒噪的了，不過，他沒料到會遇上比他更吵的人。

回程的山路，有腳步聲三步併作兩步來到程硯身邊，他一看，原來是清晨那個掉了小熊布偶的女子。

「嗨！一起走好嗎？」

他沒搭理，不管怎麼說，這人都已經自動走在旁邊了。

「你還是學生嗎？大學生？幾年級？」

爲了快速擺平那三個問題，他簡單回答，「大四。」

「那不就快畢業了？畢業後有什麼打算？研究所？工作？」

程硯不敢相信地暫停，「我們根本算不上認識，沒必要連將來的打算都告訴妳吧！」

「嗯……說得對。那麼，你叫什麼名字？」

原來她的思路和他完全搭不上邊，而且，看起來也不是那麼識相。

「程硯。」

「咦？只有兩個字？跟我一樣呢！我叫王雁。名字只有兩個字，會不會讓你有格格不入的感覺？覺得自己和別人不一樣，所以，怪孤單的？」

王雁的短髮很柔軟，頸子後的髮絲稍微長一點，捲捲地垂下。五官則像韓國女性那樣精緻勻稱，襯著她慵懶的說話方式，整個人散發出柔美氣質。雖然出神發呆的時候有幾分孩子氣，不過偶爾又顯得聰敏慧黠，特別是她笑的時候。

她衝著程硯揚起嘴角，「不說話？那表示我說對了？」

他不喜歡說謊，索性不理會。不料，王雁的話匣子再也關不上，叭啦叭啦地談起自己小時候因爲姓名少了別人一個字而發生的種種困擾，等程硯警覺到她似乎沒有結束話題的意思，忍不住阻止，「一邊爬山一邊說話，不會累嗎？」

說眞的，她體力眞好，臉不紅氣不喘。

「我喜歡爬山，也喜歡說話，山上人煙少，煩惱的事就少。你不也是爲了遠離塵囂才來的嗎？」

「我只是喜歡爬山。」

「不對，那是結果。我說的是你喜歡上爬山的理由，難道不是爲了逃避某些事？」

又來了，她再次出現那種犀利到什麼都能看透的神情，然後，對著高高低低的山巒自言自語。

「不過，這樣只會造成反效果呢！愈是想鬆口氣，卻愈是被困在空氣稀薄的地方。」

乍看毫無邏輯可言的話語，竟能引起他心中共鳴。本以爲海拔愈高，應該更能隔絕思念，沒想到思念就像山上雲霧，重重籠罩，無所不在。

來到山下，大家各自坐上自己的車子回去了。程硯和許明杰正把行李放進後車廂，王雁走來拍程硯的肩。

「台大研究所，加油呀！希望你考上。」

許明杰聽見了，有些訝異地轉向程硯。

「對了。」王雁朝她自己的紅色金龜車走幾步，又回頭，「看日出的時候，其實你眞的不用道歉。」

程硯不解。

「不管有沒有『金平糖』，那個時候，我是眞的想下去。」

她留下神祕的微笑，揮揮手，坐進車子裡。

等金龜車開走，許明杰上前來，「你想考台大？之前不是才說想去清大嗎？」

程硯不太願意回答這個問題，語焉不詳地，「因爲一些無聊的因素，所以改了。」

「啊？真難得耶！你這麼正經八百的人，也會受到無聊因素的影響？」

「……已經夠了，我受不了沒有答案的現狀，沒有辦法隨心所欲掌控的東西，已經夠了。」

「……你怎麼突然講起火星話？」許明杰活脫像丈二金剛摸不著頭緒。

記得去年聽明儀談過，她很嚮往清大的環境和名字，只要避開那間學校，就不會有機會再見到她了吧！

大學畢業的那年夏天，明儀幾乎都待在家，家中這一年有件大事，長她六歲的哥哥蘇仲凱決定和大學就開始交往的女朋友訂婚，明年年初完成終身大事。

明儀的爸爸是單親爸爸，顯得格外緊張，老是擔心有哪裡不周全，不少事交代明儀要幫忙留意。明儀一方面應付研究所考試，一方面分心在哥哥的婚事上，這個夏天過得還算忙碌。

期間，她赴了湘榆的約，湘榆說要介紹男朋友給她認識。那是湘榆大二失戀至今，終於決定要交往的對象，明儀說什麼也要親自見上一面。

「湘榆常常提到妳。」

湘榆的男朋友是湘榆同系學長，比湘榆高一些，壯壯的，聽說很喜歡攀岩，長相嘛……怎麼說呢？就是一張很普通的大眾臉，說不出有什麼特色，但也沒什麼缺點好挑剔的。

明儀第一眼見到學長時，第一個念頭是湘榆配這個人實在太可惜了。湘榆有他所沒有的出色外表和亮麗自信，更何況身爲外貌協會會員的湘榆，怎麼會看上如此平凡的男生呢？

「他說不上帥，但是很照顧我。」

見面之前，湘榆曾在電話裡羞澀地向明儀先行預告。後來，他們三個一起看完一場電影、用過午餐，學長開車載她們去海邊，兩個好朋友坐在堤防上看海，他則跑去遠遠的街上買冰。

這天相處下來，明儀已經體會到學長對湘榆有形的照顧和無形的關心，難怪，總是像花蝴蝶流連花叢間的湘榆，願意把一整顆心都交給他。

「他怎麼樣？」趁學長不在，湘榆試探性地問她意見。

「很好啊！我喜歡他唸妳明明還是左轉燈就想過馬路那一段。」

「我看妳只是喜歡我被唸吧！」

湘榆用力撞她一下，她笑著撫撫手臂，將頭暫時靠在湘榆肩膀，「湘榆，他眞的很好喔！」

「嗯……」

得到眞誠的認同，湘榆幸福洋溢。接著問起明儀未來的打算。

明儀隨口說可能會去某間學校，湘榆立刻反問：「完全沒聽說過妳想去那裡，怎麼突然改變心意啦？」

「這個……」明儀心虛地轉向大海，「後來想一想，那裡也不錯呀！」

湘榆不相信，眼神質疑地在她臉上來回打量，蹦出一句，「還是妳在躲誰？」

「咦？」

「妳不想跟程硯念同一所學校？」

「妳怎麼會……」

「小茹跟我講電話的時候說的呀！說妳跟程硯這幾個月都怪怪的，彼此不太講話，你們吵架吵這麼久呀？」

湘榆和小茹這兩個大美女什麼時候感情變得這麼要好啦？竟然在她不知情的情況下，互相聊別人八卦。

「我們沒有吵架啦！真的。只是……」她對著洶湧海浪，也曾情緒澎湃過，然而一旦要將之化作具體語言，竟只剩下無奈惆悵，「上次，他對我說了一些話，那些話雖然沒有惡意，不過，我就是覺得那是在責備我，責備我不應該忘記顏立堯……」

沒等她說完，湘榆先冒出一把火，「啊？他在鬼扯什麼呀？」

「不是啦！我剛不是說他沒有那個意思嗎？是我自己那麼想的！我就是……會不由自主地那麼想……」

「妳沒有什麼不對唷！蘇明儀，忘記前男友難道不行嗎？『前』男友耶！都已經是過去式了，一直寶貝地供在心裡幹麼？他對朋友死忠是他的事，妳別管程硯怎麼說！」

儘管如此，她認爲再見到程硯也是徒增自責的痛苦而已，就連單是在腦海浮現他的臉，心就會難受糾結。

她知道自己怯懦，很怯懦。

九月，程硯如願進入台大，阿宅上了南部的研究所，許明杰當兵去了。

程硯跟了一位有名的吳教授，這位教授熱門得要命，往往得透過關係才能當他學生。程硯抱著姑且一試的心態申請，並沒有藉助任何管道，不知怎麼，居然讓他申請成功了。

聽到風聲的人直說他太幸運，程硯不多理會，只管認眞上課，這才發現原來吳教授的厲害並非空穴來風。他教學靈活，思想開放，上課中不僅講相關科目的東西，有時也會天馬行空地什麼都談，是一位學識淵博、爲人又大器幽默的教授。

可惜太過消瘦了，臉色不是很好，師生都勸他研究別太認眞，多休息才是養生之道。他總是笑而不語，依舊按時上課、準時回家，家中有一個賢慧的妻子和兩個念國中的女兒。

有一次，吳教授罕見地請假，是助教進來交代事情和分發資料。

助教是女的，脂粉未施的素顏戴了一副黑色粗框眼鏡，穿著貼身T恤和一件短到不可思議的牛仔裙。她確實有一雙美麗的腿，以致於打從她一進門，研究室裡不論男女，全盯著她的腿瞧，只有程硯，他看著那張似曾相識的笑臉，認出她來。

助教是王雁。她交代好事情，發完資料，便自然無礙地走到程硯座位旁。她站立，他坐著，短到不行的裙襬正好在他視線前方，他因此把臉別開。

「嗨！還記得我吧！」她的態度很自然。

「記得，只是沒想到妳會在這裡。」

「我想，反正你遲早會知道，在山上的時候就沒說了。對了，等等中午請我吃飯，當作謝禮吧！」

「謝什麼？」

「你以爲你爲什麼可以當上吳教授的學生呀？」

她一走，一群人全上前包圍程硯，問他跟那位迷死人的助教是什麼關係，接著，關於她的種種傳言也一個接一個冒出來。

包括她本人有多麼優秀，不少教授都搶著要人。她年齡不詳，看起來比程硯大個兩三歲，但硬要爲她安個確切歲數，好像也找不到一個適合的數字。她做過幾家知名企業的機要祕書，卻寧可放棄高薪，屈就於小小助教的工作……最勁爆的是，聽說她和吳教授關係曖昧。

午餐時，王雁指定校外一家路邊攤，她說店老闆是山東來的，他的麵食很道地。開學已經兩個月，程硯對附近餐飲還不熟悉，王雁話很多，一路走，一邊告訴程硯方圓百里哪家店的哪道菜好吃。

他本來還因爲受用而認眞聆聽，直到她可以從食物扯到產地，再沒完沒了地聊到世界各國，程硯不得不打斷她。

「妳說，是妳幫我申請到吳教授的？是眞的嗎？」

「你覺得這像作弊，不想接受是嗎？」

「難道不算作弊嗎？」

「在山上，聽你說想跟吳教授時，我就想答謝你，幫個小忙。眞的是小忙，因爲你跟他也跟不久了。」她在一棵椰子樹下停住，那裡有張長椅，王雁坐下，掏出菸，在他面前晃晃，「介意嗎？」

他搖頭，又問：「跟不久是什麼意思？」

「你沒聽說嗎？原來消息還沒傳到學生這裡呀！」她自顧自覺得好笑，深深吸了一口菸，深得好像要把整個肺部塡滿一樣，又輕快吐出，「吳教授肝癌末期，再過一陣子就沒辦法上課了吧。」

肝癌末期？教授削瘦的身形和發黃的臉色，原來都是肝癌跡象。

「妳爲什麼會知道？」

「爲什麼？他做檢查的時候，我可是全程陪在旁邊的。」她將拿著香菸的手擱在臉旁，那直言不諱的神情無限嬌媚，「你一定聽說過，我是小三啊！」

王雁這麼坦白，他反而無言以對，而她也故意不接腔，等著看他反應。

「妳不用告訴我那種事。」

甚至連吳教授的病情也不應該隨便就讓他知道。王雁見他一臉排斥，擺動起修長雙腿，這個動作又引來路人目瞪口呆的注目禮。

「就讓我說吧！我已經憋好久了。更何況，我看準你不是一個愛講八卦的人，才告訴你的。」

「別人的祕密本來就不應該隨便說出來。」

「那他爲什麼告訴我呢？」她很快轉頭，忽然生氣起來，「這麼糟糕的祕密，爲什麼一開始只讓我知道？還要我千萬不能告訴別人，尤其是他太太，說什麼不想讓她擔心……這算什麼？難道我擔心就無所謂嗎？難道我喜歡守著祕密嗎？擅自把爛攤子丟給別人，太自私了！這種教授到底是哪裡受歡迎？」

她連發脾氣都這麼嘮叨，簡直讓程硯傻眼了。倒是王雁冷靜得也快，她讓自己安靜望著清爽藍天，幽幽地呑雲吐霧，最後回到原有的慵懶，對程硯說：「在山上丟掉的那隻熊，是他送給我的，說是在他不能陪我的時候，讓我這個愛講話的人有個抒發的對象。結果『金平糖』沒了，卻遇到你，當時就覺得你是一個不會到處亂講話的人，想到自己也正辛苦守著一個無能爲力的祕密，就忽然對你有親切感。所以，讓我發一下牢騷吧！」

當她說到「辛苦守著一個無能爲力的祕密」時，他想起了顏立堯，也想起這幾年面對明儀的掙扎與煎熬。

明儀，明儀在哪裡？過得好嗎？是不是……還會爲了顏立堯而哭泣呢？她的名字如同王雁唇間吐出的煙霧，一下子散去無蹤，卻還在心頭留下縈縈繚繞的味道。

自從王雁承認自己是吳教授的外遇對象後，不時能夠在校園見到他們交談的身影，即便談話內容是學校行政上的事務，但圍繞在兩人之間的氣氛，確實有那麼一點不同。

當王雁不經意抬起的目光和程硯四目交接，程硯會立刻轉開。

王雁向吳教授示意門口有學生，他便叫程硯進來，王雁則主動退出研究室。

過了半小時，等程硯問完論文的事離開，撞見王雁還留在門外，靠著牆，對他招招手。

他頷個首，不吭一聲地走過去。王雁小跑步跟上來，這次她不穿迷你裙，改成波西米亞風的飄逸長裙，略嫌礙手礙腳。

「下午有沒有空？教授想約研究室的人到他家坐，喝茶聊天。」

他放慢腳步，看她約得如此輕鬆自在，程硯絲毫不考慮就拒絕，「我下午跟同學有約，要游泳。」

「喂……」

距離再次拉遠。王雁匆匆跟上，右手順勢搭住他的肩，這個碰觸讓程硯閃了一下，接著馬上為自己的失態感到抱歉。王雁怔怔，笑著問：「幹麼呀？你討厭我？」

他一陣猶豫，決定不隱瞞，「不是討厭，是不能認同。」

「認同？」對於那個正經八百的字眼，她露出聽不懂的無辜神情。

「介入別人的家庭，也許妳認為那是兩情相悅的事，但是把自己的快樂建築在別人的痛苦上，就是不對。」

他一派的正氣凜然，王雁忽然覺得他可愛而噗嗤一笑，「你眞像是從古代小說走出來的人耶！現在這個社會，像你這樣有正義感的人已經不多了……」

沒等她說完，程硯先一步告訴她，「因爲我被像妳這樣的人傷害過，所以知道。強行奪走不屬於自己的幸福，不管妳願不願意，一定會造成傷害。」

她被他嚴厲起來的語氣嚇一跳，稍後同情地反問：「你被劈腿？」

「……我母親在我小的時候跟別人走了。」意識到自己無意間提起私事，程硯斂住怒氣，看她一眼，態度放得更爲緩和，「我實在不明白，既然對方是妳喜歡的男人，難道妳不希望他是一個能夠承擔責任的人嗎？」

「……」她則意味深遠地注視他許久，答非所問，「所以你的責任感才這麼重？」

程硯不再回應，離開研究室的走廊。不久，接到妹妹盈盈的來電，她天南地北聊了好久，最後才講到重點。

「爸說把下個星期五的時間空出來，未來的新媽媽想邀我們大家去花蓮玩三天，算是……培養感情囉！」

「我知道了。」

收起手機後，程硯只覺得煩躁，大概是父親即將再婚，想起不愉快往事的次數也跟著變多。早以爲無所謂的心結，到頭來，原來還紮紮實實地揪在那裡。

潛入泳池深處，沁涼的溫度、柔軟的感觸，都無法將拖住他的大石塊鬆綁開來，尤其今日和王雁交談之後，當年母親轉身離去的背影就像不停按著重播鍵，佔據整個腦海。

游了十幾分鐘，甩也甩不掉心頭紛擾，根本達不到放鬆心情的效果，程硯乾脆起身離開泳池，一面走，一面抹下臉上流淌的水滴。泳池對面有道身影，就這麼驚鴻一瞥地竄進他指縫間的視野。

他停下來，轉向那個熟悉身影，兩件式的水藍色泳裝，十分亮麗，乾乾淨淨，還沒下過水的樣子，在水道對面從反方向走來。

室內游泳池將所有的聲音都關在裡頭，水的、人的、回音的，通通混雜在一起，只有那道身影出落得特別清晰。

那身影不是別人，正是明儀。她也正睜大眼眸，腳步還繼續慢慢往前走，只將吃驚的目光駐留在他身上，內心則不斷反問自己認錯人了沒有。隔在他們中間的泳池，蕩漾著粼粼水光，更為他們的不期而遇添上幾分不真實感……

「啊……哇！」

她走呀走的，一個踩空，整個人摔進泳池！

飽含消毒藥水味的水轟隆隆灌上來，一下子堵住聽覺。明儀在水中穩住身體，憋著氣，用力回想落水前的那一幕。那是程硯沒錯！天呀！她第一次看見他只穿泳褲的樣子……不對、不對，他怎麼會在這裡？他們該不會又考上同一間學校了吧？現、現在怎麼辦？她應該上去大方地打招呼，還是潛水逃開呀？

正慌亂地手足無措，忽然有人抓住她手臂，用力把她拉起來。

縱流的水跑進眼睛，明儀按住臉，微微咳幾聲。

「有沒有怎麼樣？有喝到水嗎？」

她愣一下，那的確是程硯的聲音，滿載無微不至的擔心，總在她出事時就會聽見。

明儀抬起頭，當他同樣淌著水的憂忡面容落入眼底，心跳，在這一刻止住了。

這張臉，好久不見哪……

直到她想起要呼吸，才連忙換氣，說：「我沒事，我會游泳……」

程硯轉爲狐疑，「那爲什麼剛剛在水裡那麼久？」

「呃……這個……想、想事情？」

這樣說好像也沒錯……

誰知程硯生氣地放開她，又生氣開罵，「游泳池是可以開玩笑的地方嗎？」

以往，她只要挨他罵，就會顯得很害怕的樣子，可是現在，明儀卻直視程硯，宛如稀奇地端詳一件罕見的展示品，細細地、赤裸裸地，注視。

「對不起……」

程硯，程硯啊……上次聽他罵人似乎是上輩子的事了，其實並沒有那麼久，但，他們到底有多久沒見面、沒說話？

程硯注意到她正牢牢望著自己，圓睜著記憶中明亮的雙眼，眨也不眨地安靜守望，好像一旦稍有移動，他就會消失一樣。

避而不見的堅持、是否念同一所學校的疑問、母親離家的不堪回憶……就像退潮的海水遠去，退到他們之間的眞空狀態之外，就連四周嘩啦啦的水聲也進不來。

他凝視她，心，不可思議地穩靜。

程硯伸出手，緩緩撥開貼覆在她臉龐的髮絲，讓她睽違已久的面容顯露出來，彷彿正以這種方式確認她的存在。

明儀，是眞的在這裡。不在憑空的記憶，也不在猜測的想像中，而是眞眞實實站在他面前，她臉上的體溫，印上他的手，是想忘也忘不了的暖度。

她還是動也不動，雙眼卻濕潤起來。

「算了，沒事就好。」

他輕輕說完，收回手，也收回欲言又止的徬徨，跟同伴一道離開泳池。明儀還留在原地，默默目送他的背影，他才碰到她，她就有欲淚的衝動。

見了面才曉得，一直以來，折磨著心臟的，不是痛苦，不是罪惡感。是思念。

【第六章】

你會不會有討厭自己的時候呢？

我會喔！某些時候，總會有分裂成兩個「我」的錯覺。

一個我，想要變得可愛，想要討人喜歡。

另一個我，則是為了「喜歡」這件事，而變得令人討厭。

你一定搞糊塗了吧？但是我絕不會向你解釋清楚。

因為，一旦將這份矛盾的心情坦承以對，就會顯出我的幼稚與無理。

因此，或許我會繼續讓那個討厭的「我」住在這個身體，然後努力地去討人喜歡。

對我而言，顏立堯，你的世界是美好的，這樣的我，在你面前，相形見絀。

我只好佯裝滿不在乎，好保護我那毫無意義的些許自尊。

但，我還是想知道，讓我這樣喜歡的你，會不會也有討厭自己的時候？

……………………明儀

「啊！」

聽見對面微小的喉音，程硯抬起頭，明儀露出同樣吃驚的表情，詭異的是，兩人手裡都拿著一朵在家政課做好的康乃馨。

明儀下意識將康乃馨藏到背後，困窘地瞟向牆角垃圾筒。她媽媽生下她的時候難產過世了，這在班上已不是新聞，每年母親節的康乃馨一向是她送不出去的祝福，這才想等到放學後再丟棄。

那，程硯又是爲什麼會帶著他的康乃馨來這裡呢？

「你的康乃馨也要丟掉嗎？爲什麼？」

她問得眞直接，程硯想。

「跟妳一樣，沒有送花的對象。」

明儀看著他，沒有太明顯的驚訝或是大剌剌的困惑，她知道被投以異樣眼光的感受，平靜的反應，的確讓程硯不用太過費心。

「你媽媽也過世了嗎？」

她眞的很單刀直入呢！他不禁再度這麼思忖。

「離婚，我跟我爸住。」

「是嗎？」明儀些許悵然，原來不全然是同病相憐呀，她很快又打起精神，「知道她的地址嗎？把康乃馨寄過去，就不會跟我一樣傷腦筋了。」

對於她熱心的建議，程硯依舊反應平淡，「不是每個母親都有資格收康乃馨。」

「咦？」

他覺得她呆呆張著嘴的表情很有趣，「總之，妳是不能送，我是不想送，還是不太一樣。」

「這樣啊……」

明儀還是不太了解，納悶著「不能送」和「不想送」，何者比較悲慘呀？聽起來……程硯好像不怎麼喜歡自己的媽媽。

她低頭望望手上勞作，紙做的紅花、紙做的綠葉，不是什麼值錢的東西，卻也是費一番工夫做好的。同樣的東西，卻包含不同的心情。

「對了！我有個好辦法！走！」

半路上，他忍不住問：「去哪裡？」

她回頭，清爽的髮絲甩過那張自信滿滿的笑臉，「實驗室！」

放學後的實驗室當然已經空無一人，門也是鎖上的，只見明儀轉轉把手，接著就用身體側邊使勁撞門，一次，兩次，到第三次的時候，好不容易回神的程硯出聲制止。

「妳到底要幹麼？」

「這種門……只要撞一撞就會開了……哇！」

老舊的門果然「砰」一聲開了，反應不及的明儀猛然往前撲，程硯一個箭步拉住她，還被拖進去幾步。

「哈！看吧，真的開了。」

她既慶幸又得意的模樣，令程硯頓時啞口無言，看著看著，啞然失笑。

「妳啊……要是門一直打不開，妳打算怎麼辦？」

「這個……」

明儀想搔搔臉，右手卻被拉住，順勢低下頭，程硯似乎早她一步發現兩人還牽住的手，迅速將自己的放開。

與其說慌張，倒不如用驚惶來形容他此刻的反應更為貼切。對他而言，蘇明儀是一個特別的女孩，愈是在意，潛意識愈會避開這樣的人。

他們兩人在想不出下一句話的窘迫中，互相望了對方一眼，明儀先移開圓溜溜的眼珠子，掠過他，開始在櫃子裡翻東找西。

「量杯、量杯、量杯……」

「要量杯做什麼？」

「當花瓶……在哪裡呢？找不到……」

她還碎碎唸，身後多出一股暖呼呼的氣息，明儀怔怔然停下手，讓程硯舉高手將她搆不著的量杯拿下來。男生和女生真的好不一樣啊！他們有方便的身高、大大的手掌、和炙熱的體溫，即使沒回頭，她在近距離下，依舊能深刻感受到這些差異。

「給妳。」

明儀接過量杯，將那兩朵康乃馨插入裡頭，然後擺在講台上。稍微整理一下花的位置，退後兩步打量，很是滿意。

「這樣就好了。」

哪裡好？

「明天早上有理化課，是陳老師上課的最後一天，之後她就要去待產了。」明儀掉頭對他笑一笑，「送康乃馨給準媽媽，你不覺得正好嗎？」

那時他才明白，明儀粗枝大葉的外表下，其實將許多事都收在心裡。

「是啊！」他說。

得到程硯認同，她很快樂，轉回頭，再次凝視量杯中那兩朵康乃馨。差點被丟棄的花，現在正安穩地靠在一起。她呼出幾乎聽不見的嘆息，自言自語，「這樣，就不孤單了。」

說的是花，還是人呢？程硯望著相同方向，沒有回應她那句話，他似乎是懂的。

實驗室太靜了，明儀又回頭，和他對上視線。她頭一次見到程硯和煦的笑容，縱然和他沒有任何肢體接觸，那短暫的片刻，明儀卻感覺到他和她在某一部分相連在一起，以一種溫柔的方式，像兩個飄在空中的透明泡泡，輕輕觸碰著。

那是連門外安靜望著他們的顏立堯也不能介入的相依，擁有美滿家庭的顏立堯很清楚這一點，因此，對於那樣的特權，他只好隔著一道門，悄悄將嫉妒藏了起來。

「我回來了，妳還沒吃飯吧？」明儀一進門，就先問室友這句話。

她的室友，Sandy，坐在客廳的和式桌前，頭也沒抬地「嗯」一聲，繼續線上遊戲的廝殺。

考上研究所後，明儀遇到剛好在徵求室友的 Sandy，兩人合租一層公寓。Sandy 的職業是護士，上班時間不太固定，經常連續好幾天都值大夜班，倒也沒聽她抱怨過。Sandy 懶得外出，是個不折不扣的大宅女，線上遊戲玩到廢寢忘食是常有的事。幸虧明儀認識阿宅在先，見怪不怪了。習慣 Sandy 的作息之後，明儀會順便幫忙準備她的餐點，最後，Sandy 乾脆一個月丟一萬塊給她當餐費，明儀推說太多，Sandy 嫌麻煩，不再接受討價還價。

Sandy 長相清秀，總是將長長的直髮用鯊魚夾隨手盤在頭上，身上套件長版棉T和內搭褲，盤腿坐在電腦前，這大概就是明儀最常見到的 Sandy。

「麵好囉！」

明儀離開廚房，端出兩碗麵。不一樣的味道，令 Sandy 破例暫停遊戲，抬頭看眼前擺盤擺得漂亮的湯麵。

「牛肉麵？」

「嗯！老闆娘介紹不錯的牛肉給我，就想試試看。」

「妳不錯嘛！可以把自己嫁掉了。」

「我們家就我一個女的，從小就負責下廚喔！」

Sandy 豪邁地呼嚕呼嚕吸了幾口麵進去，發現明儀連筷子都沒動，淨是對著一張表格陷入深思。

「那是什麼？」

「賓客名單。啊！我哥要結婚了，他要我再想想看還有哪些人沒邀請到。」

「還有誰？」

Sandy 一下子就看穿她的爲難，明儀謹慎發問：「有個人，跟我是高中同學，大學同校，研究所也同校，他跟我哥見過幾次面，妳覺得應該邀請他嗎？」

「要。」

「是嗎？」見 Sandy 如此果決，明儀喜出望外，「妳也覺得有必要邀他？」

「不是有必要，而是妳看起來想要那麼做。」

明儀不好意思地低下頭，「我果然……太得意忘形了對吧？前陣子遇到他這位老朋友，很高興，所以……」

「想做什麼就去做，跟機器不一樣，人類的身上可是沒有重新啓動的按鈕喔！」

當 Sandy 簡潔俐落地點出人生道理，明儀不禁猜想，也許她在醫院看多了生老病死，所以才能有灑脫的領悟。

「好，這幾天，我問他看看。」

跟Sandy 聊過之後，她的心情開朗多了，而且就算到時候被程硯拒絕也沒有關係。爲什麼呢？明儀吃麵吃到一半，再回到那張賓客名單，輕輕咬住筷尖出神。

因爲有了再見到他的理由吧！她反覆回憶那天在泳池的巧遇，隔著湛藍水道錯身的交會，她被他拉出水面那乍現的光線，水珠在他赤裸的身上時而慢、時而快滑落的姿態……

一切都沒有改變。時光荏苒，她卻在他凝望的瞳孔中，找到懷念的感覺。於是他們都沒有閃躲，沒有害怕，她，意外地勇敢，勇敢得想再見他一面。

秋冬交替之際，吳教授病逝了。

這個消息大概只有系上的人才知道，其他科系的學生甚至未必知道有吳教授這個人。

程硯和幾位他門下的學生被轉到另一位教授底下，課業上並沒有太大影響。

對王雁來說，似乎也沒什麼影響，她在教授之間本來就相當搶手，情緒上看不出有半點傷心難過的樣子，於是，她和吳教授的那些流言蜚語漸漸被淡忘了。

有一天，她正和研究室的學生開心閒聊，有個大學部的學生捧了一個紙箱進來，直接走去找王雁。

「那是什麼？」面對害羞的大男生，她親切問道。

那男生完全不敢正眼直視這位美麗助教，死盯住紙箱說話，「這、這是吳教授留在我們班上的東西，我們教授說要交給妳處理。」

剛開始，聽見「吳教授」三個字，她略顯遲疑，並沒有動手接過來，「處理？」

「教授說，看是要寄回他家還是丟掉……反正就是交給妳處理。」

她慢吞吞收下後，才給他一枚嘉獎的微笑，「謝謝，辛苦你囉！」

程硯從座位上瞥向她，她笑盈盈地對交談到一半的研究生說：「抱歉，我出去把這個搞定。」

王雁抱著紙箱離開之後，房間裡的研究生繼續閒聊，聊女朋友、聊社會新聞、聊待會兒要吃什麼午餐。程硯從他們中間走出去，經過走廊上的窗戶，探見樓下中庭王雁獨坐在石階上的背影。

「不好意思。」

木製的門被輕敲兩聲，再加上陌生女孩的聲音，使得研究室的人一致轉向門口。

驚動到大家，明儀更加抱歉，和善地問：「請問程硯在嗎？」

他們環顧四周，終於有人出聲，「他好像出去囉！」

「出去？會再進來嗎？」

「嗯……」另一個人回答，「應該很快就會回來吧，我們等一下有討論會。」

「妳可以在這裡等他呀！」這又是另一個人，八成把她當作青澀的大學生，和藹地邀請。

「謝謝。」

她在一張推來的椅子上坐下，然後好奇觀望，比較不同科系研究室的差別，最後又低頭看看拿在手上的喜帖，一會兒猶豫地咬咬嘴唇，一會兒嘴角又揚起小小的雀躍。現在直接就把喜帖拿來，好像太早了，不過，她可以先收著，等他答應之後再拿出來。萬一不答應，起碼，今天有理由和他說說話。

系館後面的庭院疏於整理，經常落葉滿地。程硯一到，王雁聽見聲響而回頭，見到是他，前一秒還恍恍惚惚的精神馬上恢復原來的慧黠。

她舉舉手上沒點著的菸，「好笨，正想點菸，才想到自己根本沒帶火，你身上不會剛好有打火機吧？」

「沒有。」

「喔……」

她並不多說，只是將失望的目光轉回地上紙箱，安分玩起那根香菸。

「不過，我有這個。」

程硯走到她身邊，將一個透明小袋遞到她臉旁。袋子裡裝有好幾顆五顏六色的小糖果，那些柔和的顏色散發出甜甜香氣。

「金平糖？」

「妳把他送給妳的熊叫『金平糖』，我猜，或許金平糖在你們之間有段故事。」他頓一頓，並不明講這是要安慰她，只輕描淡寫，「本來前幾天就想拿給妳，一直沒有機會。」

她將糖果拿過去，拎在半空中端詳半天，托起下巴嘟噥，「金平糖才不是我跟他的故事呢！那是他太太喜歡吃的糖果。有一次他騙太太要去大阪出差，其實是跟我去花蓮度假，要回去那天，他特地去找了有賣金平糖的店家，回家好交代。所以我故意把他送我的熊取名叫『金平糖』，諷刺我們的關係就是謊言一場。」

「抱歉，我不知道。」

「不要緊，我還沒吃過金平糖呢！雖然他在大阪當地買過幾次給我，我偏偏賭氣不吃。因爲，那又不是我喜歡吃的東西。」她站起來，打開小袋，將幾顆糖倒在程硯和自己手上，「其實，我心裡好奇得要命。哪！一起解決掉吧！」

他先瞟了掌心上的糖果，並沒有動手，發現王雁也沒有吃，而是含著一絲特別柔軟的微笑注視他的臉，不禁問：「怎麼了？」

「你爲什麼特別在意我呢？明明就不是那種熱血分子。」

「……同病相憐的關係吧！」

「喔？」

「不同的是，妳已經解脫了，我還得繼續守密下去，而且不知道什麼時候才能停止。」

「是嗎？」她垂下眼眸，對著手心上的糖果自言自語，「是啊！我解脫了，自由了喔！再也不用管什麼婚外情、肝癌末期了……什麼都沒有了喔……」

「……」

她拿起一顆粉紅色金平糖，送入嘴裡，可愛的甜味在舌尖化開，王雁因此笑一笑。

「好討人喜歡的糖果，跟他太太一樣。」

才說完，眼淚便掉下來。她摸摸臉頰，了解到不能再遮掩任何情緒，因而頹然地垂下手。

「說到底，他最在乎的人還是他太太吧！不忍心讓她知道他的病情，她太太一定很感動。可是……我呢？」

一滴，兩滴，她再也忍不住淚水，讓剩下的糖果灑落在地，痛哭失聲。

眞像。他看見兩年前的自己，爲了顏立堯的過世痛徹心扉，卻找不到出口宣洩。任性的顏立堯，肯定也是非常在乎明儀的。程硯就是明白這一點，才無法拒絕他無理的要求。

「放心吧！再難過，這一切都會過去的。」

他以過來人的口吻安慰，王雁低下頭，靠著他的肩窩，要把忍了好幾天份的傷心欲絕一次傾洩出來似的，傷慟地哭泣。

冬天的風，在這個荒廢庭院打了個轉，掀起幾片枯葉。明儀止住離去的腳步，瞧瞧一旁開啓的窗。從那裡竄進的冰冷氣流一時扯亂她的髮，她一面按住髮絲，一面走去關窗。

手指才碰到玻璃，她黑澄澄的眼眸映入底下兩個人的倒影，一個認識，一個不認識。

這油然而生的驚訝遠超過她預料，似曾相識的背景，卻人事已非，原來……還是有什麼在她不知情的時候，改變了。

他不經心抬起的視線一撞上她的，嚇了一跳。明儀也是，本能地將身體退離窗邊，卻還是能夠和程硯相對。她來不及回收的倉惶，那一刻，無地自容。

「蘇明儀！」

他脫口叫喚，因為樓上人影轉身逃跑了！程硯丟下王雁追上去，那個出太陽的冬季午後，他們奮不顧身地拔足狂奔，踩過好幾根水泥柱排列的陰影、穿過人們頻頻回顧的長廊。最後程硯怎麼也追不上，明儀早就從前門跑走，頭也不回地賣力奔跑，途中踉蹌了幾次，終於在一面圍牆前無路可逃。

她完全不曉得自己跑到哪裡，只好靠著圍牆喘氣。

為什麼她要逃走呢？一句話也沒說就跑掉，怎麼看都像是逃跑吧？明明……應該要裝傻，好像什麼事都沒發生地打招呼才對呀！

「笨蛋，大笨蛋……」

在她失去程硯消息的這段期間，在她還一廂情願地認為一切如舊之際，原來，都改變了。

明儀閉上雙眼，傷心地滑坐在地。

「笨蛋……」

哥哥的喜帖終究沒能送出去。明儀把它放進抽屜深處，關上，從此不再提這件事。

她唯一邀請來的賓客就是湘榆，當天她穿了湖水綠的小禮服前來，明豔動人。
「我不是說可以和學長一起來嗎？」明儀問。
「不行，這樣太五味雜陳了。」湘榆果決地搖頭。
「什麼意思？」
「畢竟是初戀情人要結婚了嘛！」她整理一下邏輯，才說：「我不是還在暗戀妳哥喔！也沒有不喜歡學長。只是，對於妳哥，還是有一種感情在，我也說不上來，那不是什麼瀟灑的友情，比較接近一種……曾經珍惜過的遺憾。」
明儀專心聆聽，在心底深處，她好像明白。
湘榆側過頭，一派理所當然地反問：「妳現在對於顏立堯的感情，難道沒有轉變成那樣嗎？」
明儀愣住，那是她完全沒想過的問題，或者說，她從未質疑自己對顏立堯的感情。
湘榆見她答不上來，接著說：「我不相信一丁點都沒有變。至少妳的感情不是現在進行式吧！不可能跟高中時代一樣，有個見得到，同時也能回應妳的對象，所以，妳對他的喜歡，不可能是現在進行式了。」
「妳為什麼跟我說這些？」
「……不知道。」她聳聳肩，望了望賓客愈來愈多的會場，很突兀地改變話題，「妳沒叫程硯來呀？」
「咦？」那真的是個過於意外的名字，明儀有那麼幾秒鐘吐不出半個字，然後才吞吞吐吐，「沒有耶，他好像很忙。」

「忙什麼？寫論文？交女朋友？」

最後一句又害她舌頭打結，「呃……不曉得，大、大概吧！」

「啊？他真的交女朋友囉？騙人！完全沒辦法想像！」

沒想到湘榆的反應會這麼激烈，明儀後悔自己的嘴巴太快，趕緊澄清，「不是啦！我不知道他有沒有女朋友，隨便回答妳而已，妳不要亂猜。」

湘榆做出虛驚一場的表情，然後學起偵探摸摸下巴推測，「坦白說，那個人條件不錯，就算交女朋友也不奇怪啦！能夠當他女朋友的人，一定是很漂亮、很聰明、很……很有才華，還要有什麼才配得上程硯呢？」

湘榆開始列舉五花八門的優點，明儀則淪陷在撞見那個陌生女子的回想中。儘管沒能看清楚她整張面貌，可是，她直覺那會是一張美麗的臉蛋，站在程硯身邊，肯定相當登對。

糟糕，她又覺得難堪起來。那天別逃開就好了，能夠大方一點就好了呀……

那之後，兩人沒有什麼見面的機會。一方面科系不同，另一方面，程硯的教授特別器重他，他的課業也相對變重。過完農曆年，程硯的父親再娶，家中多了一位新成員，彼此忙著適應。這一拖，隔了四、五個月，明儀和程硯才又有見面的機會，這契機還是來自一位老朋友。

「一定要來喔！好久沒看到你們了，超想好好聊一聊的！」

電話那頭傳來許明杰爽朗的聲調，明儀心情也跟著變愉快。

「當然會去啊！不過，你說的『你們』是指誰呀？」

「廢話，當然是程硯，現在就你們兩個還讀同一間學校，眞不知道是故意的還是默契太好。」

「程、程硯？」她的手機差點從耳畔滑落，「那……他知道你有約我嗎？」

「知道。奇怪，怎麼我跟他說會邀妳的時候，他的反應也滿古怪的？」

那個不能言明的芥蒂還在。一百多個日子，並沒有將之消化，它還好好地在他們心頭紮著根。迂迂迴迴繞了許多路，終究又回到原點。

這是許明杰入伍後第一次和他相聚，說什麼也不好推辭。他們相約在一間生意不錯的牛排店，價位不算便宜，許明杰一坐下就點來一瓶紅酒，說要請客。

他變黑、變好看了，平頭髮型更爲他的陽光形象加分，似乎……還長高了些。那也許是明儀的錯覺，不過，她眞覺得當兵的男生就是會更成熟、成長。

「嘿！你怎麼啦？被操得這麼厲害嗎？黑眼圈耶！」

許明杰用力在程硯背上拍了一掌，他有些承受不起地乾咳兩聲，許明杰這才意識到他的疲累。

「喂！你不會沒吃飯也沒睡覺吧？」

「沒那麼嚴重，只是最近眞的比較忙。」

「你這個人，一認真起來就忘記健康囉！大學時也常常修電腦修到三更半夜。」

「我還是有吃飯睡覺。你難得下部隊，不用操心這麼多。」

他們一搭一唱，明儀趁機從旁打量，程硯真的變瘦不少，氣色也不好，沒有好好吃飯吧？睡眠足夠嗎？

忽然，她發現許明杰正瞅著自己，匆匆將目光收回來，繼續切牛排。

「話又說回來，好久沒見，你們兩個好像變生疏了？」

健談的許明杰話鋒一轉，程硯和明儀同時止住刀叉，看了對方一眼。

這場聚餐下來，程硯跟許明杰閒聊，許明杰也跟明儀暢談，然而，程硯和明儀卻始終沒交談上一句話。

兩人之間的氣氛緊緊繃著，一個人想問，一個人想解釋，偏偏苦無立場做任何事。

許明杰左右輪流看看默不作聲的他們，突然起身，「我去打一通電話。」

「啊……」

想攔他也來不及，明儀眼睜睜目送唯一能夠化解尷尬的救星離去，頓時孤立無援。

好巧不巧，又和坐在對面的程硯視線相遇，他顯得欲言又止，是明儀先把眼神轉開，他只好按捺住，面對那瓶被許明杰喝掉一半的紅酒。

明儀想著系館後院的光景，想著那個見不到全部容貌的女性，想著自己失態地逃離現場……想巴不得做個了結。

「那個人……那個人是你的女朋友嗎？」

她沒頭沒尾開口，試著讓它聽起來是朋友普通的問候。程硯倒像是因為她總算出聲而鬆口氣，臉部線條柔和許多。

「不是，她是系上助教。」

那麼，她又為什麼會在你的懷裡呢？像情人那樣，被你好好呵護著。

不能再追問下去，她不是他什麼人，明儀很明白，所以她裝作不在意地停止所有問題。

「她的……她的男朋友過世了，很傷心，所以……總之，她不是我女朋友。」

她略微驚訝地望著他，透過桌子中央晃悠悠的燭火，對面的程硯變得不再從容，不再流利，不再跟往常那個冷靜的程硯一樣。

她的開口，他的解釋，讓焦躁的心得到安撫。

程硯和明儀之間的尷尬總算解了套，許明杰卻喝得酩酊太醉，他幾乎一個人喝掉整瓶紅酒，怎麼勸阻都沒用，趴倒在桌上時才聽見他囈語，「醉一下有什麼關係？我被兵變了啦……」

原來那位音樂系的氣質美女恩雅琵琶別抱，對方是樂團指揮。許明杰發現之後，主動提出分手，快刀斬亂麻。帥氣是帥氣，也格外傷心。

「你改掉一失戀就喝掛的習慣好嗎？」

程硯扛著他上計程車時生氣唸他，不過許明杰早已不省人事。

「我也一起去吧！」

明儀不放心，跟著上計程車。他們返回程硯住處，程硯向親戚租了公寓，開給他的房租便宜得很，就算只有他一個人住也負擔得起。

許明杰一踏進玄關，便攔也攔不住地吐了，弄髒地板和他自己的衣服。

「他平常不會喝到這麼醉的……」程硯沒轍地面對地板那灘穢物。

「很難過吧！憋了一個晚上都沒聽他講，醉了才講出來。」

明儀協助他將許明杰攙到臥房，這時許明杰中途睜開眼，迷迷糊糊看了身邊的明儀一下，騰出一隻手攬住她，孩子般地撒嬌，「恩雅……」

「哇……我不是啦！」

她被推擠到牆邊，幸好程硯一個箭步將許明杰架開，嚴厲地凶他，「你太過分了！」

那並沒用，昏沉沉的許明杰倒頭就睡，程硯回身詢問驚魂未定的明儀，「妳有沒有……怎麼樣？」

她搖頭，有點難爲情，只好藉口閃開，「我去清地板，你幫他換衣服，換好叫我一聲。」

明儀把玄關地板清理過一遍，後來想想程硯也許有潔癖，又去拿拖把擦拭第二遍，隨後到廚房找到溫開水，倒滿一杯後，奇怪程硯怎麼還沒叫她。

「程硯？」她敲敲房門，聽聽裡頭動靜，「需要我幫忙嗎？」

沒人理她耶！明儀又等了一會兒，再次敲門，「我進來囉？」

她先打開一個小縫，沒見著程硯或是許明杰的身影，裡頭靜悄悄的，有乾淨的書桌和排列整齊的書櫃，它們安穩地座落在那裡，猶如房裡根本一個人也沒有。明儀放膽走進去，這一看，呆住了。

許明杰躺在罩著素色床單的單人床上，衣服已經換過，棉被也好好地蓋在身上，而程硯呢？程硯坐在床邊地板，一手攀在床緣，額頭則靠著那隻手臂，也睡著了。

「是睡著了嗎……」明儀小心走到他身邊，低頭探視他的倦容，「程硯？」

看起來應該是安置好許明杰之後，抵擋不住睡意，想要小憩片刻而已。

「真的就這樣睡著了……」明儀覺得不可思議，扗起下巴，恣意端詳他迷人的側臉，輕輕地，「不是女朋友啊……」

不知看了多久，直到腳發瘆，她從櫃子找到一床薄毯，盡量不驚動地蓋在程硯身上，熄燈，關上門，離開那棟大樓。

歸途上，雖是獨自一人，她的腳步卻是輕盈的，哼著叫不出名字的歌，踩著月光回去。

翌晨，明儀隨即接到程硯的道歉電話。見到來電顯示時，有些受寵若驚，感覺有好長一段時間沒這樣自然地互相聯絡。

「抱歉，我不知道自己會那樣就睡著，就連什麼時候睡著的也不清楚……讓妳善後，還讓妳自己回去……」

「沒關係，我很早就回去了。許明杰呢？他還好嗎？」

「嗯！一早走了，不過，他說他會親自向妳說對不起。」

「咦？他記得昨天晚上的事嗎？」她寧可他忘得一乾二淨。

「不是，是爲了喝醉這件事道歉，他好像不記得喝醉之後做了哪些事，我覺得也沒有告訴他的必要……如果妳認爲他必須賠罪……」

「等一下！拜託不要告訴他，眞的，我沒有怪他的意思。」

「好。」他遲疑一下，歉然地結束話題，「我得進研究室了。」

「嗯，你忙。」想說再見，卻又臨時脫口喚住他，「那個，程硯……」

「什麼？」

她說得笨拙，因而微微臉紅，「不要太累了……記得休息。」

他一愣，她臉上的熱意透過手機，延燒到他那一頭，將分開這段時間的生疏燒得不留痕跡。

「我知道了。」

沉著的嗓音。單是一句簡單的話語，就讓她說不出話來，連聲道別也沒說，便將手機掛斷了。

程硯那份潛在的溫柔一直都在，就在她以爲他們之間的交集若即若離地就要斷裂，那溫柔卻隨著時間綿延下來了。

一次放假日返家，明儀得知嫂嫂有喜了。這對新人原本計畫先享受新婚生活兩年之後，再考慮生小孩的事，沒想到婚後不多久嫂嫂就懷孕，而且害喜得嚴重，吐了，卻吃不下任何東西，爸爸和哥哥都很擔心。

明儀的媽媽很早就過世，家裡沒有婆婆照料媳婦飲食，這工作自然落到明儀身上。她努力查資料，買了一些適合的中藥回去燉煮。隔壁鄰居大嬸又教她滴雞湯，說對感冒和孕婦、胎兒都很好。

哥哥蘇仲凱聞到廚房飄出的香味，好奇地進來探查，「幹麼燉兩隻雞？我老婆喝不了那麼多啦！」

她把他擠開，不讓他看鍋裡的東西，「順便嘛！」

「順便什麼？」

「呃……你不要管！我等一下再教你滴雞湯的方法，要學起來，然後多燉給嫂嫂喝喔！」

「好啦！不好意思，麻煩妳了啊！」

「不麻煩，家裡多了一位像姊姊的家人，很高興呢！」

她哼起輕鬆旋律，慢慢將雞湯倒進保溫小提鍋。

當天傍晚，明儀就回到學校，打了手機詢問程硯在哪裡。

「我有東西想給你，方便過去嗎？一下子就好。」

「可以，我人在研究室。」

研究室啊！很多人在的地方的確不太方便，還是見面後再私下交給他好了。

當明儀拎著提鍋來到研究室外，裡頭喧嘩的笑鬧聲實在不像在鑽研功課。

她狐疑地敲門進去，有人先認出她，「啊！上次來找程硯的那個學妹！」

她果然被當成大學部的學生。明儀暗暗打量自己，看起來真的這麼孩子氣嗎？

程硯上前找她，後方有另一個人熱情招呼，「學妹，要不要一起吃？」

「吃？」她搞不清楚狀況。

「我們的美女助教今天請吃佛跳牆喔！她從五星級飯店買來的！」

助教？她順勢循去，並不難找，在場的女生除了她之外，只有另一個人。高䠷的身材、惹火的露背裝，雙腿讓牛仔褲襯托得筆直修長。她有一頭柔順得想令人摸摸看的短髮，和一張幹練又不失嫵媚的臉蛋。是她吧？那天倒在程硯懷中的女性，一定是這個美麗的人。

王雁見到明儀，不費工夫便認出她是那個從窗口窺看，而後逃開的女孩。察覺到對方認出自己，明儀顯得不好意思，王雁卻走來，牽住她手腕，「一起吃吧！」

站在王雁身邊，她就算是被當成高中生也都不奇怪了。明明同樣是女性，明儀還是深深被她成熟又聰慧的氣質吸引。被拉到香噴噴的佛跳牆面前，明儀才語拙地婉拒，「謝謝，不用啦！你們吃就好。」

「客氣什麼？這些人都不懂得客氣了。」王雁扠起腰，操著大姊氣魄吆喝，「喂！我這佛跳牆是要慰勞你們之中最認真的程硯，他都還沒吃，結果快被你們掃光了。」

「有啦！有啦！有留給他。學妹，這碗給妳。」

由不得程硯和明儀接話，兩人手上各自被塞了一碗食材豐富的佛跳牆，程硯沒轍，對她鼓勵性地邀請，「吃吧！」

她面對那碗五星級飯店的高級料理，有種無以名狀的無力感。乖乖吞嚥下去時，竟食之無味。

那期間，王雁提起爬山經驗，她也是登山好手，和程硯能夠一來一往地聊開來。明儀這才發現自己完全插不上嘴，她不懂得山上見聞，不曉得程硯過去曾經在上面遇過哪些事。而當王雁不小心說溜嘴，略略提到程硯親生母親拋夫棄子的過去，被程硯狠狠瞪了一眼。

即使王雁漂亮地帶過話題，明儀還是好詫異，她只知道程硯的父母離婚收場，卻沒想到那背後還有這一段難過的故事。

程硯沒忘記明儀前來的目的，「妳要給我什麼東西？」

「啊……忘了，到這裡才發現忘記帶，不是什麼重要的東西。」

她笑嘻嘻說著不擅長的謊言，將那只小提鍋藏在外套的掩護下。

明儀並沒有停留太久，一走出系館，便暫停腳步，看向暗下來的天色。

不但沒有把雞湯送出去，還在人家研究室白吃白喝一頓。

「我到底在幹什麼……」

「妳在幹麼？」

「就是不知道才……」她警覺打住，回頭，被不知何時站在後頭的程硯嚇一跳，

「你怎麼會……」

他並沒有回答她的問題，而是瞧瞧擱在她手肘上的外套，反問，「那個……就是要給我的東西嗎？」

有時候，程硯的明察秋毫眞叫人討厭。

明儀慢呑呑地將外套拿開，露出提鍋，「是雞湯，我在家自己燉的。」

他有些意外，從沒想過她會爲他下廚煮任何東西，哪怕是泡麵也好。

「我不知道你們助教請吃佛跳牆，你別在意，我會把雞湯拿回去給 Sandy。」

他納悶，「爲什麼要給她？那不是要給我的？」

「呃……你不用勉強吃啦！剛吃完那碗佛跳牆，現在很飽了吧！」

她就飽得吃不下晚餐了。程硯走上前，拿走她手上的提鍋，問道：「有湯匙嗎？」

她遞出湯匙時，神情是傷心的，打心底不願接受那打腫臉充胖子的體貼。

然而，當他們坐在系館外面的涼亭，程硯一口一口舀起那些雞湯，又緩緩呑下去，她才逐漸明白，那並不是什麼體貼，而是他安靜回報她的方式。比起客氣的道謝，比起誇張的狼呑虎嚥，他用心的品嚐更勝過一切。

她坐在一旁，看呀看啊，雞湯冒出的熱氣好像熏到她那裡，視野迷濛起來。

爲什麼這樣的畫面會那麼有幸福感呢？她甚至私心希望帶來的是好大好大一鍋湯，如此一來，就可以一直看著他喝湯的樣子。

不過明儀還是出聲制止，「別一次喝完吧，搞壞肚子怎麼辦？剩下的你帶回去，鍋子再還我就好。」

他猶豫一下，擱下湯匙，「那就下次再還妳。」

「好像在野餐喔！」迎著一襲涼風，她愜意地有感而發，「你這麼忙，應該找機會出去走走才對。」

「那就這個星期天去野餐，怎麼樣？我沒什麼事。」

他罕見地主動提出邀約，令明儀喜出望外，順便靈機一動，「好哇！那剛好可以約許明杰一起去！」

聽見那名字，程硯不禁錯愕，「許明杰？」

「嗯！上次他打電話跟我道歉的時候，說下次放假要再來找我們，正式賠罪，我看就找他一起野餐好了。」

他無好無不好地轉向一旁路過的學生，並沒有答腔，明儀總覺得哪裡不對勁，試著探問：「你覺得不好嗎？」

「沒什麼好不好。有問題的，是我們兩個認知上有出入。」

「認知？」她愈聽愈糊塗。

他露出「看吧！果然認知有很大出入」的表情，接著淡然地說：「就照妳的意思吧！」

幹麼這麼高深莫測呀？有話直說會怎樣？心情超不愉快的！

明儀暗自生著悶氣，這時頭頂上有人推開窗戶，朗聲叫喚他的名字。

「程硯！再給你五分鐘，教授快進來囉！」

他抬頭看看王雁，再面向明儀，明儀的目光還留在無人窗口，過了幾秒鐘才收回來。

「你和你們助教好像滿合得來的喔！又都喜歡爬山……」

程硯聽她這麼說，不自覺一陣專注思索，這才開口附和，「她很特別，是一個和我非常相似的人。」

明儀倏地屏住氣，心臟還殘留著那句話劃過的銳利痕跡。程硯也說過她特別，因爲她是顏立堯女朋友的關係。那王雁呢？對程硯而言，她又是因爲哪一點而變得特別？

下個星期天到了，明儀還另外拖了 Sandy 出來，他們和許明杰在附近公園碰面。許明杰一見到程硯和明儀，立刻以九十度鞠躬賠罪。

「非常、非常對不起！難得聚在一起，我還喝到爛醉，給你們添麻煩……」

他頓一頓，偷瞄程硯，以爲他會用「別介意」這種客套話阻止他自責，誰知程硯面無表情地回話，「是眞的很添麻煩。」

明儀趕緊出面緩頰，「他的意思是下次別這樣了，喝那麼醉，對身體實在不好。」

程硯不以爲然地瞟向她，擺明在說她亂翻譯。明儀佯裝沒看見，繼續向許明杰勸說喝過頭的壞處。

春天的氣候十分怡人，太陽被薄薄的雲層一遮住，就變得涼爽舒適。Sandy 不愧宅女成性，她把筆電帶出來野餐，左手拿著壽司，右手依舊飛快在鍵盤上打字。雜著草香的薰風拂過臉龐時，她會暫停手邊動作，瞇起眼，望望前方綠地，就那樣什麼也不做地靜止片刻。連同住的明儀也沒見過顯得如此輕鬆愉快的 Sandy，她暗暗慶幸這次拉 Sandy 出來，感覺眞是太好了！

話又說回來，程硯到底是怎麼搞的？打從上次在涼亭莫名其妙轉爲低氣壓，就一直持續到現在，又不明講哪裡不對，一副把別人都當笨蛋的氣人態度！

「蘇明儀。」

「啊！」

許明杰冷不妨用冰透的汽水罐往她臉上貼。明儀抽身後退，逆著光，愣愣地看他一屁股在身邊坐下。等他注意到她回不了神，不明就裡，「有必要嚇得這麼厲害嗎？」

「不是……」她試圖鎭靜下來，將髮絲順到耳後，才自我解嘲，「不是的，一時之間，我還以爲自己回到高中，搞不清楚現在到底是哪一年、哪個地方，暈暈的。」

「想起誰啦？」他明知故問，「啪」地一聲拔開拉環。

「他也曾經把可樂冰到我臉上，當時只是暗戀他……那個可樂罐我還留著喔！我很念舊吧！」

她的開朗總叫人心疼，許明杰勉強彎一彎嘴角作爲回應，然後低頭拔起地上青草，一根，兩根，隱忍許久的感傷終於撬開防線，竄流出來。

「本來想問妳到底要花多少時間才能度過一場情傷。不過一見到妳，這個問題好像就變成無解。」

「我很好喔！剛分手的時候，雖然難過得不知道以後的日子該怎麼過下去，也不斷反覆問自己是不是哪裡做錯了，好像困在一個想走出來卻找不到出口的迴圈裡。不過，『時間』還是會塡補某些傷口，這是眞的喔！現在的我，心臟不會那麼痛，不那麼愛哭了。想起過去，全是些快樂的事。」她面向天空呼出一口氣，然後舉手握拳，爲他打氣，「所以，你一定沒問題的！不能告訴你會是在哪一天的哪個時候，但是，傷痛就是在不知不覺的時間裡被治癒的呀！你一定沒問題。」

她良善的話語，像這裡的風，溫暖，又帶著寬廣香氣。許明杰凝神好一會兒，學她偏起頭，似笑非笑，「不如我們兩個交往吧！」

明儀再次愣住，不是因爲那句話，而是他和顏立堯的神似程度。顏立堯也常出現這種戲謔中含混些許柔意的表情，往往叫人分不清他是認眞，或是開玩笑的。

「開玩笑的。」許明杰笑開了。

正在討論電腦程式的程硯和 Sandy 不約而同中斷交談。Sandy 不動聲色地瞥向不遠處的兩人，很快又把注意力拉回自己的筆電。程硯也是，只是他不再繼續剛才的話題。

該準備收拾回家時，明儀一面摺野餐墊，一面從後方觀察程硯，心想要把握機會早點和他破冰，結束這怪里怪氣的氣氛。

「程硯。」她走到他身邊，跟往常一樣話家常，「幸虧那天有你提議要野餐，許明杰的心情好像好多了，Sandy 也是，她平常不會像今天這麼放鬆呢！謝謝你囉！」

他等她講完之後，繼續將垃圾裝袋，「沒有必要道謝，我不是爲了讓許明杰心情轉好，或是讓 Sandy 放鬆才說要野餐的。」

又、又不把話講滿！老是留著最重要的原因在自己心底，讓周遭的人摸不著頭緒。

明儀蹙起眉心，不高興地反擊，「不管你有沒有那個意思，既然結果是好的，向你道謝也不奇怪吧！」

「妳啊，把周遭事物解讀得太美好的個性，不覺得太過自我嗎？也許對別人來說，並不是那麼一回事。」

「什、什麼？講這麼深奧的話，聽不懂啦！」

由於她很明顯地生氣了，程硯放下垃圾袋，轉身面對她，破例打開天窗說亮話，「舉例來說，如果妳沒打算跟許明杰交往，大可不必太過善意，那只會造成誤會。」

「啊？」她不敢置信地火大，「你……你有什麼資格說我？嘴上說助教不是你女朋友，結果一副很在乎她的樣子，這才會造成大誤會呢！」

他不明白，「王雁？妳為什麼扯到她那裡？還有，妳無緣無故發什麼脾氣？」

「是你先扯到許明杰的，而且我才沒有發脾氣！」

「這不是正在發脾氣嗎？」

「才不是發脾氣，是不高興！把那天的雞湯還我啦！」

「現在扯到雞湯來又是為什麼？」

他們愈講愈大聲，許明杰聽見自己名字，慌張地想上前鎮壓，「喂！我剛剛真的是開玩笑的啦……」

「別去管閒事。」Sandy 出手揪住他的衣領，「再愚蠢的吵架，也是溝通的一種形式。」

這是程硯和明儀相識八年來頭一次正式吵嘴，最後不歡而散。

明儀回到家還氣憤難平，忍不住打電話要向湘榆告狀。

「所以？」湘榆的聲音聽起來既死板又輕蔑，「吵架的原因是什麼？」

「是……」明儀停頓好久，很是困擾地說：「是、是什麼來著……」

湘榆打一個大呵欠，「看吧？吵完架之後，通常都不會記得當初的導火線，所以，再氣下去也沒有什麼意義，有機會還是跟他和好吧！」

「湘榆……妳怎麼會這麼有見地？」

「嘿嘿！上次跟學長吵架時，他告訴我的。」

話筒那端心花怒放，花瓣都飄到她這裡了。明儀撫撫手臂上的雞皮疙瘩，很快結束通話。

關在房裡沉澱了十幾分鐘，仔細想想，她都快二十四歲的人了，還像個小女孩亂發脾氣。其實程硯也沒說錯，對於許明杰，她的確在一些地方留下不必要的餘地，忘記他曾經喜歡過她的心情。

最丟臉的是，還把助教和雞湯拖下水，眞是無理取鬧。

本來想打電話講和，一想到自己在王雁身上不小心洩漏出來的情緒，明儀又難爲情地按掉通話鍵，把半張臉埋入抱枕。她不願意承認，不過……

她在吃醋，很明顯地在吃醋。

至於程硯，野餐後隔天，便照著兩個月前的計畫，和許明杰以及王雁去登奇萊山。奇萊山並不好爬，有幾段山路驚險萬分，那是台灣史上因爲山難而產生最多事故的一座山。明明應該要更加專心，程硯卻一路心事重重。一行人席地而坐的休息空檔，許明杰靠到他身邊，二話不說把手機遞出去。

程硯不解：「幹麼？」

「很想打電話說點什麼吧？那就做啊！」

他曉得許明杰說的是明儀，躊躇一會兒，懊惱地垂下頭，「我那天怎麼會講話不經大腦……」

「哈哈！我們這些旁人倒是大開眼界啦！喏！手機。」

「下山之後再打。」

「這種事有什麼好等的？拿去啦！」

程硯拗不過許明杰，將手機接來，試著撥打明儀的號碼，卻發現山上沒有訊號。

「想打給誰呀？」王雁拿著水瓶走來，朝雪衣外套摸一摸，摸出手機，「我的還有點訊號，試試看吧！」

「謝謝。」

弄得一堆人都來借他手機，程硯有點不好意思，起身走到比較偏僻的地方按了明儀的號碼，響沒幾聲便接通了。

「喂？」

她的聲音一傳入耳畔，擰痛了心，也擰出止不住的情感，一點一滴地淌溢出來。

「喂，我是程硯。」

在寂靜了一兩秒之後，聽見明儀狐疑的音調這麼說：「喂？喂？我這邊沒有辦法聽到，你是哪位？」

再不久，訊號也完全中斷了，剩下「嘟——嘟——」的長音。

他掩不住失望，獨處片刻，才將手機還給王雁，她靈敏地猜臆，「打給上次來研究室的學妹？」

「她不是學妹，是我高中同學。」

「……好吧！不管你這次有沒有打通，手機，我都不會再借你了。」

程硯以爲哪裡惹她不高興，「爲什麼？」

「我不想要你用我的手機跟她講話，我並不是那麼好心的人。坦白說，那麼無憂無慮的女孩子，跟你不是同一國的。」她絲毫不收斂自己的任性想法，隨即還俏皮反問：「你的祕密，不能跟她說，對吧？如果不能說，那麼天眞的女孩子是沒有辦法理解你的痛苦的。」

在一旁的許明杰雖然不能了解他們的弦外之音，又見到程硯並沒有反駁的意思，便很有義氣地擋在他面前，向王雁嗆聲，「我是不知道你們兩個有多熟，不過，這傢伙和蘇明儀之間的……的羈絆，可是比什麼都還要深！」

許明杰的理直氣壯，看在王雁眼底顯得可愛，她對他親切微笑，用她慣有的慵懶腔調，吐出的字句淨都是世故與淡漠，「羈絆哪……結褵二十年的夫妻關係，都可以因爲第三者的介入而變質，我才不相信『羈絆』這種東西。」

他們的休息時間並沒有太長，爲了在下午起霧前到達下一個營地，一行人又起身趕路。

原本還堆聚在遠處的渺渺雲霧，隨著時間流逝，無聲無息飄進四周空氣，溫度不知不覺又下降一些，多隔幾步路的山友背影變得若隱若現，窸窣腳步聲取代彼此的交談。程硯一步步踩上眼前陡坡，這裡的空氣稀薄，思緒竟意外飽滿，他在三千公尺的高山想念一位在平地的女孩。

如果當初別吵架就好了，如果能早點打電話給她就好了，如果，那些「如果」都付諸行動，就好了。

「想做什麼就去做，人類的身上跟機器不一樣，可是沒有重新啓動的按鈕喔！」明儀想起 Sandy 對她的訓話，決定拿起手機，在通訊錄找到程硯的名字，撥了電話過去。

然而另一端卻直接進入語音信箱，沒能聯繫上。聽了幾次無法接通的回應，她只能默默注視螢幕上他的名字，發著光，過一會兒便要黯淡下來。

晚一點再試試看吧！她想。

但，兩人之間的訊號就像斷掉的線，再也沒有接通過。

【第七章】

我常常在想，我們已經不是那麼相信童話的年紀了，痛過，哭過，就會認識現實的殘酷。

卻又為什麼，在心底的某處，還暗暗期盼著「有一天」。

只是，「有一天」通常是被寄予希望，卻永遠不會來到的日子。

明知如此的我，還像個不死心的傻瓜，想抓住一線希望。

有一天，你還能隨心所欲地跑步就好了。

有一天，明儀能不再為你哭泣就好了。

如果你知道我也這麼迷信「有一天」，一定會笑著說：「真不像你呀。」

可是，阿堯，你一定比誰都還清楚，正因為「有一天」的存在，就算是絕望得要放棄未來的一切，人們也會有繼續走下去的勇氣，不是嗎？

……………程硯

「好！現在我們來選班上幹部。」高一開學第一天，導師站在講台上朗聲宣布。

程硯穩重可靠的形象，讓他得到壓倒性票數，當上班長。這是令他困擾的慣例，不過，似乎有人也有相同的煩惱。

那是班上的風紀股長，在幾次不高明的婉拒後，還是被拱出來擔任風紀的工作。幾分同情使然，程硯好奇到底是哪個倒楣鬼。

那個對著黑板微微皺起眉頭的女孩，柔順的短髮有幾綹勾在耳後，因此她的側臉輪廓也能看得一清二楚。程硯第一眼就認出來了，不用看黑板上的字，他也記得她的名字叫明儀。

她在寒冬中傻氣地獨舞，她被保健室陽光包圍的模樣，像剛剛看過的圖畫在腦海翻了頁。

那些畫面太過清晰，而本人就近在咫尺，程硯反倒覺得不自在而別開眼睛，直到下課，都還不能自然轉向她座位的方向。

顏立堯一如往常嘻嘻哈哈地走來，「喂！聽說阿賢和熊貓在五班，要不要去找他們？」

當然好，繼續和那女孩待在同一個空間，就是有種說不出的不對勁。

程硯跟在顏立堯後頭，路經講台，發現明儀正朝這邊望過來，小嘴微張，用一種觀察天上星象的研究目光，既虔誠又好奇地凝望。

「對了，阿硯……」

前方的顏立堯忽然回頭，觸見程硯面向教室內的某處，也隨著尋去，待在座位上的明儀立刻閉上嘴，低下頭。顏立堯都看見了，並不放在心上，笑著問：「怎麼了？」

程硯困惑地回看他一眼，「你不記得她？」

顏立堯再次瞧瞧明儀，笑了起來，「不就是風紀嗎？」

也許那天在保健室，顏立堯並不知道照顧他的人是誰吧！明儀給人的第一印象本來就不強烈，存在感薄弱，這樣的女孩子當起風紀，會不會稍嫌勉強了？

程硯原本這麼擔心，可是，見識過她管起秩序的實況後，著實大大改觀。

「不要講話！」

明儀桌子一拍，整個人從座位站起來。全班被她宏亮的大吼給嚇得噤聲，有一個比較皮的男生硬是故意跟同伴講話，明儀隨即連名帶姓地開罵，「吳清勇，上課了耶！要講話去教官室講！」

她的魄力叫程硯大感驚訝，顏立堯也因而瞠目結舌，回神後，笑嘻嘻地對程硯說：「好厲害的女生。」

又過兩三個月，教室門口有人從外頭迎面撞上來，程硯下意識抱緊手上那堆將要滑落的作業本，這才看清楚面前的冒失鬼。

「對不起……」

明儀摀著臉，很痛的樣子。當她放開手，鼻頭已經撞得紅通通的，像一年前她被寒流凍僵的模樣。

顏立堯曾用「可愛」形容過她，差不多是這種感覺嗎？

「借過。」

他禮貌低語，明儀本來要退後，忽然又伸出雙手，「我幫忙拿吧！」

「不用了。」

「沒關係，反正我有空。」

她熱心地想接去那疊作業本，一個失手，掉了十幾本在地上。

「對不起！」

看著明儀慌張蹲下去撿拾，程硯頓時感到有些不耐煩，他不喜歡別人一直道歉，那是於事無補的台詞。他默默跟著蹲下，收拾一地的凌亂。偶然觸見她焦急的神情，撿起一本又不小心掉落另一本的笨拙動作，心想該不會笨手笨腳的就叫「可愛」吧？他實在搞不懂。

「好了。」

明儀總算把散落的作業整理整齊，謹慎地交還給程硯。

她的指尖碰上他的，又像羽毛般滑開。

「眞的不用我幫忙？」

她再度問，這一次心虛多了。程硯從方才停止的那一秒鐘回神，起身，「不用。」

被二度拒絕，她顯得有些受傷，低著頭，在窄小的門口和他錯身而過。短而清爽的髮絲輕輕擦過他胸口，卻留下她一身的香味，分不出是洗髮精還是乳液的香味，非常女孩子氣的味道，迅速在他的嗅覺裡擴散開來。

那是他十七歲那年即將進入冬季的前夕，不覺得那是「喜歡」之類的感受，相反的，有一種說不出的厭惡感。他不習慣回想關於她的事時，心底暖暖的感觸。他不喜歡兩人肢體接觸時胸口部位的緊繃。他一點也不能適應，靠近她的時候，陌生的香味和體溫彷彿會深深嵌入記憶的不可抗力。

下一堂下課，他在座位瞥見當值日生的明儀，認眞擦拭寫滿歷史事件的黑板，有時踮起腳尖，有時爲了吸入的粉筆灰而咳嗽，有時會掉頭和同是值日生的同學說著說著便笑起來。爲什麼這女孩可以將他的心緒擾亂得不像自己？卻也可以在見到她明亮笑臉時，體內波瀾的那部分，便安安穩穩地平靜了。

又過一個寒暑，顏立堯和明儀正式交往。剛考完試，輕鬆得什麼都不用煩惱的下午，他們正在等顏立堯從教室出來。坐在程硯旁邊的明儀彎曲雙膝，將下顎搭在膝蓋上，側著頭，嘴角彎起不能再恬淡的微笑，輕輕問他一個問題。

她滿是想爲他開心的神情竟如此令胸口作痛，程硯才發現，那個問題，他早已沒有機會回答了。

「嘿！你有沒有喜歡的人？讓你覺得心臟不是自己的，那樣的女孩子？」

意外發生的瞬間，根本沒人來得及阻止。

那是一條險峻山路，左邊是峭壁，右邊是斷崖，路面則是一個人勉強能通過的寬度。

每個人爲求保險，通過時會順手拉住峭壁上的樹藤，再慢慢往前走。輪到許明杰時，手上樹藤忽然拔離原本攀附的岩石，他整個人連人帶藤地往右邊斷崖滑過去！

說時遲那時快，在他後方的程硯伸手抓住他，一隻手則緊緊拉住另一根藤蔓。原本還以這個姿態緩衝了一兩秒，不料連程硯手裡的樹藤也承受不了重量而迅速抽離峭壁。

「程硯！」

王雁驚恐地大叫，是他耳朵最後聽見的人聲。接下來，除了山谷中短暫的風嘯以外，再也沒有別的了。

✉

「他去爬山？」明儀從程硯研究所同學那邊得知這消息，已經是吵架後第五天的事。

「應該要回來了，妳再打他手機試試看吧！」

「謝謝喔。」她邊走出研究室邊撥號，手機依舊是不通的狀況，「該不會生氣到不想接我電話吧？」

才說完，她又自我厭惡地甩甩頭，真糟糕，時間拖得愈久，就愈會胡思亂想。

返回公寓，客廳電視開著，新聞台正在播報貪污案。浴室有嘩啦啦的水聲，Sandy八成正在洗澡吧！明儀拿起搖控器，準備轉到電影台，Sandy 一身白色護士服從浴室走出來。

「妳要上班啦？」

「嗯。」

沒玩電腦、換上工作服的 Sandy，散發出精明幹練的女性魅力。有一次明儀去醫院探病，路過急診室遇到她，Sandy 臉上只有一號表情，雙手沒有多餘的動作，相當簡潔漂亮地執行她的專業工作。那個她，十分美麗。

「我有買妳的晚餐耶！」明儀晃一晃提在手上的魷魚羹麵。

「嘖！已經打算今天晚餐要省掉了，妳偏偏買了我的最愛。」她掙扎一下，遞出手，「我帶去吃。」

可是，伸出去的手在等候過後還是空的。Sandy 回頭看明儀，明儀目不轉睛看著電視，新聞主播神色凝重地播報一項搜救行動。

「怎麼了？」

「她……新聞說有人登山失蹤。」剛開始，她沒辦法把話說得順暢，乾脆轉向Sandy，滿臉不安，「程硯和許明杰也去爬山……」

「那又怎樣？每天都有一堆人去爬山。」

「可是，他同學說他應該要回來了，我一直聯絡不上程硯，他的手機都不通……」

Sandy 想對她的杞人憂天嗤之以鼻，但發現明儀眞的很擔心，只好將語氣放得柔緩一點，「那就打電話到他家裡確認看看吧。」

Sandy 趕上班，拎走魷魚羹後便出門。明儀繼續轉到其他新聞台追蹤這條消息，地點是在奇萊山，有兩個人墜谷，名字都沒打出來。目前因爲天候不佳，霧氣太濃，地形也險竣，沒辦法立刻派直升機下去找人。

「啊！」剎那間，她捕捉到螢幕左下角被攝影機拍到的人影，那個縮在椅子上發呆的女人正是王雁！

記者在採訪領隊，因此鏡頭只掃過休息區的一角，王雁的身影一下子就看不見了。

明儀從驚恐中回神，拿起電話話筒，撥到程硯老家。

「喂？」對方很快就接起電話，似乎是用跑的，也似乎一直都在等電話，是一個非常年輕的女性聲音。

「喂，妳好，我是蘇明儀，是程硯的同學……」

「喔……」對方恍然大悟而大叫，「妳是公主！」

「啊？」

「不好意思，不要理我。」聽起來是一個可愛的女孩子，是程硯的妹妹吧！

「我剛剛看到新聞，所以想確認一下，請問程硯現在……」

沒等她講完，盈盈便馬上接話，「哥哥不見了，說是爲了要拉住他朋友，一起被拖下去……」

她哽咽的聲調，害明儀心頭一緊，連下一句話也跟著語塞。

「呃……程硯那邊，沒有任何消息嗎？」

「只說會盡力搶救……都快過黃金七十二小時了，還能搶救什麼？還說我們過去也沒有用，在家裡等他們通知就好。現在什麼也不能做，只能一直等等等……」

她先是憤憤不平，突然就哭了。

「剛、剛剛聽新聞說，只要天氣一轉好，就會馬上下去找人的，直升機都在山上待命，所以，不會讓你們等太久的。」

「……萬一等到的不是好消息怎麼辦？爸媽都要我別亂說話，可是，我忍不住會那麼想嘛！萬一、萬一等不到哥哥回家怎麼辦……什麼都不能做，好不甘心嘛……」

怔忡拿著話筒，聽著話筒那邊的啜泣，明儀感到眼眶熱熱的，情緒……會傳染的吧？

「不是什麼都不能做喔！很久以前有人告訴我，只要對某件事非常非常堅持，那個時候人類就會有超能力。所以，妳想要哥哥回來的超能力，一定可以傳達到他那裡，請妳不要放棄希望，這樣妳哥哥也不會放棄。妳要這麼想。」

「嗯……好。」盈盈乖巧地接受安撫。

「我留下我的電話，要是有什麼消息，不管是什麼消息，請妳一定要通知我。」

她原本要掛電話了，盈盈臨時又喚住她。

「什麼事？」

「以前聽哥哥提過妳，他說妳迷迷糊糊的，對別人的事很熱心，對自己的事就少根筋……啊！妳別生氣喔！我想說的是，哥哥看走眼了，我認爲，妳明明很堅強、很有擔當呀！」

「……是嗎？」

和盈盈結束通話之後，明儀還在電話機旁，什麼也沒做地待了一會兒。程硯跟自己的妹妹提過她，都說了些什麼，單純在數落她的迷糊嗎？不管說了什麼，光是一想到他在平日與家人的家常談話裡曾經提起她的名字，即使是壞話，她也感到高興，在這個應該要擔心他安危的晚上，莫名地高興。

「爲什麼偏偏在見不到人的時候才知道這件事？」她悠悠地抱怨，好像程硯聽得見，「連想要當面質問你都辦不到啊……」

隔天，明儀再次來到程硯的研究室，想辦法問到王雁的手機號碼。王雁還留在第一現場，她決定要等到程硯和許明杰都被找出來爲止。

王雁一聽見手機裡的聲音便認出明儀。

「妳是程硯的高中同學吧！一定很擔心吧？這麼快就問到我的電話。」

「請問，搜救進度有最新的消息嗎？」她連客套話都省略了。

王雁探探窗外，說：「今天天氣不錯，霧散了，等一下直升機就會下去，我想，不久就會有他們的消息。」

「是嗎？」

她聽出明儀鬆了口氣，不禁出言提醒，「就算有消息，也不一定是好消息喔！」

明儀緊閉住嘴，沒有搭腔。

見到對方並沒有預期的激動，王雁管控不住這份萌生的惡意，繼續往下說：「就算他們命大沒摔死，因爲山難而餓死或凍死也佔了大多數。已經過了這麼久，他們應該很難撐得下去。」

明儀還是沒有立即回應，就在王雁以爲自己把她弄哭了，手機那一頭又傳來明儀的聲音，「妳也是認爲他們還活著，才一直在那邊等下去的吧？沒有人是爲了絕望而努力，人們一定是爲了心裡抱持的某種希望，才拚命地堅持下去。所以，妳跟我，在沒有確認結果之前，都相信他們還等著大家去救他們上來，是吧？」

「……」

「拜託妳，有任何一點消息，請讓我知道，電話也好，簡訊也好，現在的我什麼也幫不上忙，只能麻煩妳了。」

這個女孩子不僅堅定守護了自己的信仰，還要王雁也跟著一起相信，同時，她的低姿態已經漂亮贏得王雁的承諾。

眞妙！之前見到本人，還不覺得她有這麼聰明伶俐呀！

「好，一有消息就會跟妳聯絡，手機隨時開著吧！」

然而直到傍晚，始終沒有來自王雁的隻字片語。

「哇！嚇我一跳。」

Sandy 一進門，馬上受驚地後退！仔細看清楚坐在和式桌前的明儀，她正抱膝，注視那支擺在桌上的手機。

Sandy 打開電燈，乍現的日光燈驅走外頭透進的昏暗暮色。

「有消息嗎？」Sandy 知道她在等電話。

「沒有。」明儀的目光沒有移動分毫，後來想到什麼，將頭稍微歪了一下，「好奇怪，今天一直想起一個人。」

「誰？」Sandy 也沒閒著，先把她的筆電拿出來開機。

「高中時的男朋友。」

「喔？想他幹麼？」

「不知道，不是刻意去想的。不過，出現在腦子裡的，都是我在月台送他搭火車離開的畫面，那些畫面之後，就再也沒有見過他了。」

「嗯……妳覺得程硯也會跟他一樣嗎？」

「不是。可是，和顏立堯分開之後，我總覺得害怕，害怕日子一旦過得太幸福快樂，好像又會被奪走一樣。」

「喔？之前即使和程硯吵架，妳也覺得那日子幸福快樂？」

Sandy 的問題讓明儀抿緊唇角，那些有程硯在身邊的日子……讓她在下一秒熱淚盈眶。明儀轉開臉，不讓她看見自己此刻脆弱的表情。

「早知道，就不跟他吵架了……」

Sandy 在明儀身旁坐下，開始連線上網，「人真的很奇怪，傷心的時候，會特地找理由讓自己更加傷心，好像那麼一來，內心的某些罪惡感就會得到救贖一樣。」

明儀愣愣望著她，有一道被責備的刺痛。

「但是，那沒有用。傷心過後，妳會發現一切都沒有改變，好的或不好的事還好好地在那裡維持現狀。唯一能夠改變的，是妳之後要怎麼去面對它的態度。現在，最起碼妳可以先做好心理建設，至於『後悔』那檔事，就別浪費力氣在它上面了。」

「……謝謝。」

Sandy 停下手，看著她一笑，「妳這女生真好玩，我跟我前男友說這些沒血沒淚的話時，他只想跟我分手。」

「哈！是他聽不出來那些事其實是最有血有淚的話呀！」

正聊著，明儀的手機響起來了！

「喂！」她幾乎是用搶的將手機抓來。

果然是王雁，她那一頭吵吵鬧鬧，很混亂，以致於講話必須提高音量，「喂，我是王雁，我跟妳說，已經找到程硯和許明杰了，他們沒事。」

一聽到最後那一句，明儀緊抓住手機，動也不動，連呼吸都忘了。

「喂？妳有聽到嗎？現在他們正要去醫院！」

「啊……聽到了，聽到了。他們確定都沒事嗎？」

「很虛弱，程硯的手和許明杰的腳都有骨折，不過，沒有生命危險。」

「那，我馬上過去。」

「妳不用來，在這邊簡單處理好傷勢，他們的家人就會幫他們轉院，等確定是哪一間醫院再告訴妳。」

「好，謝謝妳，王雁，謝謝。」

講完電話，她如夢初醒地面向Sandy，Sandy僅以一句「恭喜啊」帶過。

明儀顫顫地摀住嘴，「我的手在發抖，Sandy，現在高興得不知道該怎麼辦才好……」

「笨，妳可以先通知其他的親朋好友。」

「對！」

明儀興高采烈地向朋友報喜，同時計畫找機會到醫院去探視。翌日，程硯和許明杰從南投轉院，各自住進老家附近的醫院。

在山上失蹤多日的程硯回來了，只是沒有人想到，他的心，還留在那裡。

他睜開眼。

天花板爬著病房內各樣器材的詭異影子，那些影子很像他在山上透過濃厚霧氣所見到的雲朵輪廓。程硯花一段長時間，才想起自己在醫院，距離那個三千多公尺的山已經非常遙遠。

他側過頭，盈盈在簡便的摺疊小床上面對他，屈身熟睡。

他又轉回頭，繼續直視映在天花板的影子，除了醫療儀器運轉的細小聲響，這裡安靜極了。然而再怎麼樣，也比不上被困在三坪不到的陡坡時那片死寂。即使有風的盤旋、鳥的鳴叫、草樹搖曳，還是靜得耳鳴。在又冷又睏的狀態下，隱隱約約，聽到了說話聲。起初，他以爲是幻覺，後來再仔細聆聽，聽見熟悉的嗓音。

「好累啊！阿硯，一直等待奇蹟出現，我……有點累了。」

那是顏立堯曾在某一天的上學途中，不明就裡冒出的話。當時的顏立堯不是平日精神奕奕的顏立堯，只是一個身心疲憊的少年而已。

「渾蛋，該喊累的人應該是我吧……」

他不確定自己有沒有眞的脫口而出，但一想起這些年幫忙隱瞞病情的種種，不禁想要對那個聲音生氣。

忽然，他聽見很像是顏立堯的聲音，既溫和又良善地這麼說：「那，就一起走吧！」

遇難的那兩天，身旁躺的是不知能不能再撐下去的許明杰，那裡的天氣終日陰暗濕冷，他有置身在兩個不同世界交界的錯覺，顏立堯的那一邊，在內心深處牽引著他。

事後如果把這段經歷告訴別人，肯定會當他出現幻覺吧！連程硯自己都不敢肯定那一刻是否眞的聽見了什麼，然而，那是打從高三和顏立堯分別後，第一次覺得這麼接近他，近得猶如伸出手就能夠碰著。

再看得清楚一點就能見到他了，再多靠近一些，就可以回到從前有他的日子。可是現在他從那座山被帶回來，回到這個好友早已不在的世界，身體有一塊空洞，再多的醫藥和食物也填補不滿，那道破口，還懸在寂寞高空。

「哥，杯子蛋糕，二伯母特地幫你做的耶！」

天亮了，這座城市又恢復往常的忙碌，回家梳洗過的盈盈拎著紙盒，蹦蹦跳跳走進病房。程硯興致缺缺，把臉轉向窗外，「現在不想吃。」

盈盈嘟起嘴，失望地把紙盒擱在桌上。這時，王雁也來探病，她原本滿臉笑容進來，一觸見盈盈莫可奈何的示意，便曉得程硯還未能恢復過來。她私下分析給他的家人聽，這是常見的創傷症候群，難解的是，從程硯身上並沒有見到任何對山的恐懼，因此無法得知他的心結到底是卡在哪裡。

王雁也不打招呼，故意掏出手機，騙他，「嘿！你的電話。」

程硯納悶，「誰？」

「還會有誰，你的高中同學呀！不是說過她擔心得要命嗎？」

「……我不想接電話。」

「喔！山難之前不是很想找她？現在又不想打啦？」

他不回答。被困在分不清現實或虛幻的那段時光，把山難前後的時空硬生生切割掉，他費盡力氣也無法銜接起來。這樣的狀態，連他自己都迷惘了。

不久，程硯的爸爸和繼母也到了，又安慰又鼓勵，你一言我一語，這間單人房一下子熱熱鬧鬧。程硯沒有表現出任何負面情緒，他靜靜地聽，偶爾溫順點頭，但那些關懷的話語沒有一個字能夠進入心底，沒有。靈魂，還是空蕩蕩的。

一會兒，他稍稍將視線從吊著三角巾的手移向門口，原本聒噪的盈盈不知何時已不再對他說話，她背對他，正在跟剛剛進來的人興奮交談，講沒幾句，又興高采烈跑去拿杯子蛋糕。

盈盈一走開，明儀，就出現在那個畫面缺口中央。她一手抱著向日葵花束，一手提著水果禮盒，明亮地佇立在門口，注視著他。

她的神情微妙，有一些驚訝，一些生疏，和一些強壓抑住的激動。他被那樣的神情牢牢鎖住，兩人的目光才一熱切交接，眼淚立刻從明儀的臉上落下！

從她眼眶湧出的亮光如此迅速，那被積累許久、忍耐許久的情緒，在這一刻終於潰了堤。

她扔下花束和禮盒奔向他，在她近前來的前一秒，程硯伸出沒骨折的那隻手，緊緊將明儀擁入懷中。

她不小心的嗚咽從喉裡衝出，淚水汩汩滾落，淚濕他的肩膀，一點，一滴，毫無保留地灌注到他心底，直到滿溢。

程硯用力抱著她，心臟劇烈作痛，痛得有了知覺，痛得他將臉深深埋入明儀慣用的洗衣精香味裡。

沒有交談，只有劇烈的擁抱，在場的人都看呆了，王雁卻漸漸明白那是什麼，是許明杰正氣凜然說過的「羈絆」，是羈絆哪……

再怎麼坎坷，也能夠在對方身上找到歸屬；不用言語，也可以在對方身上遇見深刻感動。

明儀輕輕離開他的時候，還因爲觸見他的憔悴而眼淚不停。

「不要哭了。」他柔聲勸她，不捨地緊蹙眉宇。

於是明儀笑中帶淚地告訴他，「沒關係的，這不是傷心的緣故。」

程硯在山上幾乎耗盡的體力復原得快，骨折的左手也恢復良好，再過一兩天便可以出院。明儀前來探望的當晚又返回公寓，準備隔天上課，但她說好程硯出院時一定會到場。

到了那一天，還沒見到明儀的人，許明杰倒先來了，他拄著拐杖，右腳的石膏還沒拆掉。

許明杰說，他特地要求醫生讓他提早出院，就是想趕在程硯回家前見他一面。

盈盈正在幫忙收拾行李，她沒見過許明杰，但知道哥哥是爲了救他才會一起掉下山，因此，她對他的態度並不友善。

「你自己來的嗎？等一下該不會需要我們送你回去吧？」她問得不客氣。

「盈盈。」程硯責備地叫她名字。

許明杰趕忙說明，「我哥陪我來，他在樓下咖啡廳等我。」

她臭著臉，用力把衣物塞進行李袋。許明杰轉而對程硯鄭重道謝，「一直沒什麼機會好好謝你，我爸媽本來打算等我們兩個情況都穩定一點，再親自登門拜訪。不過，我實在等不及了，想說的話、想問的事，憋不了那麼久。」

他一股作氣講完，那急性子惹得程硯想發笑，就連盈盈也放慢收拾速度，開始側耳聆聽。

「你眞的很像我那高中死黨，他也是一個等不住的人。」

「道謝這種事怎麼能等？更何況我要謝的事，並不是芝麻小事啊！」

程硯止住笑意，理好思緒，再老實告訴他，「你不用謝我，其實當初會出手拉你，我想，可能是因爲我想做點什麼的關係。」

「什麼？」

程硯看看正在偷聽的盈盈，支開她去櫃台辦出院，等她心不甘情不願地走出門，他才繼續剛才的話題。

「我那位高中死黨已經不在了。高中畢業後，雖然一直沒有機會再見到他，不過他是哪一天去世，我大概知道。儘管知道，那一天……我卻什麼都不能做。事情過這麼久，到現在，我還是常常想起那個無能爲力的自己，如果我能做點什麼，或許今天他還會在什麼地方好好地活著吧？」他抬起頭，拿著感傷的眼神回望許明杰，或說，那抹與他神似的影子，「所以，出手救你，也許不是爲了你，而是爲我自己。這樣的話，該道謝的人是我才對。」

許明杰聽完，收起凝重的表情，吐槽他，「你這人眞是死心眼。」

「大概吧！」他也莫可奈何地笑了。

「雖然沒辦法當上第一位，不過，不嫌棄的話，當你大學時代和現在的死黨，應該還夠格吧？」

許明杰很陽光地咧開嘴，露出一排潔白牙齒。程硯則一反往常的內斂，坦率告訴他，「你已經是了。」

聽他這麼回答，許明杰釋懷多、開心多了。這時，他手機收到簡訊，是他哥詢問談好了沒有，許明杰起身走向門口，「我打個電話。」

沒想到門把才轉開，盈盈馬上應聲跌了進來，還把行動不便的許明杰撲倒！

程硯連忙下床去扶他，一面責怪妹妹，「妳對傷患做什麼啊？」

「好痛……」她按住被拐杖敲到的額頭，萬分委屈，「又不是故意的。」

「在外面偷聽，還說不是故意的？」

「眞的不是故意的嘛！忘記帶你的健保卡，想回來拿，可是你們在講祕密，我想進來又進不來……」她停住，瞧瞧還沒站起來的許明杰，程硯只靠一隻手沒辦法幫上太多忙，盈盈上前，主動攙他起來，「喂！你有沒有怎麼樣？」

許明杰站穩後，朝她爽朗地笑，「沒事，幸好當上妳的肉墊，這裡有兩個人掛彩就夠了。」

他的善意過分灼熱，令盈盈不自在地放開手，退後一步，然後彆扭地別過頭。

「喂！好好道歉哪！」程硯提醒。

「不用啦！你這是斯巴達教育嗎？話又說回來，有沒有人說過你們兄妹很不像？」這似乎踩到盈盈的地雷，她酷酷地掃他一眼，「再怎麼不像，優秀的基因是一樣的。」

「哈！連這種傲嬌態度都如出一轍。不過，」他在盈盈抗議前，輕聲讚美，「兄妹兩人都很討人喜歡這一點，是一樣的喔！」

她猶豫地閉上嘴，程硯依舊不爲所動，「就算討你喜歡也沒什麼好高興的。」

「哈哈！你的吐槽功力也恢復得差不多了嘛！我哥找我，先走了，改天再聯絡囉！」

他離開之後，程硯收拾一會兒東西，發現盈盈還站在原地，直挺挺面向門口，一臉的若有所思，那張盛氣凌人的臉龐漸漸泛上些許可愛的顏色。

「怎麼了？」

「他……那個許明杰，有女朋友嗎？」

「大概沒有，妳問這個幹麼？」

「嗯？」她快速回頭，有些掩飾不及的倉惶，還故作鎮定，「沒幹麼，沒有女朋友……很好啊！」

程硯的父親和繼母開車來接他，路上，盈盈忽然想到，「對了！公主不是說今天要來看你嗎？」

「可能臨時有事吧。」

「這樣啊……我還想跟她好好認識呢！上一次太混亂，完全沒機會，連自我介紹都來不及。」

他不再搭理她自顧自的埋怨，只是安靜面向車窗外久違的街景。過不久，手機響起，是明儀來電。

大概是要說她今天沒辦法來吧！他想。

「喂，我是明儀。」

好奇怪，單單聽見她的聲音，就能牽動體內每條神經似的，這情況在那次的擁抱後更是變本加厲。

他不要她撲空，直接說明，「我已經出院了。」

「喔！那，我已經到了。」

「什麼？」他會意不過來。

「我已經到你家了。」

聽到這兒，車子轉個彎，程硯透過擋風玻璃看見家門外的圍牆，明儀就站在那裡。

由於在醫院的那一幕，程硯家人不由自主地默認這女生應該跟程硯關係匪淺，就差在沒人說開，大家只好萬事小心翼翼。

明儀見他們一家人回來，先點頭致意。看起來不苟言笑的程爸爸，以及還不習慣女主人身分的害羞程媽媽，她都一一問好，輪到盈盈時，明儀才發現自己根本不知道她的名字。盈盈倒是先一步把兩老趕進屋，一面鬼靈精地交代，「兩位慢聊，要聊很久的話可以進來繼續聊。」

程硯給她一記「多事」的眼色，盈盈馬上一溜煙跑進屋子。

「我送這個給你。」

他一看，還記得是上次裝雞湯的小提鍋。

「一早我哥就要我燉雞湯給我嫂嫂，我看時間已經來不及接你出院，乾脆直接到你家等你。」明儀瞥瞥他家，接下去說：「你的新媽媽很賢慧的樣子，肯定會幫你好好地補一補吧！我沒想到這一點。」

「妳的雞湯很好喝。不過，妳眞的不用特地多跑這一趟。」

見面不久，兩人都還拘謹得很。明儀在這言不及義的對話中沉默下來，有點心焦，有點掙扎，下定決心後，抬起眼，不捨的視線凝在他還用三角巾吊著的左手上。

「就算沒有雞湯，我也想來看看你，確定……你眞的回來了。」

她在這個世界的存在，是陽光，是氧氣，是月亮的引力，並不強烈，卻讓他的生命有了想要活下去的共鳴。

「我……看見妳，才確定自己眞的回來了。」他說。

明儀與程硯有默契地相視而笑。經過一次生離死別，他們之間，就像那首歌這麼唱著，有什麼被打碎，重新塑造，重新調和，然後，我泥中有你，你泥中有我。

盈盈和繼母站在二樓窗簾後觀看，看圍繞在他們之間舒服的氣氛。程媽媽一邊欣賞底下那位既貼心又甜美的女孩，一邊熱心追問：「那是阿硯的女朋友？」

盈盈「嗯……」了很久，才淘氣回答，「應該說是『友達以上，戀人未滿』吧！」

友達以上，戀人未滿的這一年，他們自研究所畢業了。程硯服滿兵役，退伍不久便在高科技公司找到不錯的工作。

明儀則在親戚開的托兒所幫忙，同時四處投遞履歷表。

至於王雁，她搭上飛機，飛到英國進修，修的是非常冷門的科目，跟攝影有關。

「我的運氣眞不好，老是喜歡別人的男人，所以，還是到國外碰碰運氣吧！」她臨走前的話並沒有說得太淺白，頗爲耐人尋味。

再不久，輾轉從友人那邊傳來不確定的消息，在南部的阿宅和小茹早就因爲個性不合而分手。也有另一種說法是，那兩人交往順利，正一起在電玩和漫畫的大國——日本自助旅行。

然後，就在他們各自踏上嶄新旅程之際，消失九年的那個人，回來了。

宛若現在吹起的這陣西南季風，冬去春來，還不知不覺帶回一些熟悉的東西。哪裡曾遇過的暖流，記憶中散不去的香味，甚至還印象深刻的那場大雨……都隨著他的名字，在不經意的歲月流動間，回來了。

【第八章】

不幸的真相，和善意的謊言，到底活在哪一個當下比較好呢？

顏立堯，留下這個難題給我的你，不覺得太過分嗎？

但最叫我生氣的是，在我還沒決定之前，你先替我選擇了「善意的謊言」。

是擔心我會為你掉下太多眼淚嗎？還是害怕我承受不起天人永隔的距離呢？

雖然生你的氣，不過，我還是要為了你的溫柔，說聲謝謝你。

我想，如果全世界的人類只剩下我一個，我大概可以懷抱你給我的美夢，快樂地生活下去。

可是啊，不幸的真相再怎麼殘酷，你知道，我並不是一個人，不是孤伶伶一個人。

……明儀

「嗯？」

她在操場跑步跑到一半，遠遠發現顏立堯就站在對面樹下看她，並沒有找她的意思。

明儀加快腳步跑過去，不一會兒就來到他面前。沒等她開口，顏立堯先笑道，「妳眞愛跑步，別人都利用體育課看書，只有妳一個人在跑。」

她還喘得厲害，汗濕的臉龐在陽光底下格外光耀奪目，「高三壓力大嘛！跑一跑舒服多了。」

聽完，他幾分欣羨，「眞好啊……」

她曉得他也很愛跑步，只是升上高中後就沒再見他跑過了。

「不然我們一起跑一圈吧！」

那個提議讓他神色黯淡了些，「不了。走吧，請妳喝飲料。」

來到自動販賣機前，顏立堯先幫自己投一罐可樂，隨後問明儀要什麼。

「舒跑。」

鋁罐「咚」地掉下，明儀伸手去拿，等不及地將拉環用力拔開。

「啊……」

拉環尖銳的邊緣劃傷她手指，鋁罐從她掌心滑落，又被顏立堯眼明手快地接住。

「好痛。」鮮血迅速從手指中央滲出。

「妳喔……爲什麼這樣也可以受傷啊？」他擱下飲料，掏出衛生紙幫她按壓傷口。

「這是什麼問題？意外就是這樣啊！」

顏立堯拿開紙，發現血液再度從傷口滲出，只好又覆蓋住傷口，「妳一個人，有沒有問題啊？」

「嗯？」

「之後，我不當妳男朋友了，沒人幫妳包紮傷口什麼的，妳怎麼辦？還不只這個，走路也不會注意路況，講話講得起勁就忘記看車子。氣象預報明明都說會下雨，就當被騙，帶個傘出門會怎樣？還有……」

他的嘴巴冷不防被掩住，顏立堯愣愣看向明儀，她正不高興地瞪他。

「閉嘴。笨手笨腳和獨不獨立沒有關係喔！就算一個人，受傷也會自己包紮傷口，淋過雨，擦乾就好。重要的是，你要相信我啊！」

「……」

「要相信我一個人也可以，就算遇到什麼不好的事，也不會有問題。你要那麼相信我啊！不然……」她露出快哭的表情，「你要怎麼下定決心不當我男朋友呢？」

她的問題令他心臟狠狠發疼。顏立堯強忍住上湧的酸澀，轉身拿起兩罐飲料走開，「走啦！去保健室。」

半路，遇見程硯。顏立堯脫口問：「你要去哪裡？」

「這本看完了，要換別本。」他舉舉手上的參考書。

「還換別本呢！不過是上個體育課，有必要這麼拚嗎？」

他不理顏立堯，注意到明儀手上的血漬，「她怎麼了？」

「喔！被拉環割傷了，要去找OK繃。」

「我有。」說完，他真的從口袋拿出一張OK繃。

顏立堯當場目瞪口呆，「你是哆啦A夢嗎？」

「早上我妹在用，用完就把多的塞給我。」他將OK繃遞向明儀。

顏立堯卻催促，「幫她貼啦！她一隻手怎麼自己貼？」

程硯因為他的要求，而質問般地斜他一眼，顏立堯反舉高雙手，表示他要拿兩罐飲料，沒辦法。

面對面靠近的距離，程硯和明儀都不自覺彆扭。明儀伸出受傷的手，讓程硯仔細用OK繃纏覆上去。

他專注的側臉、細心的手勢；她羞澀的眼神、安心的微笑……顏立堯靜靜地凝望，靜靜凝望。

「一定……沒問題的吧！」

✉

時間過得愈久，祕密，在心裡的重量就愈輕，被漫長時光消磨成蜻蜓翅膀般又輕又透明的記憶。

大概就這樣了吧！終有一天會完全消失的吧！不是刻意忘記，而是它再度被提起的機會，就快要隱沒在日復一日的時序更迭裡。

偶爾，當程硯注意到月曆紙張更換得迅速，不禁會那麼想。

一次回老家，湘榆交給他兩封同學會的邀請函，請他幫忙轉交明儀的那一份。那個時候他公司正忙，明儀也到處找工作，兩人有好一陣子沒見上面，湘榆的委託，讓程硯特地在一次公出時，順路到明儀面試的公司外等她。

見到他，明儀顯得很開心，尤其是當他拿出那封同學會邀請函時，她更是興奮地想念起湘榆。驀然間，明儀閱讀邀請函的表情閃過一絲躊躇，那不是普通的躊躇，而是想起了一個人。

「邀請函沒有給那傢伙喔！沒有人知道他的通訊資料。」

神奇的是，即使她沒說，他竟然也懂。

她先怔怔，隨後扯出一道再平常不過的笑容，「我知道。啊！你會參加嗎？這是畢業後的第一次同學會耶！」

「我載妳去吧！晚點再約。」

難得見面，又匆促告別。不知怎麼，當時她的表情始終在他腦海揮之不去，一想起，胸口便不安地忐忑著。

相約回老家的日子，明儀搭上程硯開的車，路上，他的手機有來電，明儀想要幫他掛上藍芽耳機，不小心瞥見螢幕上顯示著「盈盈」。

她坐回原位，對著這邊車窗皺起眉頭。盈盈？疊字耶！好甜、好親暱的稱呼喔！誰會讓他這麼叫呢？

是不是大學時代他收到那些神祕簡訊的主人？程硯只要一收到某個人的手機簡訊，心情就會滿好的，特別是逢年過節這類特別的日子，對方一定捎來問候。那只是她的直覺，有個人對程硯來說意義非凡。

「怎麼了？」

由於她異常安靜，他掉頭看她。明儀卻閃躲，將原因推向天氣。

「我剛剛想到高二那次去九族文化村，也是這種一下子下雨、一下子又放晴的天氣，而且你還跟顏立堯走散了，對吧？」

從前，那個名字宛如會觸動傷痛的禁忌，她漸漸不提了，周遭的人也是，當它只是一個不會回來的過去。

如今那三個字如此自然而然地從她嘴裡唸出來，高中時代的記憶跟著被釋放，一湧而出。

他想起那個雨天，遠遠望見在涼亭躲雨的顏立堯和明儀，忽然裹足不前，猶如這些年，他也從未前進過半步。

「那次我是故意的。」他用懷念的嗓音告訴她。

同學會當天，明儀特地步行前往約好的餐廳。不知什麼緣故，這一趟回來，感覺格外懷念，懷念上下學走了無數遍的街道，懷念每到了這個時候夾道兩側便會響起的蟬鳴，懷念以前總有個人送她回家時的說笑打鬧。

沒來由這麼念舊，肯定是因爲同學會的關係吧！

老同學來了八成左右，算是出席踴躍。會場上，見到許久沒見的湘榆，明儀和她戲劇化地抱在一起。湘榆在去年嫁作人婦，老公就是那位體貼的學長。這次同學會再度聚首，兩個女生聊得難分難解，中途明儀接到一通應試公司的電話，通知她被錄取了。

「啊——我被錄取了！」

一掛掉手機，明儀立刻轉身尖叫，湘榆登時還聽不懂。

「錄取什麼呀？」

「面試啦……不對，工作啦！最後面試那家公司錄取我了！」

高興之餘，明儀想起應該也要讓程硯知道。才尋見程硯的蹤影，先映入眼簾的是他輕得像風的微笑。啊……是啊！他們之間已經熟稔到存在著什麼心靈感應一樣，不用言語，就懂了，就連當年與她那麼相愛的顏立堯也未必有這個能耐。

「喂！明儀。」

同學會進行到一半，一位女性友人挨近她，這朋友在高中畢業後漸漸失去聯絡，偶爾還能從其他同學那裡得知彼此消息。

「我跟妳說一件事。」她先是要分享什麼八卦似的，搭住明儀的手，拉她到比較隱蔽的角落，這才自在地娓娓道來，「很久以前我的手機壞過一次，那時還沒買新的，只好先拿更早以前的舊手機來應急。那個舊手機其實沒壞，只是我嫌它太男性化，因爲是我爸不要留給我用的。」

明儀滿腹懷疑，聊手機幹麼？又爲什麼要特地躲到旁邊來聊手機？

「好了，我重點不是要講手機的事。」

哇咧！她剛剛很認眞聽耶！

「重點是，有一次我帶我家狗狗到附近的公園散步，妳猜我遇到誰？」她見明儀直接放棄猜測而搖頭，故意拉出揭曉謎底的長長音調，「顏立堯。」

一聽到那個名字，明儀整個人像被剪刀「喀嚓」一聲，剪斷了所有反應。

她知道他在某個地方活著，也知道在那某個地方或許會有她認識的人遇到他。他跟她一樣，每天吃飯、睡覺、看電視、和朋友講電話，每天做著同樣的事，只是他們不再見面。

「嘿！我知道你們高中畢業就分手，所以那次見面就不太敢主動提起妳的事。幸好他還是跟高中時一樣，滿健談的。」

女性友人講起他的事，生動平常，好像是昨天剛發生。

明儀顫顫地用手掩住嘴，忍不住熱淚盈眶。

「妳是什麼時候遇到他的？在哪裡遇到他的？」

儘管她是如此害怕從夢中醒來，因而小聲輕問，距離最近的湘榆還是察覺她的異樣，走過來關心。

「怎麼了？」

女性友人見湘榆加入，人一多，聊天的興致更高昂，「就是顏立堯呀！我遇過他一次。」

「顏立堯？」

湘榆就沒那麼謹慎，她驚聲一呼，連程硯都聽見了，連忙丟下友人過來，滿臉少見的慌張。

「好啦！我從頭說。」觀眾到齊，女性友人清清嗓子，開始鉅細靡遺地描述經過，「那是我大一下快結束時的事，嗯……大概是在五月吧！我家狗狗只要一去公園就喜歡狂奔，我也就不用繩子綁牠，讓牠亂跑。結果等我找到牠的時候，看到牠跟一個人在玩，應該說，那個人坐在椅子上逗牠玩，我走過去一看，哇！是顏立堯耶！」

她又提了一次那個名字，明儀屏住氣，緊張得……真的能夠看見他一樣。

「我就直接過去認他呀！他沒什麼變，硬要說有哪裡不一樣的話，也是他瘦了一點點，比較白，感覺沒以前那麼野。他看到我，本來也嚇一跳，後來我們就聊開了，先是講狗狗的事，然後是我的近況。」

「他呢？顏立堯呢？」要代替好友追根究柢，湘榆強勢出頭，「他到底住在哪裡？在做什麼？」

面對湘榆可怕的質詢，女同學惶恐起來，「那個……他沒說耶！我、我不是沒問喔！可是他都很高明地四兩撥千斤呀！你們又不是不了解，從以前他就是這樣啊！不想回答的事就打馬虎眼……哎呀！討厭，你們幹麼都這麼咄咄逼人嘛！」

程硯是最先冷靜下來的人，用他不疾不徐的語氣問：「還有呢？你們還聊了什麼？」

「還有手機呀！我剛剛不是說那天我帶的手機是舊的那支？裡面有我們在九族文化村的照片喔！我有帶來。」

她興沖沖從名牌包裡拿出一支極度不搭調的笨重手機，按下幾個鍵，於是他們都見到早已被這個時代淘汰的手機裡，還忠實記錄著快被人們遺忘的片段。一張在纜車上的合照，明儀、湘榆以及另一名女同學，青澀的高中女生們無憂無慮地笑，非常燦爛。

「我把手機借給顏立堯看，他看了很久，久到我還在擔心他會不會還我呢！不過，後來他還給我的時候，特地問我能不能把那張照片傳給他，當時他的表情超可愛的啦！有點不好意思、可是又眞的很想要的那種表情。」

聽到這裡，明儀忽然有種念頭，她希望友人立刻停止，不要再繼續下去，再多一點點，再多一點，就會超過她所能承受……

「明儀，明儀，妳不覺得他對妳念念不忘嗎？他還問我，明儀好不好。」友人又開始在手機檔案中搜尋，然後把它遞過來，「對了，離開公園之前我有偷偷拍他喔！給妳看。」

老舊的手機螢幕閃爍著畫質不銳利的照片，明儀在完全沒有心理準備的情況下見到了十九歲的顏立堯。他坐在公園長椅上的側臉，與她在高中時見到他凝望天空時的側臉，一模一樣……才這麼想，她的眼淚也隨之淌落。

十九歲的顏立堯看起來很好，他身上的潔白襯衫鑲滿夏日陽光，閃亮得叫人睜不開眼，因此她掩住臉，止不住哭泣。

湘榆受不了，一把推開女性友人的手機，「喂！妳不知道他們早就分手了嗎？現在還給她看這個幹麼？」

女性友人很無辜，「我又沒別的意思，也許明儀也想知道他的近況呀！」

一聽見「近況」，明儀上前拉住她，「他在哪裡？他有沒有說他住在哪裡？有留下電話嗎？」

朋友被嚇得不知所措，只好對明儀猛搖頭。這回湘榆上前將明儀拉開，痛心疾首，「妳問那些做什麼？他如果眞的想找妳，早就跟妳聯絡了。妳還不懂嗎？他問妳好不好，只是客套話！」

程硯看不過去，要她別再說了，湘榆反而因此爆發。

「我就是氣不過顏立堯啦！當初說分手就分手，什麼聯絡方式都沒有留下來，整個人就這樣從我們大家面前消失，事後又問明儀好不好，這算什麼！耍人嘛！」

「阿堯不是那種人。」

湘榆根本不買帳，「哼」一聲，將雙手用力按在明儀肩膀上，「我知道，當初他很喜歡妳，妳也很喜歡他。可是明儀，那些都是過去的事，妳應該往前看了，已經經過六年，人家搞不好都娶妻生子，只有妳，全世界只有妳還不認爲自己被顏立堯甩了！」

她知道，說話不留情的湘榆總是爲她好；她知道，原地踏步的人生是不行的；她知道，打從一開始，顏立堯就不打算讓她參與他的未來。

「我要出去一下。」

明儀忍住抽噎，擦掉眼淚，佯裝什麼事都沒有地穿過人群，離開餐廳。

有間便利商店外擺放長椅，明儀坐在那裡發呆。不知道過了多久，也許並沒有太久，程硯便出現在她面前。他拎著她遺忘的皮包，沉著的臉上殘留一些來不及回收的著急。

「謝謝。」

他依舊站在原地，遞出那支舊手機，「這個，如果妳想留著，她說可以給妳。」

面對存有顏立堯照片的手機半晌，明儀還是慢吞吞將它接過來。

「還有，秦湘榆說，她很抱歉，她不是故意說得那麼難聽。」程硯在她面前蹲下，「我沒有資格說這種話，不過，阿堯不是那種道別後就跟過去撇得一乾二淨的人。身爲他的朋友，我希望妳能明白這一點。」

她做了一次深呼吸，沒有用，只能用發抖的聲音告訴他一件從未跟別人提過的事。

「跟你說，這件事我只對你說。高三畢業後我到車站送他，直到他上火車的那一刻，我都相信他就要義無反顧地把我撇下來了，眞的。可是……可是當火車開動，開始離開月台，我看見顏立堯……我看見他哭了，我發誓，我看見他哭了。」

說到這裡，她已經泣不成聲，那一年分離時狠狠撕裂的痛，直到如今，還在胸口隱隱延續著。

「我想他是不得不跟我分開，如果是那樣，那我就不能輕易放棄……我知道這樣很笨，但是他爲什麼不讓我知道分手的理由，不喜歡我也好，想要出國留學也好，什麼理由都好，只要給我一個理由，或許我現在就不會這麼痛苦……」

程硯眉頭深鎖，鎖了濃濃憂鬱。明儀每一次爲顏立堯所掉的淚，都是他不能還手的刀刃，劃在心口，隱藏在善意謊言的背後。

「對不起……」

他說。

同學會結束後，明儀又逗留幾天和湘榆敘舊，再和程硯一起返回住處。

他們開車上高速公路時已是晚上，程硯並沒有說明他道歉的理由，千思萬縷的思緒困在他的沉默中打轉。

爲什麼早該石沉大海的，現在又被撈上來？眞像是誰開了一場玩笑。

回到賃居公寓，時間將近晚上九點，明儀進門，Sandy一如預期地坐在客廳打電腦，桌上有一袋外食，看來被擱置好一段時間。

「妳又忘記吃晚餐啦？」

「什麼？」她空出一秒的時間瞥了袋子一眼，又回到電腦螢幕，「當消夜。」

明儀正想唸個幾句，門鈴「叮咚」響起。上前開門，是程硯。

他一臉打擾的抱歉，先對抬頭的 Sandy 禮貌頷首。

「怎麼了？」

「這個。」他遞出一支舊手機，「妳掉在車上的。」

「咦？」她檢查尚未放下的包包，拉鍊果然沒拉上，「我都沒注意到它掉出來了，不好意思啊！」

「沒關係。」他沒有離開的打算，欲言又止，「那張照片，我可以幫妳想辦法從手機裡調出來，如果妳需要。」

程硯的意思是，那樣看照片比較方便嗎？他看準她一定會睹物思人嗎？到底該發窘還是生氣？

「什麼照片？」Sandy 打破僵局發問。

明儀回頭陪笑，「只是一個老朋友的照片，因爲存在舊手機裡，現在沒有設備可以把照片轉出來。」

「我看看。」

Sandy 也是電腦高手，她強制性地伸手，明儀不得已，只好把顏立堯的照片叫出來，再將手機交給她。

不料，Sandy 一看到手機照片，便開始左右端詳，片刻後，喃喃自語，「這個人……我看過他。」

她這句話令明儀和程硯同時掉頭！Sandy 見過顏立堯？

「妳確定妳看過他？真的嗎？」

「嗯……不會錯呀！一個很陽光的小鬼，又聰明又臭屁，整個人就像裝了金頂電池一樣靜不下來，只有往窗外看對面的學校時才會安靜一點。」

那是顏立堯沒錯……那肯定是顏立堯！

明儀喜出望外地轉向程硯，發現他臉色難看。不過現在沒空管那麼多，她湊近Sandy追問：「妳在哪裡看到他的？哪裡？」

Sandy發現螢幕視窗有人在呼叫，於是放下手機，重新回到電腦世界去，只有嘴巴還一心二用地和她對話，「就在我以前實習過的醫院，他是那裡的病人。」

「咦？醫……醫院？」

那從來不會是出現在明儀想像中的任何一個場所之一，她因此錯愕地結巴。

始終不發一語的程硯感到一種無以名狀的崩毀，他和顏立堯多年來聯手建立的美好假象正一角一角地塌陷，而他無力阻止。

Sandy雙手開始敲起鍵盤，噠噠噠、噠噠噠，是一連串冰冷的聲音，和她不帶感情的語調相似。

「嗯。他在那裡住了一年多，曾經有一次不假外出，當時鬧很大，他爸媽快急瘋了，這病人超級不安分的，不過後來……」

Sandy說到這兒，程硯像預知到什麼，驚惶地想要上前阻止，「等一下！不要……」

刻。

可惜 Sandy 一向不顧人情，對她而言，顏立堯不過是一張病歷表，只不過印象深刻。

「他第二次不假外出，聽說是到隔壁學校的操場跑步，心臟病發，沒能救回來。」

Sandy 再清楚不過的宣告，意外衝擊著程硯！他在措手不及中感到一線希望斷裂的酸楚，顏立堯……顏立堯是真的不在了。

明儀僵直身子，甚至連呼吸都要靜止，她以那樣的姿態持續一會兒，才怯生生複述 Sandy 的話，「……沒能救回來？」

「適度的運動還可以，像是游泳、打羽球，過於激烈的就不行。有心臟病的人還故意去跑操場，狂跑個五六圈，身體鐵定沒辦法負荷的嘛！」

Sandy 說，顏立堯是那種長大後才被發現心臟有缺陷的人，醫生預估以他心臟衰弱的速度來看，活不過二十歲。因此他高中畢業後就去住院，動了第三次心臟手術，然後十九歲即將結束那年第一次不假外出，那次外出，遇上了高中時代的女同學。

她還說顏立堯第二次不假外出，就是溜去醫院隔壁的一所國小，在操場上做了被禁止已久的運動，他日思夜想的跑步。

「其實他每一次心臟手術都很危險，進得去，不一定出得來的那種，說句現實話，就算他沒死於那次跑步，也可能會在手術台上去世吧！」

明儀發軟的雙腳再也支撐不住，整個人跌坐在地。

「夠了。」

程硯輕聲制止 Sandy，走上前，想要攙明儀起來，但他的手才碰到她，她立刻受驚地甩開。

他被明儀的舉動嚇一跳，她也是。稍後明儀吶吶地問：「你早就知道了？顏立堯的病，還有他已經過世的事，你早就知道了，是不是？」

明儀淚光閃爍的眼眸飽含熱切希望，希望他是那個真心陪她熬過來的程硯，希望他跟她同樣是被顏立蒙堯在鼓裡的人。她的目光太過純眞，在那樣的注視下，長年被罪惡感啃蝕得傷痕累累的他，是多麼不堪哪……

「是，我早就知道了。」

該來的，總是會到。儘管他在心中已模擬多次，這眞實的難堪與傷痛卻怎麼也無法仿製。

「什麼時候知道的？我們念研究所的時候？大學的時候？」

「……第一時間就知道了。」

明儀不敢相信，他的意思是，顏立堯發病的那年國三、顏立堯過世的十九歲……他在那個時候就知情了？

就在她尋找顏立堯找得毫無頭緒、心灰意冷時，就在她每每爲思念所苦而無助哭泣時。那些艱熬的時刻裡，程硯其實早就知道她所有努力都是徒勞無功的。

所以他要她學會放棄，用溫暖的言語教導她，這個世界上也有無能爲力的事……

「騙子！」

憤怒混融著傷心的情緒爆發開來，隨著明儀的手重重落在程硯臉上！

Sandy 瞪大眼，因為一向溫溫吞吞的室友竟有如此激烈的反應而感到相當意外。程硯就不同了，他彷彿預測到這巴掌，動也不動地承受。

明儀傷心欲絕地奪門而出。她離開之後，Sandy 瞧瞧神色哀傷的程硯，簡單地問：「你幫忙隱瞞這件事？」

他看一下 Sandy，不多說地點個頭。於是 Sandy 又低頭敲鍵盤，「那，辛苦你了。」

「……」

「你不去追她回來嗎？」

「她現在應該不想見到我。」

「她見不到的人，這個世界上有一個就夠了，別把你自己也算進去。」

明儀來到附近的公園，坐在鞦韆上，盪出去，又滑回來。在這樣的擺盪中，亂糟糟的腦袋逐漸理出一片得以喘息的空白。

她慢慢想起顏立堯在一開始交往說的那個「畢業就分手」的約定，和在歡笑間他有意無意流露的落寞。

有腳步聲接近，她看見程硯從樹下的陰影走出來，他的來到像這五月的風，寧靜溫柔。

程硯走到她面前，明儀用雙腳停住鞦韆，為了牽就她的高度，他蹲下，誠懇面對，

「他不要我說，那傢伙……怎麼樣也不肯讓我說……」

這一次，她好好端詳著他。方才有如狂風掃過的憤怒，現在只剩落葉飄零的悲哀。幾年了？六個寒暑了吧！這段期間，程硯是怎麼獨自支撐這場謊言，他有多少次對她欲言又止，他曾經在大二那年深秋，什麼原因都不給地無聲哭泣……

明儀伸出手，撫著他挨了一巴掌的臉龐，才碰到他，再次淚下如雨。

「對不起……眞的對不起……」

她不住地道歉，讓程硯抓住她的手。明儀從鞦韆上滑落，抱住他脖子，他的手也在微微發抖，深沉的悲傷從他那裡傳過來，如此眞實，他們的碰觸是疼痛的，失去，是痛的。

「他眞的不在了……對不對？」

程硯什麼也不說，只是緊緊環住她。

明儀伏在程硯的肩膀號啕大哭，爲了親愛的初戀情人而哭，只是遲了幾年。

人們總是在揭發眞相後，才開始後悔，後悔爲什麼自己不能一直被騙呢？

「有封信，阿堯說要給妳，在保健室。」

程硯乾澀的嗓音渺小得幾乎聽不見，那是顏立堯拜託他的最後一件事。

他將一切都告訴明儀，包括顏立堯從國三那場敗陣下來的運動會開始發病，還有高中畢業後他會不定期傳送簡訊給程硯，聊聊近況。一提到簡訊，明儀顯得更爲詫異。

「呃……我以爲那些簡訊是一個叫盈盈的人傳給你的。」

「我妹？」

「咦？你妹？」

「盈盈是我妹，我沒說過嗎？」

她曉得程硯有個妹妹，而且也理所當然地認為他妹妹名字也會依循哥哥名字的取法，採用單名，好比「程盈」，這樣才對嘛！

「我知道了，她的小名是盈盈吧！」

「不，她就叫程盈盈。」見她一副完全無法理解的模樣，他納悶地問，「我妹的名字很重要嗎？」

「不是……啊，也是，不過，知道那是你妹妹就好。」

明儀混亂地說完，才發覺到那句話有哪裡怪怪的。程硯大概也會意到什麼弦外之音，和她不自然錯開視線。

明儀沒再說下去，他也不去追根究柢。適可而止，一向是他們不能言喻的默契。

程硯還說，顏立堯的前女友就是因為得知他的病而主動分手，因此，後來在決定和明儀交往前，他煩惱很久。

「現在妳知道他為什麼要跟妳約定分手了吧？」

「既然早就決定要分手，當初又為什麼要和我交往呢？」

她的問題，一度讓他不願意回答。那原本應該由顏立堯親口告訴她的事，由他啓齒，每一個字都像灼燙的石頭，在嘴裡焚燒。

「……太喜歡妳了吧！」

果然，那句話讓好不容易才止住的眼淚，又奪眶而出。

眞正讓明儀感到難過的是，在顏立堯悲傷的時刻她無法理解他。她不明白那張陽光笑臉後面隱藏多少絕望的烏雲，他生命中最後的那一年，她也沒有陪伴在身邊……

「我也很喜歡他……很喜歡……」

程硯默默看她邊哭邊說著對好友的情感，那不可抗力的挫敗，一下子就掏空所有希望。他曾經被明儀深深凝望著時所見到的明亮希望，現在什麼都沒有了。

這麼多年，他依然沒能讓明儀不再哭泣。他的守候，都這麼多年了。

「明天我們去找吧！找阿堯給妳的信。」

他退後，提醒那封信的存在。明儀仰起頭，什麼話也不說。

再遲鈍，她也分辨得出，眾多人中，程硯格外在乎她，對她特別好，這麼漫長的陪伴裡，已經無法指出這份情感開始於哪一個時間，等到察覺的時候，早就漫延得又深又遠。

只不過，既然已經知道當年顏立堯爲她著想的心意，要明儀義無反顧地當他只是一個過去，她辦不到。捨棄從前、奔向未來那種事，她無法那麼灑脫。

明儀緊抿著唇，安靜地望著程硯，掉下眼淚。他絕口不提的感傷她都懂，他卻不明白她的哭泣是爲了誰。

這或許是他們同在的最後一個夏日了。

翌晨，程硯開車載著明儀回到家鄉國中，他們在保健室一個老舊櫃子裡找到顏立堯所留下的信。

那封信被膠帶黏在抽屜底部，信封上還大剌剌註明，「請勿丟棄，我女朋友會來拿」。

明儀拿起那封信時，一度激動得雙手發顫，久久不能動作。

「我到外面走走。」

程硯留下她一個人在保健室，體貼地出去了。

坐在靠近窗口的床沿，明儀將淡綠色信紙從信封裡拿出來，攤開，顏立堯熟悉的藍色筆跡整齊地鋪入眼簾，陽光在屋內灑滿懷念的金色光線，穿透長長髮絲和輕薄的信紙。

她獨自在寧靜的保健室，和久違的顏立堯相見。

嗨！蘇明儀：

妳知道嗎？其實我一直很想叫妳明儀的，那樣聽起來多像女朋友，誰叫妳一開始給我的怪反應太傷人了。我怎麼扯到這裡來啊？明明有很多話想告訴妳，眞的要下筆時，就完全沒頭緒，亂尷尬的。重來一遍好了，那，妳好嗎？妳一定很好的吧？我不是基督徒，畢業後卻常常爲妳祈禱，希望妳已經走過一切難關，正精神百倍地迎向未來，即使那裡沒有我的存在，妳依然能夠做到答應過我的事，考上妳想上的學校，然後和很多新朋友喝茶逛街，雖然不甘心，但就算妳交一百個男朋友也沒關係喔！

妳知道我的病了吧？它害我不得不放棄最愛的跑步，所以，我喜歡看妳跑步，也討厭看妳跑步，那總會提醒我所失去的。不過仔細想想，我得到的也不少，我遇見妳了不是嗎？和妳在一起的日子好快樂，快樂得好像這輩子這樣就足夠了，我真的常常那麼想。

我待的醫院隔壁是一間國小，從我的窗口就能看見他們操場，每天都看著小鬼們在那裡又跑又跳，我覺得我已經忍到極限了。要在這顆心臟完全衰壞前等到一顆合適的心臟，簡直比登天還難，與其抱著這種戰戰兢兢的心情等下去，我決定到那片操場去痛快地跑一跑！別人或許會罵我又笨又傻，但，蘇明儀，妳一定能了解吧！那種唯有跑步才能帶來的快感，沒有什麼能取代。我會一面跑，一面想著妳，帶著生命中最愛的兩件事離去，肯定是沒有遺憾了。

對了！可不可以別怪阿硯？他是被我死纏爛打好幾萬次才勉強答應守密，其實他一直很生我的氣，氣我什麼都不跟妳說，氣我決定要一個人去住院，氣我開口拜託他照顧妳。我相信他一定會遵守兄弟間的約定，只是對他很過意不去就是了。對妳也是呀！很抱歉什麼都沒對妳說清楚，抱歉讓妳一直糊里糊塗地當我女朋友，抱歉最後要勉強妳跟我分手，還有，最抱歉的是，我沒能長命百歲，沒能一直陪著妳。

這個病是不會有奇蹟的，但我的人生卻充滿奇蹟。妳是我的奇蹟，在我離開之後，如果妳還能過得很幸福，就是奇蹟。

對妳而言，我是一個祕密很多的人吧！現在，我告訴妳一個謎底，妳曾經問過我的。生病這種事太爛，我就不讓它當我最後一個祕密了。我最後的一個祕密是，在國三運動會那天的保健室，我就是在那個時候喜歡上妳的。

顏立堯

後來，Sandy 透過關係，從她之前實習的醫院查到顏立堯搬家後的住址，明儀和程硯一道拜訪顏家，也問到埋葬顏立堯的地方，在那裡見他一面。

那天，程硯幾乎沒怎麼開口說話，雙手始終拳握。

明儀則蹲在墓碑前，程硯自後方看她不語地待在那裡良久，彷彿在心裡默唸分開這些年想說的話，又彷彿她什麼也沒做，只是想要好好溫習顏立堯那張睽違許久的面容。

程硯抬移視線，對上相片中笑得開朗的顏立堯。不管怎麼樣，阿堯，我把明儀還給你了。

他們分手的時候，程硯的目光刻意在她臉上停留很久，很久，最後不再繼續。

「那，再見。」

他離去前的音調很柔、很輕，聽起來過不久就會再見面。

他的車從明儀面前駛離，她的腦海還殘存程硯前幾秒臉上的笑意，淡得像即將散開的雲絮。

心好痛。

如果有一天

二十四歲的夏日，她連程硯也失去了。

「沒聯絡是什麼意思？你們有吵架嗎？」身為上班族菜鳥的明儀終於逮到一個假日不用加班，特地去湘榆家玩。聽完她的敘述，湘榆百般不解。

「沒吵架。就是……沒有理由再聯絡吧！」

是啊，從以前到現在，程硯都是因為顏立堯這個原因才陪在她身邊，一直以來是藉著顏立堯才有所交集。如今，真相揭曉，信也拿到了，當初程硯答應顏立堯要照顧明儀的承諾應該可以就此打住。

「就算是那樣，程硯會不會太絕情啦？沒有顏立堯還是可以跟妳聯絡啊！一起吃個飯不行嗎？通個電話問好不行嗎？幹麼閃得這麼徹底！」

「他沒有絕情，相反的，程硯為我做了很多很多。」

這時，湘榆的老公送來一盤茶點，湘榆毫不避諱地給他一枚親吻，然後趕他迴避女人間的談話。明儀好生羨慕，這種不用明講的相守真好。

不對，其實早就有那麼一個人在她身邊，只是她太習慣他的存在而不曾察覺那份陪伴的重要……

「那我問妳，妳又幹麼不主動跟他聯絡？」

湘榆將整盤手工餅乾遞向明儀，明儀心不在焉地拿起一塊，吞吐著，「我想，他之前會一直陪我，是出於同情和責任感的關係，不然，依他的個性，應該不喜歡別人再去煩他吧。」

湘榆聽完，出手把她指尖上的餅乾搶回去，老大不爽，「妳當眞這麼想嗎？妳眞的認為程硯是那種人嗎？雖然我跟他沒有妳來得熟，不過我認為妳把他看扁了。」

「……」

湘榆罵得沒有錯。程硯不是那麼小心眼的人，是她太懦弱，不敢確認自己在他心目中的地位，害怕知道自己只是顏立堯的一個交代而已。

湘榆看出她的徬徨，用力握住她的手，像是她們高中時代彼此打氣所做的那樣。

「既然現在失去顏立堯這個理由，那妳再重新找一個理由不就好了？一個專屬於妳自己想跟程硯見面的理由。」

假日過後，明儀又回到繁忙的上班族生活，有時忙得無暇思索私人的事，只在短暫的空檔，比如等影印機印好資料的那幾分鐘，會想起程硯也在同一個城市為工作忙碌，他並不遠，卻也遙不可及。

自從和程硯一別，又來到初秋。有一天，為了徹底清空持續太久的迷惘，明儀向公司請假，一身輕便，獨自來到顏立堯最後奮力狂奔的國小操場。

她站立在紅土跑道上，腳下操場朝四面八方延伸而去，指不出風向的暖風在她身旁盤旋了又飛走。輕輕閉上眼，髮絲拍打過臉龐的觸感像懷念的那個人剛剛經過身邊。

她脫掉鞋襪，繞著紅土跑道一圈圈地走，想要稍微體會他最後站在這裡所懷抱的心情。赤腳踩在曬熱的跑道上舒服極了，這樣走著走著，又跑了起來。

跑步眞的好暢快，紛紛擾擾的思緒一一被甩到後方，她的世界愈來愈純淨，猶如能夠同步感受到當年顏立堯在這裡奔跑的痛快，與寧靜。

你來了嗎？你現在是跟我在一起的吧！

喂，顏立堯，我總有一天也會嫁給地球上的某個人，然後和他生孩子吧？又過幾年，小孩都上學，我可能得開始操心煩惱他們的三餐和功課……你能想像那樣子的我嗎？

我很想很想知道你會怎麼想，不過那是不可能的事，因爲你已經不在了。而我呢，再怎麼無法想像，我也必須好好思考下去，因爲我還活著。

你不可能來到我這裡，但，終有一天，我一定會到你那裡去，所以在這之前，在這之前，我想好好地活下去。

不僅如此，我想要跟他在一起，活下去。

她在烈日下的跑道迅速停住！彎身不住喘氣，劇烈的換氣聲在她的世界轉大，一聲，一聲，聽起來是塡充勇氣的倒數。她看著汗水不斷從兩鬢淌下，和著飽滿情緒，一起滴在跑道上。

她必須……必須做點什麼不可！

下一秒，明儀轉身，快步跑離這圈跑道、這所國小、這傻氣的迷惑。從前她也曾和程硯在研究所的大樓長廊有過一段心痛的奔跑追逐，不過這一次，她不逃了。

拿出手機，她找到程硯的電話號碼，撥打電話給他。

鈴聲響了三聲便被接起來，程硯能夠從來電顯示預先知道是她，所以出聲前有過一下的遲疑。

「喂。」

「喂，我是明儀。」

「……妳怎麼那麼喘？」

「我剛剛、剛剛去跑步。你在哪裡？」

他又猶豫了，不是很想讓她知道的樣子。

「我在我們的國中這裡。」

明儀搭上高鐵，她要程硯就待在原地，哪裡也不准去。而她自己連座位也不找，直接站在車廂門口，等著下一站抵達。

面對窗外不停飛逝的光景，她愈來愈不安，甚至不安得想跳車逃跑。這未經大腦思考的行動出乎意料之外，完全不像她會做的事，只是那臨時起意的勇氣，似乎只能支撐這麼一次，如果這次不去做，或許一輩子都不會了。

一想到這裡，她強迫自己別再想東想西，做，就對了。

高鐵飛快的時速讓她不到一個鐘頭就從北部抵達南部，一路的急切，一到校門口便放慢下來。「學校」有著不可思議的力量，在裡頭流動著獨特的步調、獨特的氣息、獨特的情懷。縱然已經是出社會的年紀，一踏上這裡的土地，就覺得又回到了學生時代。

現在正是上課時間，操場那邊卻傳來麥克風的廣播，接著是學生唉唉叫的噓聲。明儀好奇地來到外圍的樹下，好多學生在操場圍成圓圈，台上老師一聲令下，他們才不情不願地牽起隔壁同學的手，那片翠綠草地頓時升起既彆扭又尷尬的氣氛。看著那些國中生的表情，她禁不住笑出來，這個時候，才發現旁邊有人。

隔著幾棵樹，程硯就站在那裡，他也是剛發現她，兩人驚訝相對，略帶雜音的音樂從廣播器流瀉出來了，是〈第一支舞〉。

程硯今天也穿得很輕便，這麼巧，他今天也向公司請假嗎？

一見到他，明儀才明白自己是思念他的，非常、非常地思念。

程硯與世無爭的神態一如往昔，她卻管不住內心的焦躁。她早該來的，早該在他身邊，早該聽他說說話，即使那是在數落她的粗心大意也好。

「國三運動會在保健室，我很確定顏立堯沒看到我的臉。」她毫無頭緒地打破沉默，提起故事的起頭，「是你告訴他那個女生是我嗎？」

誰知他的回答也耐人尋味，「我記得我只答應過妳，不跟他說妳喜歡他。妳是爲了問我這個，特地來的嗎？」

「……我沒那麼無聊。」

聽她這麼說，程硯又不講話了，繼續看場上跳得七零八落的學生，他們之間的聲音再次剩下〈第一支舞〉的旋律。

明儀想不到該說什麼，只好也面向操場，看著那些青春洋溢的孩子踩起笨拙舞步。

「我們……一直沒跳過舞呢！」

她在惆悵中呢喃，剛好是音樂停歇的空檔，所以程硯聽見了。

「什麼？」

「高中時雖然跳了好幾次土風舞，不過我們一次也沒有一起跳過。還有，大學在麥當勞的耶誕夜，我也提過跳舞，但，都幾年過去啦？到現在我們還是沒有跳過舞。」她側頭對他笑一笑，「不覺得很不可思議嗎？再怎麼排列，總該有輪到我們一起跳舞的機率呀！」

程硯也雲淡風輕地笑，「也有零的機率啊！」

有個短髮女孩不知什麼緣故從操場脫隊，小跑步經過他們中間，清秀的臉龐被太陽曬出蘋果紅，途中還好奇地瞥瞥他們。她的模樣有明儀當年的味道。

程硯目送女孩離開的背影一會兒，「其實，跟阿堯說出妳就是那個保健室的女生後，我超後悔的。」

「咦？」

「那原本是我一個人的祕密而已。」他出神的目光仍然守住失去女孩蹤影的視野，「所以，超後悔的……」

明儀的心跳，隨著他悠悠道出的過去而加快，快得彷彿她還是那個十七歲的女孩。

「高三的時候，你打了顏立堯，爲什麼？」

「……他說了一句讓我非常生氣的話。」

「什麼話?」

「阿堯要我照顧妳,就算……最後在一起也沒關係。」說到這裡,他還沒轍地嘆氣,「那個人有時候就是會說出很無厘頭的話。」

「那,你又爲什麼生氣?」

這個問題讓他緘默好一陣子。

「很多原因。比如,他擅自把照顧妳的責任丟給我,他把我當作會趁人之危的人……」

責任!責任?

「對你而言,我是『責任』嗎?我們考上同一間大學和研究所,你說可以接送我往來車站和宿舍,耶誕夜那晚……一般人不會在那種時間還特地找我的,你卻來了……那些,都是因爲我是『責任』的關係?」

而程硯並沒有否認,「我答應他了。」

有那麼一剎那,她感覺被重重推落,跌入幾年前的便利商店,聽他說她只是個朋友。那暗自藏起的心痛,穿越時空,再次刺傷她。

到頭來,她仍舊是個朋友。

「蘇明儀?」

「我告訴你,換作是我,我也會狠狠地揍顏立堯,因爲他沒有經過我的同意就做出那種決定。然後，我也會揍你！這些年你對我的好，我都放在心底，很用心地放在心底，你卻說那是你的責任，雖然我還是應該心懷感激，不過你讓我成爲你的『責任』，我非常生氣，非常生氣！」

她難得大發脾氣，程硯看得發怔。可是明儀也在憤怒過後，感到一陣大徹大悟的悲哀，她在難堪與傷心交雜的情緒下，強迫自己直視他。

「我今天來找你，不是爲了問顏立堯的事，也不是來釐清什麼責任問題，都不是。是爲了想見你一面才來的，只是這樣。」

當程硯吃驚得不知該做何反應，明儀卻在這個時候想起許多關於他的點滴：他在運動場時，奮不顧身地攔阻右腳負傷的她；曾經在接近午夜的晚上，與他並肩而行時令人心安的淡定氣息；他在沁涼的泳池中，以那樣深刻的方式輕觸過她濕透的臉龐……好多好多回憶，爲什麼偏偏在這個時候衝進腦海？爲什麼偏偏淨是那麼溫柔的畫面？

因爲這就是最後了嗎？

「……想見我？爲什麼？」

「沒有特別的理由，就是想見你，我沒辦法想像沒有你在身邊的日子，所以想見你。明明你還活著，卻見不到你，我不要。不過……」她發現自己快哭了，莫可奈何地笑一笑，「不過，是我太自以爲是，以爲你也和我一樣，原來，我是你剛剛脫手的『責任』啊……對不起，我不該來的。」

她再也維持不了強顏歡笑，轉身離開。

「蘇、蘇明儀！」

才回頭，程硯已經從他那邊的樹來到她這邊，像陣風地來到，並且用力攫住她的手。明儀詫異回望他，他掌心炙熱的溫度宛如他眼底閃爍的亮光，波濤洶湧著。不再冷如冰山的程硯，忽然變得跟夏天一樣。幾度的欲言又止，最終他還是脫口而出，「那時我會揍阿堯，最主要的原因是……他看出我的心情。我原本沒打算要讓任何人知道，可是那傢伙發現了，發現我和他喜歡上同一個女孩子。」

由他嘴裡說出的「喜歡」，活成了汪洋大海，在她面前延展開來，多情、寬闊，是他此時此刻的瞳孔。

「所以，我不是責任？」

他苦澀地揚起嘴角，「妳是喜歡的女孩子，沒想到一喜歡就花上好多年。」

她覺得好笑，眼眸卻情不自禁地濡濕起來。

「喂……我們該怎麼辦哪？」她輕聲問。

程硯放開明儀的手，眞誠坦白，「我相信妳對阿堯一定還有非常深的情感，經過再多年，他在妳心裡始終會佔據一個重要的位置，我明白的。蘇明儀，這也是我不打算再跟妳見面的理由，過去我和阿堯太接近，看到我，也許妳會想起他，還有其他傷心的事，我不想讓妳爲難。」

當她還滿腦子都是顏立堯的時候，他是懷抱著怎樣的心情守著那個祕密、守著她？就像那次他爲了顏立堯的無聲哭泣，許多難言的痛苦，他也狠狠吞忍下去了吧？

現在，她想把那些傷人的東西從他身體掏心掏肺地通通清出來，然後……然後呢？

「所以，你還是決定不跟我見面？」

「……」

「好吧！」明儀離開他的視線，低下頭，伸出右手，牽起他的左手，「你就繼續決定不跟我見面，我呢，我就試著打破那個『零』機率的迷信。」

程硯不明白，明儀抬起頭，迎上他美麗的黑色眸子，她的左手再握住程硯的右手，微笑告訴他，「程同學，『有一天』，今天就是『有一天』。」

然後，她要爲他帶來幸福。

他還是沒能會意，明儀卻已經拉著他，隨著廣播器的音樂踏步、旋轉。程硯說過，「有一天」通常是被寄予希望卻永遠不會來到的日子。今天，他們打破那個零的機率，就從第一次開始。

「我告訴過妳，我眞的不會跳舞。」程硯一派「我不是隨便說說」的慌張與認眞。

「我知道，我知道。」

嘴上說知道的她，還是淘氣地拉著他轉圈，儘管操場上的音樂早已終止，解散的學生們開始散去，他們還是跳著舞。

大量的學生朝他們這邊的樹下湧來，程硯顯得十分不自在，他們被人潮愈推愈近，幾乎要黏在一起，路過的學生還頻頻向他們張望，有的覺得奇怪，有的則在偷笑。

「他們在幹麼？」

「豬頭！在談戀愛啦！」

程硯和明儀被推擠到另一棵樹下，動彈不得，她還因爲好玩而哈哈大笑，笑聲埋在程硯溫暖的胸口，他百般無奈地靠著樹，護著她，等這群吵吵鬧鬧的學生通過。

貼上他寬大的胸膛，明儀偷偷瞄向程硯的臉，好幾次能夠在程硯漠然的外表下發現一絲深邃的溫柔，總是那樣安靜地看著她。那雙清澄黑眸裡的脈脈情感，她怎麼會現在才懂？

「……我喜歡你。」

四周如此紛擾，程硯依稀聽見她細小的聲音，因而低頭。

「眞的喜歡你。」

複誦誓言般，她又說了一遍。明儀像隻撒嬌的貓，張開手圈住他的身體，要回應他所給她的感動般，緊抱著，將還不習慣的羞澀全埋入程硯胸口。

明儀說了兩次的「喜歡」，挾帶高溫，長驅直入他的眼、他的心，那些曾經傷心的、苦惱的，突然之間，都模糊了。

程硯擁著她的髮、她比自己瘦小許多的身子，陽光自稀疏的葉片間灑落在這個陌生的新世界，還有點不敢相信，還有點戰兢，還有點無法言喻的歡喜……對於「有一天」的來臨。

【第九章】

不了解我們的人，會用瑜亮情結比喻我們。

了解我們的人，更是直接了當質問對彼此存在的想法。

關於那些問題，你一向嗤之以鼻，說我是你在另一個星球上的情人（雖然那也會被我嗤之以鼻）。

然而，由於明儀的出現，我必須認真思考你和我的關係。

我曾因為你擁有了她，而冀望過你的消失嗎？

或者，我曾因為你失去了她，有過一絲慶幸？

我很清楚，我不是聖人，沒有偉大情操，可如果要我這一生不曾遇見你……

別人或許不懂，那不要緊，只要你明白就夠了。

幸會了，阿堯，幸會了。

……………………………………程硯

「我決定告訴她了，心臟病的事。」

和明儀交往將近兩年的期間，顏立堯曾經下過那麼一次決心，儘管後來在見到明儀無憂的笑臉時便宣告無疾而終。

「……是嗎？」程硯不置可否。

他不想表態，照例惹惱顏立堯，原本在單槓上倒吊的他一股作氣轉回正身。

「喂！就這樣？我可是煩惱很久才下定決心的耶！」

「本來不是說不出口嗎？」

「受不了了，一直憋著，痛苦到會想要不管三七二十一地大叫！而且，萬一以後還得去住院，也不用再傷腦筋想藉口。」

「也對，既然決定了就去做吧！」

「好歹給我打個氣吧！『你放心，沒問題的』，像這樣的客套話也好啊！」

「你什麼時候需要別人幫你打氣？」

顏立堯縱身一躍，二話不說就握住程硯的手，舉到半空中。程硯愣愣，顏立堯沒轍地咧開嘴，「從早上到現在都是這樣。」

冰涼的。

早已入秋，依然是天天二十五度以上高溫的日子，顏立堯的手卻透著詭異涼意，就像是剛從冰箱裡拿出來一樣。他少見的緊張，就這麼藏在那吊兒郎當的姿態下一整天，也許更長久。

這時，有個同班男生路過，撞見他們互握著手，露出訝異神色往後退一步。

顏立堯見狀，親熱地隻手繞過程硯頸子，「這傢伙，是我在外星球的愛人呢！」路人甲堆出應付性的假笑，匆匆閃開了。程硯推開他，二話不說就往教室走。

「喂！開玩笑的啦！」

顏立堯快步追上，而程硯忽然說話了，「既然對方是你喜歡的人，那就不用擔心了。」

「嗯？」

「再壞的結果，也會因爲對方是你喜歡的人，而減輕傷害程度的。」

顏立堯閉上嘴，停頓幾秒鐘後，哈哈大笑。他上前攬住程硯肩膀，「你啊，就連安慰別人的話，也讓人需要動個腦筋才能明白意思耶！」

「很熱，別靠過來。」

畢業後，顏立堯搭車離開的前夕，他特意和程硯步行到車站。一路的沉默中，不知道爲什麼，程硯沒來由想起那一天顏立堯搭在身上的重量，和他迴盪耳邊的笑語，以致於身旁好友開口說話時，他還有些反應不過來。

「抱歉啊！你行事一向光明磊落，我知道你不喜歡偷偷摸摸。」

程硯瞟他一眼，反諷回去，「你在說哪本武俠小說的台詞？」

顏立堯「嘿嘿」笑了兩聲，最後什麼也沒搭腔，只在踏入車站的前一刻，又意味深長地說了一遍，「抱歉啊……」

當天，陪顏立堯走到對面月台的只有明儀一個人。程硯留在剪票口遙望他們，望著顏立堯拖了好長一段時間才走入車廂，望著明儀由慢而快，一步步跟著火車跑了起來，望著自己與對面月台這段短短的距離，只要他願意，馬上可以衝過去將好友攔下。

「抱歉啊……」

腦海所響起的聲音瞬間令他愣然止步。車站人來人往的乘客不時擋住視線，程硯站住腳，從縫隙間目送載有顏立堯的列車遠去……

他才發現，讓他再也看不清的，不是川流的人潮，而是在這盛夏所焚燒的，那眼底溫度。

明知道日後一定會後悔，分離的那日，他卻沒有追上去。

✉

Sandy 犀利的目光往旁邊撂去，明儀還趴在和式桌上緊盯手機，滿臉的困惑。

「別浪費時間，主動打過去怎麼樣？」Sandy 不耐煩地給建議。

「可是上次就是我主動打過去。」

「那又怎樣？」

「他說他最近很忙，然後我就不敢再主動打過去了。」

「他又不可能找藉口搪塞妳。」

「不過既然他說很忙，那一定是眞的很忙。」

Sandy 一面敲鍵盤，一面露出認同的表情，「那倒也是。」

明儀繼續賴在桌面上，冒出一句疑問，「這樣跟交往前有什麼不一樣？」

「不然呢？」

「嗯……約會呀！像是一起看電影、吃個飯……不然散步也很好啊！就算連散步也沒空，至少打電話嘛！」

她記得高中時，和顏立堯交往的第二天晚上，他便大剌剌打電話到她家，天南地北地閒聊，而且他好能聊，一講就講了一個多小時。

她以爲天底下的男女朋友差不多都是這個樣子，看來不然。

「都認識快十年了，還有什麼話沒聊過？這樣還要刻意講電話，不覺得沒意義嗎？」

聽 Sandy 這麼質疑，明儀立刻坐正反駁，「不會！我才不會那麼想，言不及義地講電話也會很開心的！」

哪知 Sandy 又白她一眼，「我又不是說妳。」

明儀被她的話一箭穿心，倒回桌子。

過一陣子，明儀回老家，哥哥的小孩已經兩歲了，是擁有一雙水汪汪大眼睛的女孩，口齒不清，明儀卻很喜歡和她雞同鴨講，有時又會認眞教她唸數字或注音，所以曾被嫂嫂這麼嘉許，「妳對付小孩子眞的很有一套耶！」

明儀停下對姪女哼唱的兒歌，任由她從懷裡掙脫跑開，留下自己蹲在原地陷入思考。晚上，她待在房間上網，搜尋一些關於教育學程的資料。

不久，哥哥前來敲門，他待在門口說：「下星期有沒有空回來？」

「要幹麼？」

「我大學同學要來找我，說要烤肉。」

「烤肉？中秋節早過了。」

「那群酒肉朋友就說要烤肉。不在中秋節烤肉不行嗎？」

「沒有，很好哇！」

她應得心不在焉，眼睛繼續瀏覽電腦螢幕。

「妳可以邀妳朋友一起來，反正都要烤肉了，人多比較好準備。」

「嗯……朋友喔，湘榆不知道有沒有……」她唸著唸著，霍然靈光一閃，一拍桌子起身，指住哥哥的臉，「就是這個！哥，幹得好！」

「什麼？」

蘇仲凱還一頭霧水，明儀已經掠過他，「咚咚咚」地跑下樓打電話。

「烤肉？」電話那頭的程硯似乎也對烤肉的時機心存懷疑。

「嗯！我哥希望邀一些朋友來，你可以嗎？需要加班嗎？」

「我可以。」他的答案向來不含糊。

掛斷電話後，明儀對著電話機高興轉圈，正好被下樓的哥哥撞見，換來哥哥一張怪異表情。

「哥！下星期烤肉的料理由我負責！」

「啊？」他對於妹妹反常的興奮感到不尋常，「不用啦，妳人回來就好，其他的我們會搞定。」

「沒關係，我會請半天假提早回來準備！」

把男朋友帶回家見家人，是情侶會做的事吧！更何況，料理是她的強項，絕對要好好表現才行！

明儀暗暗握拳，對於終於找到理由和程硯約會而燃起熊熊鬥志！

下個週末來臨，明儀果眞向公司請了半天假提早回老家。她一到家，便立刻外出採買，除了烤肉的食材之外，還開了一張菜單出來：海鮮炒麵、筍子排骨湯、絲瓜炒蛤蠣、炸蝦捲。蘇仲凱一看完菜單內容，莫名其妙大叫：「妳這是要辦桌嗎？」

「光吃烤肉不營養嘛！」她把單子搶回來，固執地辯解，「而且，你們肯定會喝酒吧！這些可以當下酒菜呀！」

家裡沒人拗得過她，於是放手任由明儀包辦當晚的烤肉聚餐。途中嫂嫂到過廚房探問：「明儀，我一起幫忙吧！」

「不用了，快好了。」

「兩個人做比較快呀！」

見到嫂嫂挽起袖子準備插手，明儀緊張兮兮地把她請出廚房，「一定要親手做的才行，不用幫忙了。」

接著，爸爸也循著香味闖進廚房，發現愛吃的蝦捲，順手抄了一塊送入嘴，褒獎她廚藝愈來愈棒。明儀高興歸高興，可是爲了不讓蝦捲被掠奪一空，還是把爸爸也趕出廚房。

晚上，哥哥的大學同學陸續來了，八九個人熱熱鬧鬧地在頂樓開始烤肉。不久，程硯也準時來到蘇家，明儀應門時，手上還端著一盤海鮮炒麵趕著送上去。

「我幫妳拿吧！」

程硯脫下外套，就進廚房幫忙端另一盤炒麵。一到頂樓，明儀先被三只空盤嚇一跳！那原本裝滿她費心做好的蝦捲，現在連一個都不剩？

明儀按捺住驚訝，把程硯介紹給大家認識後，立刻把哥哥拖到一邊去，「蝦捲你們全吃光了？」

「餓嘛！那些肉好像烤幾百年也不會熟。」蘇仲凱倒是將少根筋的精神發揮得淋漓盡致，他用力拍拍妹妹，「大家都說好吃喔！還說可以去開店了，哈哈！很爽吧！」

「……」

她最拿手的蝦捲，程硯一個都沒吃到耶！

明儀氣呼呼地烤肉，而那群童心未泯的大男人和沉穩的程硯意外談得來，他們一知道他在知名的科技公司上班，話題便欲罷不能地聊開來了。什麼面板、股票上市的時機、iOS系統、TFT的螢幕材質……她邊刷著烤肉醬，邊聽得霧煞煞，根本插不上半句話。

不過，倒也讓明儀有足夠的空間觀察程硯微妙的變化。從前，程硯為了保持朋友關係，即便在他最溫柔的時刻，也還能感受到一分生硬的距離。他們交往之後，那道距離便自然消失無蹤，他的表情和語氣柔軟許多。程硯不愧是個成熟穩重的人，就連這種細節分寸都拿捏周到。

反觀她自己，是不是完全沒成長呢？

程硯手拿一瓶蘇仲凱塞來的海尼根，不意，觸見她棲息的目光，稍微停頓，還來不及開口，另一個人又上前找他講話。

失算了呢！原以為有機會好好和程硯相處，沒想到他自始至終都被哥哥的朋友霸占住。

他們很快就掃光熟透的烤物，連端上來的那兩盤炒麵也清得一乾二淨，蘇仲凱揚聲問她，「樓下還有沒有麵啊？」

「……我去看看。」

嘴上那麼說，其實早就沒了，她實在太低估這群大男人熊般的食量，明儀打算再炒個一盤上來。這時程硯端了剩下的空盤和她一起進電梯，面對她疑惑的表情，他說：「我來幫忙。」

幫什麼？洗盤子？端炒麵？還在納悶，就見到程硯走到冰箱前，側頭問她，「裡面的東西都可以用嗎？」

「咦？嗯……」

程硯從冰箱找出蝦仁、紅蘿蔔等等的炒麵材料，然後站在流理台前處理起那些食物，看到這裡，明儀才猛然驚覺！

「你要做菜？」

「嗯，妳休息吧！剛剛一直烤肉，先去喝杯水。」

他半命令式的話，叫明儀乖乖為自己倒水，才喝一口，便目不轉睛看他準備炒麵。

她原以為擁有資優生形象的程硯和廚房一定相當不搭，誰知道，他站在流理台前洗滌、切菜的身影，竟意外迷人。

單憑他的背影，也看得出來架勢相當熟練，絕不是第一次下廚。

程硯將麵起鍋時，瞥見她仍捧著水杯盯住他，奇怪地問：「怎麼了？」

「呃……我不知道你會做菜……」

對於她的大驚小怪，他覺得好笑，「妳忘了我跟妳一樣都是在單親家庭長大的？這算是家常便飯了。」

「可是……」

「妳覺得像盈盈那麼驕縱的女孩子有可能碰這些事嗎？」

那、那你也不要那麼萬能嘛……

程硯會下廚的事實衝擊到她刻板的認知，不僅如此，還令她非常灰心喪志。

他們將程硯的炒麵端上頂樓，搏得滿堂彩。之後程硯又被拉進男人的圈子裡了，明儀爲自己盛了一碗，專心含入一口麵，好吃！雖然她的手藝並不輸給他，但，也贏不了。

在這之前的所有鬥志迅速消失殆盡，平常她會大方地加入他們，但今晚的晴天霹靂實在太傷人，她獨坐好一會兒，直到哄完女兒睡著的嫂嫂上來收拾，這才起身幫忙。

她們把大量的碗盤擺在流理台上，嫂嫂負責洗碗，明儀就將乾淨的碗盤擦乾歸位。

「很無聊吧？跟一群男人在一起。」嫂嫂手沒停下，轉頭朝她善解人意地笑笑，「講的事情都不是我們感興趣的。」

明儀知道被她察覺剛剛的落寞，不太好意思，「不只是不感興趣，而且還完全不懂……總覺得……」

她停一停，努力思索適當的詞句，想到了，這才失望地說：「總覺得自己很沒用。」

聽到她的結論，嫂嫂大笑兩聲，「妳怎麼會那麼想？太可愛了吧！男生哪，有男生自己的世界，那是我們女生怎麼也沒辦法插一腳的，反之亦然呀！」

「我知道。」

從前看顏立堯和程硯的相處，她老早便深刻感受到這層道理。

「放心吧！男人和女人之間的世界，也不是好哥兒們可以介入的喔！」

嫂嫂爽朗地爲她打氣，明儀感激微笑，心裡依然得不到釋懷。她機械式地處理那些碗盤，不禁想起高中時和顏立堯交往的情景。當時顏立堯也是個樣樣都好的人，不過，他會刻意耍笨逗她笑，遇到討厭的麻煩事也會想盡辦法偷懶，還會孩子氣地使性子，因此，她並不認爲他和她有什麼兩樣。程硯就不同了，他始終如一的優秀如此屹立不搖，她相信如果有必要，他會要她一起成長，那時，她就會覺得和他是不同層級的人……

明儀從沉思中驚醒，用力搖頭。她在想什麼呀？這種要不得的比較模式，快退散！

更晚一些，烤肉活動結束了，他們在滅火時，一個醉得兩眼冒金星的人失手將水潑到程硯身上，嫂嫂拿了件蘇仲凱的上衣讓他在明儀房間更換。明儀敲門進去，發現他正站在書桌前，背對門口。

「你的衣服十五分鐘就可以烘乾了。」

聽見她聲音，他回頭道謝，然後問起桌上隨手擱放的資料。

「妳想修教育學程？」

「啊……」她有點靦腆，「還不確定，只是有那個念頭而已。」

「不喜歡現在的工作嗎？」

「不是不喜歡。」她在床鋪坐下，悠悠晃起雙腳，「我不是在親戚家的托兒所幫忙過一陣子嗎？最近回想起來，總覺得還是當時在托兒所工作的日子比較快樂，然後就想，是不是當老師比較適合我……」

她頓一頓，見程硯沒有要提供意見的打算，於是主動追問：「你覺得呢？現在這份工作是我當初好不容易才找到的，這幾年老師已經不是那麼好找到工作了，就算拿到執照，也不一定有學校……怎麼想都很冒險。」

這回他很快接話，「就去做吧！」

「咦？你……覺得我應該試試看嗎？」

「不是應該，既然是妳想做的事，就去做吧！」

「可是……」

「做了之後，就不要爲結果後悔。妳應該後悔的，是當初沒去做想做的事才對。」

依舊是一板一眼的論調，不過，她總能在吸收進來之後，積存煦暖的力量。

「好！那我明天開始認眞找書回家讀，拚拚看！」

「我可以幫妳查哪間學校……」

他的話以不自然的方式中斷了。明儀奇怪地探頭，發現他的目光被書桌上一瓶靠牆的可樂罐吸引，紅色罐身不起眼地藏在桌燈光線後方的陰影中。那是她還在暗戀顏立堯的時期，顏立堯請她喝的，她保留至今。

以前她向許明杰提起這件事的時候，程硯便聽說過了。

「啊……」她慌張上前，想收起可樂罐又爲時已晚，一時的內疚與困窘使她動彈不得，半晌，只能詞窮地道歉，「對不起。」

程硯側身看她低頭自責的模樣，什麼也不說，寬容地摸摸她的頭，要她別介意。

程硯的衣服烘乾之後，他向蘇家道別，明儀跟著他到樓下。

「你是我們請來的客人，沒理由讓你自己走回去。」

她堅持送他回家，程硯一反往常地由著她，兩人走在接近十二點鐘的街道，明儀掙扎半天，認爲自己非說點什麼不可。

「顏立堯的東西，如果你希望我丟掉……」

沒等她講完，他先打消她念頭，「那些東西不是紀念品嗎？既然是紀念，就該好好收著。」

眞的無所謂嗎？就算有難言之隱，摯友的東西也不好說丟就丟吧！也可能明知丟掉那些東西會讓她難過，所以他才這麼體貼大方。

程硯見她心事重重，於是問起稍早前她在廚房的反應。

「妳不是很高興的樣子，是因爲我下廚的關係嗎？」

明儀心中一驚，想不透他怎麼能夠這麼神機妙算。

「我先說好，不是因爲你或是你的炒麵的關係喔！我認爲……廚藝是我少數優點中的一個，但是在你面前，那好像就不算是優點了……」

她覺得自己說得有點牛頭不對馬嘴，只好困擾地停歇下來。程硯若有所思地打量她一眼，又轉向空中那輪明月。

「如果我什麼都不會，妳會比較高興？」

「不是，也不能那麼說……」

「那麼，妳喜歡下廚嗎？」

「嗯?這個……很喜歡哪!」

「我並不喜歡。會做,是因爲不得不做。」

她懵懂地望著他,不了解他到底想說什麼。程硯在月色下的神情出奇柔和,接著告訴她一個定理,「我的勉強和妳的喜歡比較起來,怎麼樣一定都是妳略勝一籌。」

明儀不自覺地臉紅了,「謝、謝謝……」

怎麼搞的?他的話明明聽起來在認輸,卻又爲什麼會讓她覺得是他壓倒性地勝利呢?一定是因爲他那副從容自若的關係,再不然肯定是因爲他說話的藝術已經達到出神入化的境界。

不是什麼甜言蜜語,卻能讓她像傻瓜一樣地開心著。

「喂,你喜歡我哪一點啊?」她突兀地問了一個女孩子都會問的笨問題。

身邊程硯打住腳步,瞧瞧她。她見他既不回答,也不吐槽,眉頭還輕輕擰皺,接著面向前方夜空,似乎認眞思索了起來。

「等一下!你可以不用回答!」

深怕會聽見一串精闢又中肯的分析、理論,明儀趕忙出手阻止。最可怕的是,萬一他想半天還想不出一個理由,那她不是自尋死路嗎?

不過,程硯還是把剛才想到的一個答案告訴她,「『可愛』吧!」

「長得可愛?」

「不是。」

喂！回答得也太快了吧！

程硯沒管她陷入沮喪，自顧自地回想起什麼，「嗯……最開始好像是肉包……」

肉、肉包？她暗暗掐掐臉頰，是在說她嗎？

他發現她因爲自己沒頭沒尾的一句話而苦惱，也很壞心，並不馬上說明，況且，他家到了。

明儀繞到他跟前，雖然不是中秋節的明月，不過今晚的月亮還是又圓又大，它暈開的光正好跟明儀臉上那抹心滿意足的笑容相輝映。

「明知道難得放假，你應該多休息，卻還故意把你拉到我家，結果耗到這麼晚。」

「故意？」

「嘿嘿！只是想和你見面，多相處一會兒，這樣而已，對不起啊！」

面對笑嘻嘻的明儀，他愣一下，隨後，月光流轉到他上揚的嘴角，「我說的『可愛』，就像這樣。」

「咦？」

程硯抬頭眺望遠方，那裡響起腳踏車清脆的鈴聲，卻覷黑得見不到車子的蹤影。

「雖然這模式很蠢，不過我還是送妳回去吧！」

「……如果沒打算讓我一個人回去，爲什麼一開始說要送你的時候，不直接拒絕我？」

「不就是跟妳一樣嗎？走吧！」

他不將話點明的神祕，明儀好像不明白，又好像懂了，等她感覺到暖流在清寒的夜裡滲入體內，這才發現程硯已經牽著她的手。

於是她笑了，快步跟上與他並肩的路程。程硯不說甜言蜜語，也不做誇張的討好行動，他很忙，經常加班到七晚八晚才能回去。不過，如果時間還早，他會打通電話問問她最近煩惱的事解決了沒有。如果時間晚了，爲了不吵到或許已經睡著的她，他會傳一通簡訊過去，「晚安」兩個字，就像爲他道足一天下來的疲累終於告一段落，以及不能和她說上一句話的淡淡遺憾。

剛開始，明儀不太能適應這樣冷調的互動，後來習慣了，反而覺得心臟不夠龐大，不夠大到裝進滿滿的情感；覺得時間不夠用，無法抒解她堆疊的思念；還覺得腳下這條路不夠長，怎麼才一會兒工夫便要和他說再見？

「早點睡。」程硯放開她的手，退後一步。

明儀嘴巴應好，卻還杵在大門口，興味瞅著他不語。

「怎麼了？」而他也沒有離去的打算。

她微微偏著頭，宛若小女孩爛漫發問：「我們……爲什麼沒有早一點交往啊？」

他覺得她有趣，反問：「這是要我認眞回答，還是只是隨口問問？」

明儀輕輕微笑，「那不是問題，是一種感嘆。」

他不再接話了，款款凝視她片刻，走上前，步上與她同高的台階。他親吻她的時候，明儀聞到少許的炭火味道，爲他添上幾分陽剛氣息，在靜得彷彿能聽見房子內均匀鼻息的夜晚，她卻聽見他一聲聲清晰的心跳。不同於十七歲的青澀，程硯的吻是大人的吻，深入專注。他單手捧著她的臉，第二次吻她的時候，明儀體會到曾經揮霍的青春已悄然遠去，莫名的感傷爲它留下最後的餘韻。隨著每一次更加沉穩的心跳、每一道更加成熟的眼神、每一分更加珍惜的情懷，他們都長大了。

後來，明儀破斧沉舟地辭掉現在的工作，重返校園修教育學分，一切都得重新來過，她讀得很辛苦，學校又在隔壁縣市，她不願意搬離現在賃居的住所，因此買了二手車，每天開車通勤。

這麼忙碌的生活裡，有件事，並未船過水無痕，反倒化作鉛塊沉在她心底。日復一日，答案依舊沒能出現，她也仍在迷惘的迷宮打轉。

一次假日，湘榆知道她回老家，特地繞到她家串門子。才踏進明儀房間，就見到她坐在地板上，膝前放了一只紙箱，對著它發呆。

「這是什麼？」

湘榆出其不意走到她前面，叫明儀嚇一跳，她卻已經擅自動手翻拿紙箱的物品，邊看邊嘀咕，「便條紙、信、大頭貼、好舊的手機……可樂罐？什麼呀？」

明儀搶回她手上的東西，放回紙箱，透露出被逮著的心虛，「那些……是跟顏立堯有關的東西。」

「啊？這麼久的東西，妳還留著呀？」

好？」

「……要丟了。」

「早不丟晚不丟，幹麼現在突然想到？」

她爲難地抿抿唇，「被程硯看到了……」

這下子湘榆的反應非同小可，「妳有沒有那麼笨哪？偷偷留下來也就算了，還不藏好？」

「因爲沒想過要藏嘛！已經很習慣這些東西收在它們原來的地方，沒想過要特地改變什麼。」

湘榆見她一臉無辜，幸災樂禍地問：「程硯看到了之後，有沒有說什麼？」

「什麼都沒說。」

「是喔！」她覺得無趣，「既然沒說話，那妳也不必刻意丟掉吧！」

「不行啊！這樣……對他過意不去。」

「那，就丟吧！」

湘榆的爽快害明儀心頭一震，她定睛看著那些零碎物品，落地窗外的微光投射在箱子上，蒙塵的歲月就在寧靜的光線中翻飛，翻了好幾頁用那些年青春寫下的回憶。

明儀始終沒有再接話，湘榆托起下巴，試著閱讀她感傷的側臉。

一次，湘榆和她老公在車站巧遇程硯，他正在出差，簡單寒暄後，湘榆趕著上車，突然又回身叫住往反方向走的程硯。

「明儀那個死腦筋，很煩惱到底要不要丟掉顏立堯的東西。你如果眞的那麼大方，那就明白告訴她，留下來沒關係。不然，就直接要她丟掉，一乾二淨！」

說完，她攙著老公的手，快速走向地下道，消失在人群中。程硯還留在原地，爲了她的話而訝異，而悵然。

別說明儀，對他而言，何嘗不是一道難題。他非常明白明儀不捨的心情，連他自己也萬分珍惜與顏立堯之間的點滴。但，觸見那瓶可樂罐的晚上，有根刺，就此卡進他胸口，每每想起顏立堯在她生命中佔據的位置，便隱隱作痛。

這樣的窘境，不是沒有事先預想過，他卻不能預測到底要持續多久。如果是一輩子都如此呢？

他和明儀，能擁有一輩子那麼深長的時間嗎？

許多不能討論的疑惑依然無解，在幸福的背後蟄伏著、呼吸著、存在著。

偶然間，會在她選購晚餐食材的片刻閃過腦際，明儀停下手，陷入短暫的茫然和感傷，又驚醒般回到現實，繼續將精心包裝的花椰菜放進提籃。

走出超市，她瞥見一道匆促轉身離去的背影，要躲開什麼似的，卻因爲太過倉惶，手上塑膠袋掉在地上，裡面的東西全滾出來。

有番茄、小白菜，和一罐醃漬梅子。明儀快步上前，幫忙撿拾。她遞還那罐梅子時才看清楚對方是一位慈眉善目的婦人，打扮樸實，而且……怎麼說呢？給人的感覺意外親切，親切得好像曾在哪裡遇過。

「謝謝，謝謝妳，不好意思。」

婦人連連道謝，雙眼卻從沒正視過她，明儀發現她的塑膠袋破了一個洞，好意將自己的袋子讓給她，「我的車就在那邊，把東西放上去就好，這個給妳用。」

婦人客氣推辭，後來拗不過，便將那罐梅子拿出來，說要送給明儀當謝禮。

「不用啦！這又沒有什麼，眞的。」

「妳拿，妳拿回去，跟朋友一起吃。」

這次婦人異常堅持，使勁把罐子塞到明儀手上，沒等她反應，掉頭就離開了。

明儀帶著買好的食材來到程硯住處，他們說好今天晚上一起下廚。

幫她拿東西的時候，程硯注意到那罐梅子，「妳買的？」

「嗯？喔！是路上一個阿姨給我的。」

「誰？」

「不知道耶！」

她一副理所當然，程硯忍不住責怪她大意。

「陌生人的東西妳也拿？妳幾歲了？」

「她看起來人很好啊！更何況，嗯……有熟悉的感覺。」

明儀無關緊要地將罐子拿回來，在他阻止之前，將一顆梅子放入嘴巴，隨後爆出驚喜的讚嘆，「好好吃喔！有古早味。」

「梅子哪有什麼古早味不古早味的？」

「不然你吃吃看，你不是愛吃嗎？」

再一次，她沒等他拒絕，直接把梅子塞進他嘴裡。程硯瞪她，一口將梅子吐在掌心，而甘甜的酸味慢了半拍才在口腔發酵，他一怔，看看那顆極爲平常的梅子。

「怎麼了？」明儀開始擔心梅子是不是眞的有問題。

他卻問起那位婦人，「給妳梅子的人長什麼樣子？」

「呃……什麼樣子……」突然被這麼問，明儀只好拚命回想，「跟我差不多高，瘦瘦的，氣質不錯，她的眼睛……她的眼睛很像你！哈哈！原來是因爲這樣，我才覺得她面熟啊！」

剛才一路上的百思不解終於有了眉目，明儀感到豁然開朗，程硯卻不然，他沉思著什麼而眉頭深鎖。

「怎麼了嗎？」

「嗯？沒有。」他避重就輕地一笑，用溫和口吻要她下次多注意就好。

明儀目送他走到一旁，接起作響的手機，總有著事情沒那麼簡單的直覺。

講完電話，程硯抱歉地告訴她，公司臨時有事，要他回去處理。

「今天你休假耶！我們又難得見面！」

「明天就要跟別人簽約了，東西一定得弄好。我去看看有什麼問題。」

「上次也是假日接到公司電話，你就回去加班。手機不能關掉嗎？」

她的語氣透露出抱怨的意味，程硯暫停收拾筆電的動作，看她反常地耍脾氣。

「工作不是我一個人的事，故意耽擱到，會給很多人添麻煩。我知道必須暫時放妳鴿子很不好，不過事有輕重緩急。」

「請你不要對我說教。你說的我都懂，我只是……想不透爲什麼你非要把所有的責任都往身上攬不可。任性一點不行嗎？要賴一次不行嗎？你一直力求完美，我根本追不上你……」

「有責任感，不好嗎？」

「……像你那樣的，不好。」明儀故意唱反調。

時間眞的緊迫，程硯對她說事情一解決他會馬上回來，於是眞的離開了。

他走了之後，明儀自己在空蕩蕩的客廳無聊轉著圈子，膩了，一骨碌坐在地上，剛剛脫口而出的話，令她懊惱地將頭埋入膝蓋。任性一點，要賴一次，那簡直在說顏立堯。

要到什麼時候她才能心無旁騖地喜歡一個人呢？狠下心，把那個紙箱丟掉之後，就可以做到嗎？

明儀等了一整個下午，程硯還是沒能脫身。眼看天色已晚，她把買回來的食材煮成晚餐，熱騰騰的晚餐又變涼，程硯終於來了電話要她先吃，他沒辦法說準什麼時候可以把公事處理完畢。

「我看，妳先回去好了，讓妳等，我一直很在意。」他在考慮之後，歉然地這麼說。

「嗯。」

電話中答應他先回去，收好手機，明儀卻因為他的在意，心情變好了。

她將晚餐用保鮮膜包好，然後窩在沙發上看電視，不知不覺，直接在上頭睡著。

程硯回到住處，電視還開著，搖控器搖搖欲墜地被明儀半握在手上，她的守候讓他意外。不作聲響地拿走搖控器，幫她蓋上毯子，程硯走到餐桌旁，看著那一道道被透明膠膜裹覆的豐盛晚餐，心呀，暖暖的，酸酸的。

「顏立堯……」

後方出現了一聲細得幾乎聽不見的呼喚。程硯回頭，望著沉浸在夢境中的她露出悲傷的神情。

她不是第一次作這場夢，夢中的她總是站在月台，和車廂門口的顏立堯面對面。那個他臉上帶著笑，也藏著憂傷。現實生活中，她從未開口要他留下，為什麼在夢裡依然無法好好地對他說？不要走，留下來，我要陪你到最後。醫院隔壁的國小操場，別去跑了，一旦隨心所欲那麼一次，就會死喔！所以不要去，不要走。

她在列車駛離的剎那驚醒過來，身上毯子滑落地板，明儀一面四下張望，一面按按臉頰，在夢裡曾經那麼痛徹心扉地哭泣，清醒時臉上卻是一片乾涸。不遠處的程硯正蹲在地上拆解電腦，修電腦至今還是他的興趣，有時到他公寓，可以見到兩三台朋友拜託的電腦並排在地上。

明儀無聲來到後方，裹著毛毯，孩子氣的模樣。程硯停下手，對她笑笑，「睡飽了？」

「怎麼不叫醒我？」她有些難為情。

「看妳睡得很熟，修教育學分很累吧？」

「我……剛剛好像做了一個夢……」

她嬌懶地在他身邊蹲下，聽見她的話，程硯並沒有吭聲。

「已經不記得夢見什麼了，好奇怪，明明是幾分鐘前的事而已……」

她費力回想，怎麼也沒辦法將夢境還原。程硯信口問：「那個夢怎麼了？」

「……是一個悲傷的夢……」

儘管無法記起夢境的故事，那份刻骨銘心的傷痛卻留下心悸猶存的印象。明儀抓緊身上毛毯，靠向他，他才低頭，明儀又張開雙手，像在尋求一種活生生的溫度般，攀住他頸子。

她潛意識想擺脫死亡陰影的舉動，讓程硯伸手輕輕環住她的背，和她安靜相依許久。

明儀，到現在還希望顏立堯是活著的嗎？

下一刻，程硯又為自己無情的疑問而自責，改問起日常瑣事，「吃飯吧！妳還沒吃對嗎？」

明儀離開他，像得到安慰的孩子，純真地笑，「嗯！餓了。」

他們一起將晚餐加熱，坐在桌前用餐，期間，程硯提起她的生日。

「妳的生日快到了，想要什麼禮物？」

明儀放下筷子，半抗議地，「居然直接問？你難道不想給我驚喜嗎？」

「如果送的是妳不需要的東西，就稱不上是驚喜吧！」

「是、是沒錯啦……」

「好吧！妳希望收到事先不知情的禮物，那就當我沒問。」

她看出從容自若的他故意挑釁，於是改口，「我要星星。」

「……」

「你沒聽錯，星星，要一千顆。」

「眞像小孩子。」

「我是在教你，什麼叫作任性。」

「這種事不需要教吧！」

「那你怎麼都學不會？」

「學會這種事，到底有什麼好處？」

「好處可多了。」明儀裝起他的嗓音，「這麼一來你就會對我說，喂，明儀，妳哪裡都不准去，就一直待在我身邊，每天我都要看到妳的臉，聽見妳說話，每天每天都這樣。」

她頑皮的話語讓程硯沉澱下來，輕問，「說了的話，妳眞的會那麼做嗎？」原本的玩笑話，忽然被認眞看待，明儀緩緩放下拿著筷子的手，望著他，就望著他。

【第十章】

你有沒有發現，我們最常將「如果」這個假設詞用在什麼地方？比起未來，對於過去的事，「如果」出現的機率真的高許多呢！

如果你沒有去世，我們是不是還是一對相愛的戀人？

如果能再重新來過，你還是會選擇去奔跑最後那圈操場嗎？而我，還是會和程硯在一起，即使必須一輩子懷抱著對你的思念和歉疚？

後來我想明白了，那些「如果」都是一份遺憾，覺得現在不夠好，所以遺憾。

但，回憶之所以美麗，是因為我們都回不到過去。

回不去了啊！顏立堯。因此，我只能努力珍惜，珍惜從前和你的所有回憶，並且，也珍惜現在所擁有的，這是我唯一能做的事。

珍惜，是需要勇氣的，用生命去守護的勇氣。若是我辦得到，那麼，關於被寄予無限希望的「有一天」，我已經活在那當下了。

……………………………………………………………………明儀

「喂！來照相吧！」

聽見顏立堯由遠而近的吆喝，程硯和明儀不約而同抬頭看，看他手上揮舞著一台相機，興奮跑來！

顏立堯走近，發現他們兩個坐在樹下草地，忙著書寫班上同學交換的畢業紀念冊，一把奪走他們手上的筆。

「別寫了，來看我新買的相機。」

顏立堯的父母在他發病後便很順著他，幾乎讓他予取予求。

「敗家子。」程硯漠然唸他一聲，便把筆拿回來，繼續寫完他的句子。

「這可不是亂花錢，是花在正當用途上。」

儘管他信誓旦旦地聲明，明儀倒也不怎麼認同，「你沒事買這麼貴的相機要做什麼？」

「剛不就說要照相嗎？我們要畢業了，這間學校的一切都會變成回憶，所以要把回憶保存起來。」

說完，他跳起身，把相機貼近臉，朝著校舍按下快門，接著是司令台、成排的榕樹、熱鬧的操場……甚至還仰起頭，連拍了好幾張天空的照片。

他每拍一張照片，嘴巴就唸著「回憶」兩個字，好像在爲鏡頭裡的畫面記下註解。

顏立堯猴子般的身影在四周蹦蹦跳跳，絲毫沒影響到程硯放在畢業紀念冊上的注意力，或者說，他根本懶得理他。明儀則興味十足地觀看，當他是動物園的猴子那樣有趣，忽然，顏立堯拿著相機湊到她面前，笑嘻嘻地，宛如發現新大陸，「這也是回憶！」

明儀出手擋住鏡頭，嚇得他倒退幾步，她噘起嘴，倔強地，「我才不要當你的回憶。」

程硯在這個時候稍稍抬起眼，看顏立堯咧開愛寵的笑靨，世故地告訴她，「妳至少還要活到七八十歲，這麼長的日子裡，多多少少會變成一些人的回憶吧！」

「那代表見不到對方了，一點都不好。」

「不對，能夠成為別人放在心上的回憶，是一件幸福的事呢！偶爾被人家拿出來想一想，就像跟老朋友說話一樣，不是嗎？」

她說不過他，只得退一步妥協，「不然，我們三個人一起合照，一起變成彼此的回憶。」

這個提議，顏立堯當然舉雙手贊成，興沖沖拉了一位路人甲同學幫他們合照。程硯還百般不情願，喃喃質問幹麼把他拖下水，不過這也被顏立堯的死纏爛打應付過去。

喀嚓！那是他們三個人第一張，也是唯一的一張合照。

陽光的顏立堯、沉著的程硯、羞澀微笑的蘇明儀。

明儀認真注視相機螢幕的圖檔，又開心，又感動，「等到以後我們三個人再見面，那個時候再來拍一張吧！」

預想到她呢喃的願望也許是不可能實現的夢想，程硯黯然不語，顏立堯卻上前用力攬住他的肩，另一隻手則將明儀摟近，開朗笑道，「一定！我們一定會再見面。有一天，會見面。」

明儀和程硯交往後的一年多，程硯母親的出現，算是他們共同歷程中的小插曲。

那是一個再平凡不過的清晨，整座城市尚未活動起來，明儀跟往常一樣紮起馬尾，外出跑步。她習慣穿過附近公園，再沿著大排溝的堤岸跑。大清早，路上行人並不多，因此那個迎面而來的面熟身影並不難發現。當她們眼神交會，婦人馬上別開頭，並不想讓她看見。

明儀本來想順著她的意，然而一想到程硯那天多問的那幾句話和他不尋常的反應，她便繞到婦人身邊，主動打招呼，「早安，還記得我嗎？我們在超市外見過面。」

婦人沒料到她會真的過來，神情緊張，勉強扯出笑容，點點頭。

「妳醃的梅子很好吃，味道很特別呢！我也有分給朋友吃。」

聽到這裡，婦人好奇地抬頭問：「朋友？是……是常常跟妳在一起的那位先生嗎？」

她居然連程硯也留意到了。

「……不好意思，我問了妳別生氣，妳該不會……在跟蹤我吧？」

她的問題果真叫婦人不知所措地臉紅，支吾半天接不上一句話。明儀解開綁在腰間的薄外套，穿上，擦乾汗濕的額頭，「妳認識程硯？你們長得有點像，是親戚嗎？」

婦人見這女孩善良、毫無心機，這才低聲坦白，「我是……那孩子的媽媽。」

「咦？」

「我在他小時候就和他爸爸離婚了，一直都沒再聯絡，所以……妳可能不知道我。」

婦人笑得幾分靦腆和尷尬，明儀完全沒想到自己會遇見程硯的親生母親，而她的確也不曾聽程硯提過母親的事，只有一兩次她主動探問，他才簡單回答，簡單得好像那個人不值得一提。

明儀和程硯的母親靠著堤岸上的石椿交談，彼此談了一些程硯母親和程硯的近況，後來明儀熱情邀她，「我帶妳去找程硯，妳一定很想和他見面吧！」

「等一下……我……」婦人變得退縮，「我當初離家，場面並不是太愉快，所以，那孩子可能不想跟我見面……」

「伯母，可能是我太天眞了，可是，我沒有辦法想像世界上會有不想跟自己媽媽見面的人，因爲，我自己就想見得要命。」明儀不顧忌地坦言，「我媽媽在我出生的時候就過世了。」

婦人爲她心疼，明儀接著鼓勵道，「程硯人很好，他眞的很好！所以妳不用擔心，我來安排你們見面。」

對於程硯和親生母親終於能夠重逢，明儀懷抱很大的樂觀和期待。可是，事情並沒有她所想像的順利，不僅如此，還成為日後另一個別離的起頭。

兩天後，她故作神祕，將程硯約到自己住處，並且事先確認過Sandy當天一整天都要在醫院值班。

「妳真的很喜歡『驚喜』這種事。」

程硯出電梯時還沒轍地笑她，不過，當他走入明儀打開的門口，見到坐在和式桌前的人影，整個人倏地僵立。

程硯的母親一看見他進來，先是喜出望外地起身，隨後意識到自己的衝動，又把臉上的歡愉之情給收斂下去。

看得出程硯一眼就察覺到眼前的婦人是誰，卻因為多年不見以及歲月造成的變化而增加辨識的困難度。直到將眼前的人與記憶中的影像重疊吻合，他才以一種極度漠然的音調問：「她為什麼會在這裡？」

明儀第一次聽見程硯以那種音調說話，除了冰冷以外，還有一道鋒利的防備之意。

「我在路上遇見伯母，啊！上次那罐梅子就是伯母給我的。」她試著緩和凍結的氣氛，笑笑地說：「伯母很想見你，所以我……」

「我跟她沒什麼好說的。」

他掉頭就要走，婦人突然上前一步，揚聲喊著，「盈盈……盈盈也好嗎？」

聽她提起妹妹，程硯回頭，不帶任何感情地告誡，「我和妳沒有關係，盈盈也是。妳走的時候她還小，什麼都不知道，現在也請妳不要去打擾她。」

「程硯，別這樣，你先好好跟伯母談……」

沒等明儀說完，他便拉開她放在他臂上的手，「妳大概以爲這種安排會像電視劇演的那樣感人肺腑。不過當初是怎麼殘酷收場，以後也不會有什麼好的結果。對我來說，她已經是外人，需要被我稱作媽媽的，是四年前和我爸結婚的那一位，不是她。」

「程硯！」

他毅然離去，明儀爲難地看看失望的程硯母親，絞盡腦汁想說點安慰的話，不久，婦人先難過地自言自語了起來，「怎麼辦？他連跟我講話也不肯……」

「我會再跟他說說看，今天可能太突然了，所以……」

「蘇小姐，妳是他的女朋友嗎？」

被程硯母親唐突地這麼問，明儀生澀點頭，婦人幾度猶豫，終於下定決心開口，「能不能請妳……請妳幫我問阿硯……」

「什麼事？」

「……他能不能借我一點錢？我已經走投無路了。」

頓時，明儀不太敢確定自己耳朵所聽到的，因而愣在原地。

婦人不停搓動雙手，心急哽咽，「我先生被倒會，欠了人家很多錢，討債的人三天兩頭就來一趟……跟妳說這個實在很丟臉，不過我真的不知道該怎麼辦。當年我不管家人反對，跟現在的先生走了，早就和親朋好友斷絕關係……會過來找阿硯，真的是不得已……」

冷水。

所以，她並不是眞心想念程硯才來？只是爲了錢的緣故？明儀感到被重重潑了一桶

婦人發現明儀紋風不動，當下爲自己的失禮道歉，「眞的很不好意思，跟妳講這些，我眞是……蘇小姐，妳就當作我沒來過，我會自己再找阿硯那孩子說清楚，謝謝妳，謝謝妳。」

她拎起自己的皮包，匆匆要離去，明儀一回神，趕忙攔住她。

「等一下，先不要找程硯，我……我這邊有一些，可以幫妳墊一墊。」

說完，她走進房間，拿出預備要交學費的錢，把整個信封袋都給她。

「不是很多。」明儀連笑也笑不出來。

婦人卻是感激涕零，再三向她道謝，她臨走前，明儀留她一會兒，詢問了現在的地址和電話，還多問一句，「伯母，妳不想再跟程硯好好談一談嗎？」

誰知婦人還處在得救的興奮中，高興地對她說：「我要趕快拿這筆錢回去，妳不知道這個對我們有多大的幫助，眞的謝謝妳！」

「……不客氣。」

當天晚上 Sandy 值班回來，一進門，又撞見明儀趴在和式桌上發呆，攤在桌上的手拿著一張寫了地址和電話的紙條。

「這種呆滯狀態已經變成妳的習慣了嗎？」Sandy 一開口就諷刺她。

「我今天……好像做了一件多餘的事……」

「喔！」

「但是，雖然是多餘的事，我不覺得自己做錯了喔！」

程硯母親所帶來的小插曲，就這麼短暫。她帶著明儀所給的救命錢，退出他們的生活。

然而對明儀而言，伯母所掀起的波瀾還在心中迴盪不止。那之後，她和程硯又是好幾天沒聯絡，這樣也好，明儀心底清楚，那天程硯意外的冷漠給她的衝擊太大，還需要一段時間才能消化平撫，在這之前，她實在想不到應該用什麼樣的表情來面對他。

只是，在她有下一步動作前，程硯主動打電話找她了。

他們相約在明儀跑步時習慣去的堤岸，傍晚時分，氣溫開始下降，明儀戴著圍巾出門，在岸邊石椿找到他。落日餘暉將程硯的影子拉得細長，她的帆布鞋才剛踩上那抹倒影，程硯便望見她。

剛見面，兩人誰也不當第一個開口的人，尷尬不語。

程硯手上提著一個小小的牛皮紙袋，隨著走動，紙袋就會有一句沒一句地沙沙獨唱。

明儀暗自煩惱，如果程硯問起他母親後來的事，她該怎麼回答？真要說是爲了錢而來，就太傷人了啊……

「嗯？」

她回頭，自己的手已經被程硯握住，而他站在原地不走了。

「對不起，那天對妳那麼凶，我不是針對妳。」

正前方的夕陽爲那自責的神情添上煦暖光彩，烙印在她眼底，登時心酸。明儀一點都不覺得委屈，反倒爲他感到不捨，只是這份不捨目前只能成爲祕密。

「我知道你不是針對我，可是也沒想到你會那麼凶。」她故意埋怨一下。

程硯悶悶苦笑，「當年她要離開的時候，我可沒機會沒凶她。相反的，那個國小三年級的我，是一面哭，一面追在她後面跑……不知道喊了多少遍的『不要走』，她還是走了。」

她心疼得將他的手握得更牢，「你從沒跟我說過這些。」

「這並不是愉快的事，沒有必要拿它來害妳心情不好。」

「我如果會難過，那也一定是因爲你什麼都不跟我說。很在乎你，卻什麼都不知道，感覺好像笨蛋一樣。」

他沒想過自己的顧忌會讓她有失望的感受，於是認真應允，「妳願意聽的話，之後我都會告訴妳。」

聽見他的承諾，明儀固然高興，同時也開始自我反省，是不是不應該對他藏著祕密？

程硯晃晃前方，這段路上的行人變少了，幾乎只剩下他們兩個，其他人則在遠處形成小小的黑色剪影。他看看手中紙袋，再度開口，「明儀，這個……」

明儀先打斷他，「呃……你先聽我說，我決定老實告訴你！」

「什麼事？」

她從包包找出一張紙條交給他，「這是你媽媽現在的地址和電話。」

「妳……」

「你一定想說我多管閒事，不過，好不容易跟親生母親見面，怎麼可以就這麼不了了之？也許你將來會想找她……總之，先把這個收起來吧！」

程硯沒有動手，他以一種「妳怎麼就是無法了解」的眼神注視她許久，許久，試著冷靜地表明立場。

「我這輩子絕對不會想再看到她的臉，我爲什麼會想要去找一個早在好幾年前就決定遺棄我的人？」

「也許她後悔了，也許後來她不到一天就後悔了，可是那個家怎麼也回不去……」

「妳爲什麼非要一直幫她說話不可？」

兩人的爭論激昂了起來。明儀歇一歇，難過回答，「我不是爲了她，是爲了你。」

「……」

「要是……有一天你後悔了，說什麼也要再見她一面，到那個時候，你怎麼辦？程硯，你看看我，就算我願意用全世界，甚至我的生命來交換，也不可能再見到我媽媽了。母親還健在的你，不知道讓我有多羨慕。」

「不是每個母親都一樣，生我的那個人，是自私的人，我不相信她這趟來，是爲了我而來。」睿智如他，老早就猜測到母親的來意並不單純，「如果她眞的對我和盈盈還有那麼一點捨不得，爲什麼那天見面後她馬上就回去了？然後又消失得好像世界上沒有她這個人一樣？明儀，她到底是爲什麼而來？」

他精準的分析令明儀卻步，程硯察覺到她的遲疑，再次要求，「說呀！明儀。」

「……她來借錢，被倒會的樣子，欠了人家一大筆債。」

一說完她立刻就後悔了，一道受傷的神情掠過程硯怔住的臉，她怎麼會這麼殘忍？

「借錢……」他想笑，卻失敗了，將視線移向遠方小路那三三兩兩的剪影，其中一對是母子，小男孩把球踢遠，跑到前方撿回來，又拉住母親的手。再平凡不過的畫面，在他守望的視野，轉瞬變得朦朧。

「好像很緊急，一定得籌到那筆錢不可，所以……」明儀著急得想要幫忙解釋。

他深吸一口氣，轉向她，「妳借她了嗎？」

「咦？」

「妳拿錢給她了嗎？」

「……給了。」

程硯憤怒地與她僵峙，之後用力拉住她的手往前走，「我去提錢還妳。」

「程硯！等一下！就算是這樣，也不代表她不在乎你！她不是做了你愛吃的梅子嗎？」

「爲了借錢，她只是想討好而已。」他放開她，正色聲明，「別再提什麼母子之情，我根本不認為她懂得什麼叫作『眞心眞意』！」

他無情的話語叫明儀安靜下來，明儀莫名地渴望重新認識眼前這個人。被絕望逼得走投無路、什麼都不相信的程硯，是她從未見過的。奇妙的是，雖然震驚害怕，內心深處卻想要激發他顯露更多不為人知的一面。她想要知道得更多，想要親手將他的保護膜一層一層剝下，想要看見那個不再冷靜從容的程硯。

「那我呢？」出於一份停不下來的欲望，她豁出去般地問下去，「對美好情感這麼失望的你，也認為我無法眞心眞意嗎？」

「……妳是一個非常懂得眞心眞意的好女孩，卻不是一心一意。」

明儀睜大眼，他的一字一句化作利刃，穿透那層終於脫落的防備，深深刺入她心窩。

在程硯的眞心話之前，她是如此狼狽不堪。

觸見她傷心的面容，程硯伸出手，懊悔地輕撫她臉龐，「我不想傷害妳，這個世界上，會讓我無條件想要保護的人，就是妳，不過……」

明儀輕輕抓住貼在臉頰上的手指，牽扯嘴角，「不要緊，是我硬要逼你講出來的。」

她好像贏了呢！在讓程硯坦白的這件事上。無論是那些負面的情緒，或是，眞心話。

坐在程硯的車上，他們都不再講話。程硯心事重重地握著方向盤，直視前方路況。明儀木然的目光始終落在自己交握的手上，偶然間，程硯那句「一心一意」閃現腦海，眼眶隨即發熱。她趕緊抬頭轉向窗外，才一眨眼，玻璃窗便照見淚珠掉在臉上。是她不顧一切想要探索程硯整個人，就像不聽勸的潘朵拉，硬是撬開別人藏起來的東西，迎面而來的，是收也收不回的傷害。

車子來到明儀的公寓外頭，已是夜幕低垂。下了車，程硯想起明儀的圍巾還在車上，他轉身拿了來，和她對視一眼，才一圈一圈圍在她脖子上。

「妳真的很喜歡戴圍巾。」他低語。

「我怕冷嘛！」

程硯低下頭，輕輕含握住她雙手，彷彿要用自己的體溫暖和她開始發涼的手指，這個小動作讓明儀幸福地彎起嘴角。

「明儀。」

「嗯？」

「從以前到現在，我想要的並不多。像現在這樣，可以名正言順、理直氣壯地握著妳的手，是我一直苦苦追求的願望。後來它跟奇蹟一樣地實現，我本來以爲這樣就夠了，已經很足夠了。可是，人爲什麼這麼不知足呢？」他望著她的懵懂，悽悽一笑，「明明已經握著妳的手，卻連妳心裡的位置，都想要一起抓握。」

她愣愣，曉得他說起了誰。

「可是那些像流沙，握得愈牢，就愈抓不住，我抓不住……」

她聽著，眼睛濡濕起來，「你想放手嗎？」

「妳說我什麼事都可以迎刃而解，事實上並非如此，關於妳，有許多事我都無能爲力。」

「但是對我來說，程硯很努力了喔……眞的很努力了……」

縱然再怎麼努力，卻還是不能繼續下去，明明是深愛許久的女孩，卻非得狠下心傷害她……這份無奈太過刻骨銘心，痛得他欲淚，「對不起。」

「別說對不起……」

「明儀，對不起。」

「請你不要說對不起。我一點都不認爲這樣的分開有什麼好對不起。你爲了我著想，所以要分手；我不要你繼續難過，所以我會點頭。這樣爲什麼要對不起？所以請你……請你不要覺得對不起我……」

這個只懂得眞心眞意的女孩子，眼淚掉得紛紛落落，還試著要將那份歉疚從他身上拿走。程硯擁住她，緊緊擁住，臉頰貼著她纖細的肩頸以及淡香的髮，這大概是他這輩子碰觸明儀的最後記憶。

「阿堯的一切，妳可以牢牢記住，記住他曾帶給妳的幸福。至於我，請妳忘了，就當我是妳多年的朋友，有一天必須分道揚鑣。」

他的體貼叫她難過得不能自己，「有什麼朋友會像你一樣，總是無微不至地陪在身邊？有什麼朋友會像你這樣，在分開的時候還讓我傷心得要命？」

他離開她，溫柔預言，「總有一天，妳一定會再遇到一個無微不至陪在妳身邊的人，遇到了，就別再分開了。」

然而，沒有程硯的未來，只讓她覺得世界分崩離析，她的心、她碎在唇角的淚滴也是那樣。

「那個時候我就會忘記你嗎？」

「會的。」

「那樣的話，好悲傷呢……」

「不會，妳會很幸福，一定很幸福。」

「程硯。」

「嗯？」

「世界上的女孩這麼多，我是唯一無法讓你幸福的那一個嗎？」

她仰著頭，虔誠詢問。他沒有回答，只是無聲嘆息，催促，「冷了，進去吧！我看著妳進去。」

明儀抿抿唇，頭也不回地跑上階梯，半途，她站住，回身，「那個時候，你爲什麼用假設句呢？」

「……哪個時候？」

「我們在吃飯，當我要你說，『妳哪裡都不准去，就一直待在我身邊……』那個時候，爲什麼用假設句反問我做不做得到？」

「……」

「如果，你直接開口要求我那麼做，我會說好……一定會說好。」她停一停，遺憾地笑，「都來不及了，對不對？」

明儀在他心痛的守候下，快步跑進大門，不給留戀的心情一點餘地，直接搭上電梯。在下沉的重力中，她閉上雙眼又張開，匆匆抹去眼角痛徹心扉的痕跡。

回到住所，不同以往，Sandy 並沒有黏著心愛筆電，她端了兩盤炒飯從廚房出來，見到明儀，酷酷地招呼，「我突然想吃炒飯，就去做了，這輩子大概也只會做這麼一次，吃吧！」

「好香喔！」

明儀強打起精神，稱讚她的廚藝，還拿來兩副湯匙和筷子，和 Sandy 面對面席地而坐。吃到一半，Sandy 放下雙手，根本不買明儀吃得津津有味的帳。

「妳不對勁。」

「啊？」

「吃下去的東西完全沒味道吧？妳現在的表情就是這樣。」

「我……不是 Sandy 的關係……」

「那是什麼關係？」

「我和……」她換了一下氣，才接著說：「我和程硯分手了，反正妳遲早會知道的。」

「啊？什麼時候的事？」Sandy 果然不痛不癢，問得很無關緊要。

「剛剛。」

「喔……速戰速決？看不出妳是這麼乾脆的女孩子。」

明儀想再吃一口炒飯，好塞住喉頭湧上的酸意，才舉起手，又放棄，「是我不好，做不到一心一意，很自私……再這樣下去，只會害程硯很難過，很為難，不知道該拿我怎麼辦……」

Sandy 看她講著講著，淚光開始在眼裡打轉，不予置評地「哼」一聲。明儀低頭面向盤子，說句「妳還加了鳳梨啊」，又繼續挖起一匙炒飯。Sandy 瞥她一眼，也開始動手，一面應和她的話。

「可惜現在的鳳梨很酸。」

她含進一口飯，發酵的酸意不知是嘴巴裡或是心裡的，淚水再也忍不住地落下。

「嗯……」

「別讓妳的炒飯太鹹了。」

「嗯……」

Sandy 錯了，她不是食之無味，邊掉眼淚邊吞下的炒飯，其實五味雜陳呢！酸酸的、苦苦的……很痛很痛的。

事後，Sandy 提醒明儀一件事，「所謂的『一心一意』，不是叫妳非得將前男友忘得一乾二淨不可，別搞錯了。」

「不然呢？」

「妳可以一直記住這個人，可是，千萬別把希望放在一個死去的人身上。」

「嗯？」

「死人沒有什麼希望可言，妳到醫院多見識幾次生老病死，自然就會明白。」

「可是，我並沒有希望他怎麼樣啊！」

「那就連『如果他還活著就好了』的想法都不要有，讓他好好地待在『回憶』的位置。『回憶』是過去式，不能被拿來比較或者爲它感到內疚、遺憾，對『回憶』投注任何感情都是有去無回，沒有意義。它所代表的是曾經存在於時間上的某一個點，而那個點，正是我們人生的一部分。所以，要完全與之切割是不可能的事，但是它也無法跟我們一起前進。」

明儀認眞地將她的話聽了進去，同時回顧自己過去是如何看待「顏立堯」這三個字。Sandy 見她宛如學步嬰兒正慢慢摸索，又雲淡風輕地提點，「妳自己不先把這狀況弄清楚，以後不管跟誰交往，都會落得同樣的下場。」

而程硯太懂她了，甚至她對顏立堯那份特別的情感，在他眼底，都昭然若揭。

第二個知道明儀和程硯分手的人，是湘榆。她在當天晚上就打電話來，祝她生日快樂。那時明儀才發現原來那天是自己生日，之前因爲程硯母親的出現，讓她忽略了這個日子。

難怪程硯挑那天約她出去，當時他手上還拎著一只牛皮紙袋，裡頭是要給她的生日禮物嗎？而她偏偏哪壺不開提哪壺地硬是和他槓上母親的事。

「我眞是大笨蛋……」

湘榆知情後，第一個反應說要找程硯算帳，還連顏立堯一起罵進去，她說這對哥兒們是怎麼回事，講好要一起甩掉明儀嗎？

明儀費了好大力氣才說服她別插手、別過問。又過一陣子，家裡的人也隱約察覺到這件事。有一次在家中客廳和哥哥擦肩而過，蘇仲凱沒頭沒尾丟一個忠告過來，「下次找男朋友，別再找同一掛的了。」

她聽了，反而想笑，怎麼哥哥和湘榆的邏輯如出一轍呢？

氣候回暖，顏立堯的忌日又到了。明儀在早晨來到他墳前，本來想稍作清掃，卻發現他的墓地非常乾淨，像是有人剛清理過，石頭做的花瓶插著一束百合花，沒有其他花材，就是一束白色百合。

顏立堯生前最喜歡的花朵就是白色百合，他的這項喜好，也只有讓最親近的程硯和明儀兩位同儕知道，連他家人也不曉得。

百合的白色，是天堂的顏色。他說。

明儀心中有數地蹲下身，碰碰潔白花瓣，這麼整潔乾淨的環境，簡直就像程硯稍早前來過。

「抱歉，我搞砸了，你原本是希望我和程硯在一起的，對吧？我看，我乾脆去找你，這樣比較輕鬆簡單……啊！不行，一難過就消極起來了。」明儀托著下巴，對顏立堯的照片感激一笑，「不管別人怎麼說，我覺得很幸運喔，能和你們兩個人交往。」

說完，她再次有意無意撫摸百合花，想像前不久的程硯懷抱著什麼樣的心情，又對顏立堯說了哪些心裡話。

直到那些想像漸漸潛移，化作沒完沒了的思念，她不得不把手收回來，將自己帶來的那束百合花插進另一個空石瓶裡。

離開墓園之後，明儀把那個裝有紀念品的紙箱搬出來，重新整理一番，用膠袋封好，在箱蓋寫上幾個字之後，長而深地嘆出一口氣，像是為終告一段落的大事畫上句點。

回到賃居住所不到兩天，明儀便出現感冒症狀，而Sandy正巧要出遠門，和朋友到花東玩三天。

「一路順風。」

明儀來到門口送她，咳了兩聲。Sandy已經拖著行李出門，臨時又回頭囑咐，「一發燒就要去看醫生喔！」

「應該不會啦！我感冒很少發燒。」她樂觀地揮手道別。

誰知半夜真的發燒了，體溫升高的速度很快，她凌晨冷醒時量過體溫，已經超過三十八度，好不容易撐到早上醫院開業時間，外頭卻下起雨。

她裹著毛毯呆呆望著窗外細雨，又縮回被窩，「明天再去好了，搞不好今天就退燒了。」

然而，明儀的高燒始終沒能降下，直到 Sandy 從花東回來，打開得不到回應的房門，這才看見桌上喝到一半的水杯、退燒藥水、還有瑟縮在床上的明儀。

Sandy 二話不說，上前摸她額頭，專業上的經驗告訴她這熱度大概飆到四十度上下了吧！

「喂！明儀，喂！妳看我一下。」

她搖搖明儀，搖了五六次，明儀緩緩睜開眼，費些工夫才在Sandy臉上對上焦。

「好難過……」

她呼吸急促地說完這句話，又疲倦地閉上眼昏睡。Sandy 叫來救護車，將明儀送去醫院，並且要醫生幫她做快篩，當天她便住院了。

明儀得到A型流感，太晚投藥，以致於病情加重，現在併發肺炎，家人不願意她舟車勞頓地轉院，便輪流北上照顧她。

她住院的消息，蘇家保持低調，除非有親朋好友主動問起，才會告知。

明儀醒醒睡睡，大部分時間都在睡。有一個晚上，明儀忽然清醒過來，照顧她的人是哥哥蘇仲凱。他連問了幾個問題：餓不餓？現在覺得怎麼樣？有沒有哪裡不舒服？明儀都沒有回答，淨是睜著空洞的雙眼出神，久到蘇仲凱失去耐性，擔心她是不是燒到神智不清，正打算按呼叫鈴，明儀終於說話了。她用氣若游絲的聲音，不很清楚地說：

「程硯……箱子……」

「啊？」

「紙箱……在我房間……給程硯……」

他總算勉強聽懂，不過明儀再度陷入昏睡，剩下氧氣面罩輸送氣體的細小聲響。蘇仲凱頓時連發火的力氣都沒有了，望著她虛弱的睡臉，這個長大之後才開始變得比較親的妹妹，眞不知道該拿她怎麼辦。高中畢業和那個姓顏的小子分手，傷心好久，常常在沒人看得見的地方自己掉眼淚。出了社會，和程硯交往，終於恢復許久不見的幸福笑臉，哪知道那傢伙最後又跟姓顏的一樣甩了她。他最氣的是，這兩次分手，明儀就跟笨蛋一樣，竟然還幫他們說話！臥病在床，好不容易盼到她開金口，提起的居然是程硯！

「超想扁人的……」

交班了，蘇仲凱回到家還老大不爽地碎碎唸，本來想把明儀的話當作耳邊風，路經明儀房間時，幾經掙扎，還是走進去找她所說的紙箱。

紙箱並不難找，它就靜靜躺在窗戶下的牆角，安安穩穩做著日光浴，彷彿在那裡躺一輩子也可以。

蘇仲凱一把抱起紙箱之前，看到上頭用黑色簽字筆大大寫了兩個字，「回憶」。

蘇仲凱來訪的這一天，程硯待在電腦前，不是很順利地進行從公司帶回來的工作。不順利的原因之一，是他每隔幾分鐘便會擱下手，看看隨手擺在櫃子上的牛皮紙袋，有時一眈擱就是好一會兒時間過去。

最後，他索性放下寫到一半的程式，拿走櫃上的紙袋，直接來到資源回收的垃圾筒旁，掀開筒蓋。

原本流暢的動作到這裡便驀然中止，沒有外力介入，是他自己停下手的，面對原本應該在明儀生日那天就送出去的禮物，他陷入猶豫，良久，才放棄地放下蓋子，將紙袋擺回櫃上。

這時，手機作響。他接起一通陌生號碼的來電，等聽見對方講話才嚇一跳。

「我是蘇仲凱，還沒忘吧？你在哪裡？報個地址出來，我過去找你。」

不是太和善的語氣。程硯先說自己可以過去和蘇仲凱見面，蘇仲凱卻聲明沒那個美國時間約來約去。

於是不到半小時，蘇仲凱便來到程硯公寓。他一臉不想隱藏的敵意，一口拒絕程硯到客廳坐的邀請。

「拿去！」蘇仲凱用力把紙箱塞給他，「要不是我老妹莫名其妙的要求，我才不會跟神經病一樣，連續開四個小時的車來回！」

「這是……」程硯奇怪地看看箱子上頭寫的「回憶」兩個字。

「不知道啦！不會自己看喔？」

蘇仲凱沒好氣地撂下話，就走到外面接起手機來電。程硯將紙箱拿到客廳桌上放好，聽見外頭蘇仲凱的大嗓門情急嚷嚷，「插管？有必要插管嗎？沒那麼嚴重吧……什麼呼吸困難？我昨天走的時候她還好好的……」

他收下手機，氣急敗壞地就要走，程硯一個箭步攔住他。

「請問，是誰住院了嗎？」

明儀家的人口簡單，一往下推理，他便有不祥預感。尤其當蘇仲凱使勁甩掉他的手，言明這不干他的事時，程硯反倒用力攫住他手臂。

「這對我來說很重要！」

蘇仲凱懶得跟他爭，「明儀肺炎住院啦！」

「怎麼……」

「哎呀！我沒時間跟你耗了！總之，這跟你沒關係！」

蘇仲凱急著離開，程硯追上去問明是哪間醫院，當下說要開車跟他一起走。見到程硯擔憂的模樣，蘇仲凱開始暗暗猜想，或許這傢伙真如妹妹所說，分手，是他不得已的決定。

他們一路開快車趕到醫院，才發現原來是嫂嫂因焦急而語焉不詳，害他們誤會。並不是現在就要進行插管，醫生說明儀的指數介於插不插管的邊緣，要是情況再沒有好轉，便要考慮下一個動作，希望家屬有心理準備。

雖然鬆口氣，但其實情況並沒有太樂觀，病房一陣沉重的死寂中，程硯開口徵詢蘇仲凱的同意。「可不可以讓我留下來照顧她？」

他一說，蘇仲凱和嫂嫂面面相覷，程硯接著說：「你們住得遠，來回很不方便，我就在附近，所以，請讓我留下來。」

他誠懇的態度讓原本滿是敵意的蘇仲凱軟化下來，經過愼重思考，蘇仲凱給了這樣的回答，「謝謝你，如果是以前，我們把你當自家人看，你願意照顧明儀當然是求之不得的事。不過，現在這樣，沒理由讓一個外人照顧我妹妹，我不可能把這麼重要的事交給不相干的人負責。」

蘇仲凱難得如此心平氣和，他的說法卻深深刺傷程硯，連一句話都無法反駁。

「歡迎你來看她，不過，醫院的探病時間到，還是請你回去吧。」

「……我知道了，謝謝。」

嫂嫂對他印象一向不錯，見他很不好受的樣子，於是扯扯蘇仲凱的衣袖，故意找藉口離開，「我們再去跟醫生問清楚，我剛剛沒有聽得很懂。」

「喔……」

蘇仲凱不是太明白她的用意，不過還是乖乖跟著走。他們離開之後，程硯走近病床，審視明儀的睡臉，因爲高燒還紅通通的，氧氣罩下的嘴唇卻毫無血色。他的視線往下移，明儀兩隻手的手背都插上針管，靠著點滴中的抗生素試圖改善肺炎現象，除此之外，只能等待。

「明儀。」他輕喚她名字，伸手碰碰她發燙的手臂，「明儀？」

遲了半晌，明儀閉闔的眼睛微微顫動，似乎想要清醒過來，又做不到，於是她全身放鬆，不再有任何動靜。

程硯想再叫她一遍，聲音到了咽喉，便被龐然的絕望堵塞。眼前這麼毫無生氣的明儀，是他連想也沒想過的。他束手無策地守望，半年以上沒見面了，以爲卡在顏立堯和他之間的明儀不用再左右爲難，以爲她會憑著原有的堅強韌性走過傷痛，就像從前她也克服過顏立堯所給的陰霾一樣。以爲一切都會更好的……

爲此，他失去照顧她的特權，也失去待在她身邊的理由。

「我連愛妳都放棄了……」

程硯留到深夜，才從醫院返回公寓。梳洗後路經客廳，曾瞥了蘇仲凱抱來的紙箱一眼，然後上網查詢肺炎和插管的相關資料。一個小時過去，心裡還是掛念著紙箱裡的東西，這才決定拿剪刀開封。

他一直非常抗拒去接收蘇仲凱送來的東西，聽說是明儀病中交代的，那感覺像是在交代遺物或遺言。

他用剪刀剪開透明膠帶，打開箱蓋，對於裡頭的物品感到意外。只看幾件，程硯便認出有一部分是顏立堯的東西。明儀特別用一張紙做隔板，將箱子隔成兩半，一半放著顏立堯的東西，另一半則是程硯的。

他一樣一樣仔細辨認，不知不覺想起許多事，直到不想被往事拉得太深，這才將箱蓋拿起來，對於上頭所寫的「回憶」感到不解。

明儀這是什麼意思？故意把他們的物品裝在一起，純粹是爲了要退還前男友的東西嗎？那又爲什麼連同顏立堯的物品也給他？

良久，他依然不能確定明儀的用意，打算把箱子蓋起來時，發現蓋子底面正中央還貼著一張紙。他愣愣，那並不是紙，而是相片，他、顏立堯和明儀的合照，就在高中畢業前夕，顏立堯用他新買的相機爲他們三個人所拍下的最後一張，也是唯一一張的合照。

十七歲的他們，靠在一起的畫面多麼燦爛美麗，灼燙了他的眼。

明儀心裡所想的，一瞬間，他似乎懂了。他們三個人，誰也無法與誰分割決裂，那些回憶已經隨著時間，成爲生命中的一部分，明儀想給他的，是他們曾經共同擁有過的證明。

而所謂的挫敗感也沒有意義了，對明儀而言，他和顏立堯一樣重要，並且，一樣成爲了她捨不得丟棄的回憶。

翌日，程硯一大清早便來到醫院，昨晚是蘇仲凱守夜，他說今天差不多該決定到底要不要爲明儀插管，下午醫生會再過來評估。

「她有醒過來嗎？」程硯問。

「半夜醒過一次，一下子而已，只說她喘不過氣。」

聽起來並不是好轉跡象。兩個大男人不發一語地待在病房，過了下午一點鐘，蘇仲凱再也耐不住幾天下來熬夜的睏意，呵欠連連。

「要不要睡一下？這裡有我。」

他斜眼瞅了程硯一記，頑固得很，「我出去買蠻牛，很快就回來，有事情打手機。」

蘇仲凱出門不久，護士進來例行性地量體溫和檢查點滴罐。見到病房有張生面孔，笑咪咪問道，「男朋友呀？」

「……不是。」

她「喔」一聲，識相地不再追問，四下搜尋，「哥哥呢？」

「他出去買東西，等一下就回來。」

「好。」調整一下點滴流量，她便退出去，「醫生兩點會過來。」

程硯想一想，不太放心，跟著追上，詢問明儀這幾天病情的變化，不過也只得到今天體溫下降〇．五度的結論。

約莫經過五六分鐘，程硯返回病房，剛關上門，便察覺到有哪裡不一樣。

窗簾半敞的房間，能清楚聽得見外頭綿延的蟬鳴，一陣又一陣，不停歇地詠唱這世界的風平浪靜。自窗口透進的午後光線以偏西的方位停留在床頭，那片光影和前幾分鐘比起來並沒有位移多少，床頭有杯開水，藉由日光折射，在天花板上投映出金黃色的波紋，偶然間會隨著空氣無形的流動而顫晃一下。躺在床上的明儀正動也不動，睜著眼，定睛在那亮閃閃的紋路。

程硯不由得屏息，不再前進，不敢相信她此刻是清醒的。起初，明儀無動於衷的視線駐留在天花板，似乎不能確定那晃悠悠的波紋是什麼東西，稍後，看明白了，無神的雙眼顯出一點興趣，更認眞研究上頭那個發亮的圖案。又一會兒，她感覺到有第二個人在，稍稍偏過頭，望見門口的人影，這一次，她出神得更久，久到程硯懷疑她是不是不認得他。

「我以爲是哥哥。」

她孱弱的聲音幾乎要被外頭的蟬鳴蓋過，在他聽來恍若隔世。程硯緩緩朝她走近，十分緩慢的步履，走在夢的邊際。他查看她是否眞的安好無恙，一面低聲問：「妳覺得怎麼樣？」

明儀疲倦地閉上眼，又張開，「頭很暈。」

「還有呢？」

「嗯……眞的要說的話，雖然不是很餓，不過肚子眞的餓了。」

他啞然失笑，「妳這幾天只靠點滴過日子。」

她試著用力，馬上又做罷，「不行，一點力氣也沒有。」

「躺著就好。」

「我想把氧氣罩拿掉。」

「不行。」

「我不想吸機器給的空氣，我想跟你一樣，大口大口呼吸這個世界的空氣。」

他拿她沒轍，小心翼翼地拿起她臉上的面罩。一卸下臉上的負擔，明儀顯得靦腆，「好久不見，可是我現在的樣子很不好看。」

他不說話，微笑望著她，望得她幾分尷尬，只得移開目光，問起別的事，「我哥呢？」

「去買蠻牛。他爲了照顧妳，這幾天很辛苦……大家都很擔心妳。」

她聽出他語氣中有過的躊躇，明白所謂的「大家」也包括他自己，只是在現下什麼關係都不是，不能言明。

「我……好像知道你來過，可是身體不聽使喚，怎麼也醒不過來。不甘心……如果沒能再見你一面，總覺得好不甘心，所以，剛剛很拚命地醒過來了。」

她一口氣說完，覺得喘，連忙深深吸入一口空氣。程硯捨不得她這份努力，一度說不出話，後來才能勉強出聲，「找我，有什麼事？」

「……沒事，現在見到了，好像一切都無關緊要了。」

「我倒是有事找妳。」

「嗯？」

他垂下眼，病房內少許的光線在他臉上映出睫毛陰影，和淺薄嘴角若有似無的坦然，他低沉的嗓音，很好聽。

「明儀，妳哪裡都不准去，就一直待在我身邊，每天我都要看到妳的臉，聽見妳說話，每天每天都這樣。」

那些似曾相識的語句，他說得太過穩當，反而有開玩笑之嫌。明儀笑不出來，一臉錯愕，努力在空白了好多天的腦子裡拼湊關於這些話的片段。

不知是那記憶太叫人傷心，或是此時此刻程硯說出不像他本人會說的話，明儀悽悽惶惶地掩住嘴，「是不是……是不是我快死了，你才這麼說？還是我哥恐嚇你？」

他笑她的異想天開，並且挨到她面前，讓她聽得更清楚，「妳那個『回憶』的紙箱，我看到了。看到了才曉得，我並不想成為妳的回憶，然後被收在箱子裡，我討厭那種被當作過眼雲煙的感覺。而且，以後不管妳再怎麼懷念過去，也不會把妳讓給阿堯。」

那一刻，明儀覺得自己發現了新大陸，從一向沉著的程硯身上看見嶄新的特質，一份坦率的佔有，讓她不再有流離失所的孤寂感受。

「最後一句，再說一次。」她顫著聲音要求。

程硯輕輕抵靠她的額頭，體溫依著體溫，在想念的貼近中，他閉上眼，「不會讓給阿堯。」

明儀扯緊嘴角，淚水迅速奪眶而出，她想伸手抱住他，但是沒有足夠力氣，當她的手滑下他肩膀，程硯先擁住她，深深擁著。

她埋在他臂彎，為他的堅持而哽咽，「謝謝……」

多年來，他們之間的分分合合、前進後退，在這一天差不多畫下句點。明儀體力消耗得快，不多久便說她累了。

「妳睡吧！」

她在沉沉昏睡之際，硬撐著眼皮，握住程硯的手叮嚀，「我很快就會醒來，所以，別讓哥哥趕走你。」

到底是怎麼預知到會很快醒來？他忍住想糾正她邏輯的衝動，柔聲承諾，「等妳醒了，我還會在這裡。」

明儀這才放心睡去。睡了，不再做不斷後悔的惡夢，不再有深陷悲傷的表情，她睡得很沉，什麼都沒想地熟睡著。程硯在一旁安靜看著她，他喜歡她的無憂無慮，等她下次醒來的時候，從前的純眞快樂一定多少會回到這安詳的臉龐，就像那年他們和顏立堯一起揮別的耀眼夏天，經過季節的更迭交替，又會再回來了。

【終章】

這之後，抗生素的治療日見效果，明儀又繼續住院一個星期便回家休養。這次重病耗損她不少元氣，等她完全康復，都已經是秋天了。

她成功修完教育學分，並且開始實習，巧的是，被分派的學校竟是國中母校。

因此，明儀必須搬離和 Sandy 一起賃租的公寓，臨走前，她還十分捨不得，Sandy 倒是一副沒什麼大不了的樣子，唯獨對一件事比較在意。

「可惜的是，之後再搬進來的人，可能不會有妳負責煮三餐的賢慧了。」

明儀當場哭笑不得，「好啦！大不了我有空就回來看看妳肚子塡飽沒有。」

「不用特地過來，我們還是有見面的機會。」

「怎麼說？」

她維持平常全神投入網路世界的姿態，一派看得很開的從容態度，「我在醫院工作。醫院，是人們的匯集點之一。」

這說法乍聽之下並不太吉利，沉澱過後，明儀心底油然升起暖暖的期盼，人們聚了又散，但，終究會藉著因緣際會，在哪裡，在某個時間，再次相遇。

明儀搬回家裡住，程硯仍然待在原處，他們談起遠距離的戀愛。一次假日，兩人一道去探望湘榆，她生了一個健康小男嬰，還在坐月子。

湘榆一見到姊妹淘，話匣子打開便停不下來。她看起來有點產後躁鬱，抱怨生孩子的恐怖和疼痛，還對坐月子的諸多禁忌發起脾氣，甚至連那位好好老公都被她嫌得一無是處。描述得太過血淋淋，明儀聽得一愣一愣，程硯終於受不了，「妳不要嚇她啦……」

湘榆火氣一上來，狠狠瞪他，「嚇什麼嚇，她八字都還沒一撇，說到底還不都你害的？」

這下子，不僅成功將了程硯一軍，連明儀也跟著緊張，用力推推湘榆，「妳在講什麼啊？」

湘榆無視她的抗議，繼續向程硯示威，「都老大不小了，還是早點加入我們的紅毯之路吧！然後你就會發現你那二十幾年的電腦人生會有大大的轉變，變得色彩更豐富、生命更有意義！」

程硯不屑地移開目光，「聽不懂妳那什麼之路。妳說的，跟妳現在做的，完全是兩回事。」

「什麼？」

湘榆張牙舞爪又要發飆，明儀趕緊把她的火氣壓下去，順便轉移話題，「我好像聽到 baby 在哭！」

一提到 baby，湘榆精神就來了。雖然生產和坐月子讓她吃足苦頭，唯獨小孩，是她寶貝萬分的。

她抱著尚未決定名字的嬰兒出來，滿臉洋溢母愛光輝，「叔叔和阿姨來看你囉！」

明儀湊近看，喜歡得不得了，直說好可愛，湘榆見狀，將嬰兒遞向她，「要不要抱抱？」

「咦？」她轉為惶恐，「好可怕，他那麼小，萬一抱壞了怎麼辦？」

「不會啦！哪有那麼脆弱！」

湘榆硬是將孩子放到明儀臂彎，明儀先是被嬰兒的嬌小和柔軟微微嚇著，稍後觸見他正用天真無邪的表情打量自己，情不自禁地對他綻放笑容。

不經意，和坐在沙發上的程硯四目交接，兩人之間的氣氛登時有了微妙改變。她將視線拉回懷中嬰孩身上，暗暗調整心跳節奏，總覺得……亂尷尬的，可是，到底是在尷尬什麼？

話又說回來，在意的人大概只有她自己吧！從程硯和湘榆的對話看來，他對結婚這種事應該沒有什麼計畫，搞不好一點興趣也沒有，嗯……用「興趣」來套用好像也不對……

「妳在想什麼？」

路上，他的聲音叫她停止胡思亂想，明儀笑笑地搖頭。拜訪過湘榆，明儀到程硯家借書，她說，現在的國中課本改了好多，和當年學的都不一樣，幸好程硯有一些相關參考書讓她惡補。

「啊！」

來到程硯家門前的幾步路，明儀發出一聲驚訝，他也跟著打住，看著前方面對面的兩個人影，一個是盈盈，一個是許明杰。

他深情款款地牽著她的手，說了什麼好笑的話，盈盈咯咯笑起來，直到撞見不遠處的程硯，臉上的笑意立刻褪去。

「程硯！」

許明杰也是嚇一跳，馬上放開盈盈的手，盈盈便把還溫熱的雙手背在背後，盯著天空，佯裝什麼事都沒有。

明儀掩不住爲他們高興的歡喜，上前打招呼，程硯則一句也不吭。許明杰於是謹慎地解釋給他聽，「我們剛剛只是去百貨公司買東西，然後在餐廳吃午餐，再去公園晃了一下下，就回來了。」

「拜託，這種事不用報告給我知道。」他完全不想知道細節的樣子。

「哈哈！那你早說嘛！」

許明杰豪邁地拍拍他的肩，掉頭跟盈盈說他要回去了，盈盈揮揮手，甜蜜蜜地笑著跟他道別，等他的車子駛遠，才收起笑臉，和哥哥若有所思地互瞪一會兒。

「幹麼呀？我都已經大三了，不能交男朋友嗎？」她霸氣地捍衛自己的自主權，「順便告訴你，我們交往快要滿一年囉！」

聽完她充滿叛逆意味的宣告，程硯淡泊地繞過她，走進家門，「分手的時候，記得提醒他別再借酒澆愁，免得給別人添麻煩。」

「喂！」

這一輪的兄妹鬥嘴，是程硯佔了上風。明儀隨他上樓時，忍不住唸他。

「你好壞，許明杰很好呀！」

「我沒說他不好，只是對方是自己認識好幾年的人……就覺得不對勁。」

「哈哈！我懂我懂。不過，比起完全不認識的陌生人，妹妹和自己非常了解的人交往，當哥哥的肯定會放心得多吧！」

他在樓梯間稍作停留，對於她總能適度地安慰，笑一笑，牽著她的手上樓。

「哇！這麼多。」

明儀站在書櫃前，瀏覽排列整齊的書名。程硯突然將一個玻璃罐遞過來，她低眼一瞧，裡頭是醃漬梅子。

「她寄兩罐來，一罐要給妳。」

他不將對方稱謂說出口，明儀知道那個「她」是程硯的親生母親，這是她第二次寄東西來，都是寄梅子，以及要分期還給明儀出借的錢。

「太好了，上次那罐早被我們家吃光，她的梅子真的很有古早味。」

到現在她還很堅持那梅子有著非常獨特的味道。

明儀順手拿起一顆塞入口，同時發現程硯整潔嚴謹的書桌上擺了一罐極不搭調的醃漬梅子，剩下一半不到的量，為此，她會心一笑。

當初她硬塞給他母親的地址和電話，他還是沒有主動聯絡，不過，也沒把紙條扔掉，還肯吃梅子了，一次一顆，慢慢地、漸漸地，心的傷口會被治癒，縱然不能撫平傷痕，總有一天，不會再那麼痛了吧！

程硯坐在床緣，看她杵在書櫃前，頭痛地不知該選哪幾本，沉吟片刻，提起另一件事，「下個月我要出差，去國外。」

「喔？哪裡？」她習以為常，還是專心在書櫃上。

「德國，去兩個星期。」

「德國啊……眞好，這個時候去很冷吧？搞不好會下雪呢！」

「我要說的是，搭飛機那一天，剛好是妳生日。」

明儀抽回正要拿書的手，回頭，「……不要緊喔，我不會介意這種事。」

他還是覺得過意不去，「傍晚才飛，不過，那天是星期五，妳必須上課吧？」

「當然啦！上課比較重要嘛！生日每年都會有，等你回來再一起吃蛋糕吧！」

她一邊說，一邊又轉回去繼續找書，沒來由想起去年也沒能好好過生日。去年的生日，他們分手了，好傷心哪！這麼一想，不禁遺憾起來。

程硯見她沒意見，轉而看牆上月曆，喃喃規畫著未來的行事曆，「今年阿堯的忌日因為颱風沒去成，下個星期天，應該可以一起去吧！」

明儀再次停下手，回身看他，他將每年一次探望顏立堯的機會當作再理所當然不過的事，這不知所為的感動，在胸口龐然無邊地擴大，而她卻無法將這份激動情緒用言語說明清楚。

程硯注意到她不知何時來到跟前的腳步，奇怪地抬頭，明儀已彎下身輕輕親吻他，她的吻很深，情感飽滿。

她退開之後，程硯與她對望幾秒鐘，興味問起，「這是什麼意思？」

明儀抿起一抹爛漫笑意，「很愛很愛你的意思。」

下個月，台灣進入冬季，寒流一報到，冬天氣息便十分濃厚。

明儀生日當天，收到班上幾位學生的卡片和小禮物，全班還私下講好，要在課堂上為她獻唱一首生日快樂歌。

熱鬧過後，她數度提醒大家要收心正式上課了，沒想到這一班青少年 high 過頭，整間教室還鬧得厲害。

「好了！不要講話！我是認真的！」

桌子一拍，丹田一吼，這爆發的魄力果然有效地叫大家都溫馴閉嘴。

「老師，妳真人不露相嘛……」半天，終於有個男生敬佩讚嘆。

她用幾許得意、幾許懷念的口吻告訴他，「我以前是風紀啊！」

曾幾何時，她還是這間學校的學生，轉眼間，已經以老師的身分站在講台上了。

「歲月如梭呢……」

午休時間，明儀待在教職員室改考卷時，有意無意地感嘆，順便掐指算算今年她到底幾歲。人一旦過了二十歲，生日蛋糕上的蠟燭就會自動被換成問號。唉！她已經不再是能夠大聲呼喊青春萬歲的年紀了嗎？

「明儀，妳的手機。」

隔壁同事指指她放在桌上的手機，調整成無聲震動狀態的關係，只有螢幕在賣力閃爍。

明儀一看來電顯示，是程硯，暗忖他是不是要說該出發去機場了。

「妳現在在午休吧？」他問。

「嗯。」

「方便出來一下嗎？我在妳學校。」

她驚訝大叫，掉頭望望窗外，看不到什麼，直接跑去窗口，「我們學校？現在？」

「嗯，操場這邊。」

明儀掛斷電話，朝操場奔去，又驚又喜，不論程硯是爲什麼而來，她已經覺得這是最棒的生日禮物！

很快，她在操場旁那一排樹下發現他的蹤影，他待的位置正是他們多年前定情的那棵樹。

他的目光追隨明儀迎面跑來的身影，隱隱約約，和記憶中那個暗戀的女孩重疊，不禁打從心底珍惜這短暫的美麗錯覺。

「你怎麼來了？不是得趕飛機？來得及嗎？」

她一連興奮地拋出三個問題，程硯等她不再喘了，才不疾不徐地說：「還有點時間，我等等就直接去機場。」

明儀還是鎮靜不下來，千頭萬緒。她環顧地面，童心未泯地邀請，「你看！我們那時候來，還是光禿禿的，現在這裡鋪上草皮了，下課時間很多人都會坐在這裡呢！坐嘛！」

程硯遲疑一下，反問，「妳這樣不像老師吧？」

「嘿嘿！學生也這麼說。」

他們靠著樹坐下，今天氣溫低，天空，因為清冷的空氣而十分乾淨。由於剛過中午，陽光還是滿有存在感地曬在他們身上。怕冷的明儀仰著頭，虔敬領受這柔煦的溫度，直到披在肩上的長髮表面開始泛出薄薄暖意。

「啊——」

這樣的愜意中，程硯拿出一個牛皮紙袋，「這是妳去年的生日禮物。」

明儀一眼便認出來！曾經有過要詢問這紙袋來歷的念頭，染上一次重病就全忘掉了。

她滿心好奇，等不及揭曉紙袋內的禮物。那是一個透明的玻璃罐，並不小，因為裡頭裝滿數不清的摺紙星星。

「……」驚訝歸驚訝，她想了很久，然後納悶地轉向他。

見到她這反應，程硯有點受到打擊，「妳不記得了？」

「這是……」

「這是妳那個任性的要求，一千顆星星。」

聽他那麼一說，明儀可全部都想起來了！她在飯桌上一句賭氣的無心之言，後來一直讓程硯認眞地放在心上呀……

明儀像是在觀賞一件稀世珍寶，捧著星星罐子，左右端詳，「程硯，你摺紙耶……」

「嗯。」

「完全沒辦法想像你摺紙的樣子。」

「不用想像，以後應該也不會再做第二次了，實在不是拿手的東西。」

「呵呵！好棒！」她不理他，捧著玻璃罐，兀自笑得開心。

「然後，這是今年的禮物，生日快樂。」他接著說。

明儀將注意力從罐子移開，出現在眼前的，是一只裝在絨布盒裡的戒指。戒指上的寶石是一顆蝴蝶結形狀的鑽石，款式相當別緻可愛。

「上次看到的時候，就覺得它很適合妳。」

他雖是操著再平常不過的口吻，明儀卻不若方才收到星星禮物時那樣歡樂，反而怔忡地靜下來。

她不再接腔，也不再有所動作的反應，讓他開始躊躇。

「如果，妳不想接受也沒關係，到了德國之後，我另外找個禮物給妳。」

明儀停止發愣，快速抬頭，顯然亂了方寸，「我……不是不願意……只是，嚇一跳……不敢相信……」

「明儀？」

她斷斷續續的話，不知所云，程硯不得不出聲打斷她。

「還有，最抱歉的是，我沒能長命百歲，沒能一直陪著妳。」

顏立堯信中的字句就像失控的車子撞進腦海。明儀閉上嘴，悽悽惶惶回望程硯永遠是那麼良善溫暖的面容，竟令她莫名欲淚。

「我……眞奇怪，明明是這麼美好的事，可是卻害怕起來，眞是……」她想爲自己古怪的念頭自我解嘲，卻停止不住地洩漏膽怯，「爲什麼在很幸福很幸福的時候，偏偏會忐忑不安呢？程硯，得到幸福之後，如果有一天會再失去，那比一無所有還要叫人難過。」

他終於聽明白她突如其來的畏懼。明儀懊惱地垮下肩膀，不好意思地，「對不起，在這種時候想起不好的事……我眞糟糕……」

程硯想了一會兒，接下來的話似乎有點難以啓齒，他停頓許久，向她坦白內心想法。

「在有限的人生，我不相信『永遠』，所以不會對妳保證什麼事都不可能發生。可是我可以答應妳，任何攸關我生命的事，我會第一個想到妳。明儀，我……大概是因爲曾經被母親遺棄的關係，很保護自己，只想關心自己的事、做好自己的事，這樣就夠了。可是，妳住院的那段期間，我滿腦子都是妳，想奮不顧身地爲妳做些什麼，卻使不上力，整個腦袋亂糟糟的。那時我才了解，正因爲人生短暫，每一分每一秒才是最眞實的，而這些分分秒秒的人生，我想要有妳和我在一起。妳問過我，妳是不是這世界上唯一不能帶給我幸福的人，妳是的，因爲這個世界上唯一能帶給我幸福的人，也只有妳而已。」

他在冷冽的寒冬說了好多炙熱的話語，好多……當他眞心握住她的手，明儀覺得那不只拉住她膽小虛渺的靈魂，像風箏終於有了牽引它的線，還有推動它飛翔的風，然後，哪裡都可以去了。

「是我考慮得不夠周詳，如果妳認爲現在不是時候，可以晚一點再給我答覆。我只是想讓妳知道，幾年前我們一起走路的時候，妳說到一些關於天空的話。蘇明儀，我想要妳當我那黃昏的天空。」

明儀凝視他專注而眞摯的面容，低下頭，看著自己空空的手。記得有句廣告台詞這麼說，害怕，才曉得勇氣的重要。沒有走過這一切，又怎麼會懂？

她拿走他手中戒指，滿懷感動地套入自己的無名指，再抬起噙滿亮光的眼眸，微微一笑。

生命中，許多人們像過客，來來去去，但唯有他……唯有他。

「對我而言，你才是那片天空，只要一抬頭，始終都會在那裡。」

【全文完】

網友迴響

讀者：灩璃
留言時間：2011/06/18 16:23

傻氣的，不只是明儀，還有程硯……

因爲不忍心看明儀無頭蒼蠅般地尋找，就替她把新生名單給印出來，裝訂好，再交給她。這時候的程硯，更給人一種想疼惜的感覺。

「新的朋友、新的髮型，十九歲的蘇明儀，顏立堯，你眞的不想看一看嗎？」這句話很酸又很澀……

顏立堯想牽著明儀的手上大學，可是他有他的顧忌。程硯知道顏立堯的顧忌，也知道無法改變他的心意，還是忍不住想再問一次，「你，眞的不想看嗎？」

兩種不同卻相通的無奈……

讀者：Novi
留言時間：2011/06/24 09:55

「如果她是不幸福的，那麼他留在她身邊的意義又是什麼呢？」對這句話特別有感覺。晴菜姊姊筆下程硯的喜怒哀樂，我能感覺得到呢！

期待後續的連載。

讀者：Wjan
留言時間：2011/06/24 12:07

明儀的善良都能讓凶凶的少婦讓坐，呵，怪不得程硯也讓明儀收服了，因爲明儀的眞，她流露出的善，被程硯呵護的柔，又因爲顏立堯會退出整個故事，加在一起是一種美麗又殘缺的幸福。

有一天，我看到了someday裡的眞善美，第一次覺得，徜徉在網路是幸福的everyday。

讀者：bluexeuld
留言時間：2011/07/02 20:32

好喜歡晴菜姊暖暖的筆觸，妳的每個文字都勾起了好多好多回憶呢！期待接下來的故事。加油喔！

讀者：吳允安、陳冠儒
留言時間：2011/07/15 11:36

愈來愈喜歡這個故事。「喜歡」就應該是簡單的、平凡的小幸福，「幸福」就應該是對方一直都在，一直守候……

讀者：丁丁
留言時間：2011/07/18 15:33

晴菜姊姊加油！我非常期待這次的小說！每看完一篇，都有想再看下一篇的衝動。當明儀自白著，「每當湘榆那句形容程硯『滿幼稚』的話語一飄進腦海，她就覺得有一點點好笑，還有一點點……一點點的……」

天啊，看到這裡，我心中一直狂叫！

是感到一點點的溫暖嗎？好像只有晴菜姊姊最清楚了。

讀者：ifalmost
留言時間：2011/07/19 10:22

上班中偷偷來晃晃，意外看到新的連載，只是沒想到，看完，鼻子酸了，眼眶也紅了。看著文字，就可以感覺到明儀的痛。

讀者：穎
留言時間：2011/07/20 20:50

好喜歡程硯！

看《夏日最後的祕密》時就好喜歡他，儘管他一直都很沉默，但是氣場強大得讓人無法忽視，這個角色眞的設定得太棒了。

不得不說，眞的很喜歡晴菜姊的文筆。

加油加油！

讀者：昱初
留言時間：2011/07/31 18:30

「如果你也在就好了。」

我常常因爲程硯對顏立堯說的話，整個人都毛了。好有感觸、好有感觸喔！

我喜歡晴菜爲顏立堯、程硯和明儀寫的對話，只有晴菜才能讓他們說的話「很顏立堯、很程硯、很明儀」。

每次讀新的連載都是不同的享受，享受著這些文字，搭配著音樂，心情又上上下下的，好毛啊！（呵，我只有「毛」這個形容詞了嗎？）

讀者：燕子
留言時間：2011/08/23 23:08

啊，看到這裡，終於哭了。

可以想見，程硯有多麼想救活那隻藍色鬥魚。

想像明儀多年後終於明白程硯此刻的眼淚，那種悔恨的心情，應該是很痛很痛的吧……

讀者：田欣
留言時間：2011/08/24 02:18

這個故事的角色就像是互補的缺：顏立堯的任性、程硯的寬容、明儀的守候。

我想，就因爲是程硯，所以阿堯才會放心地把重要的女孩交給他吧！

讀者：小單
留言時間：2011/08/30 22:30

新連載的這個篇章很溫馨耶！暖暖的、甜甜的，中間又夾雜著一點點苦澀。

這種感覺很眞實，又讓人感到很幸福。

雖然我很喜歡程硯，但看到明儀特地爲顏立堯留下的那段距離，又捨不得勉強明儀接受程硯。

爲什麼晴菜筆下的人物都讓人那麼心疼呢？

讀者：薇
留言時間：2011/09/04 00:22

好久沒回應了。

那小小的悸動，明儀是不是也感受到了呢？不小心的碰觸，總感覺有種特別的浪漫。每每從文章中，都能感受到明儀、程硯濃烈的思念。

思念著顏立堯這個如此深刻的人物。

我喜歡這種感覺，強烈的思念，卻無法抽回。

讀者：伊麗沙
留言時間：2011/09/12 02:27

每個晚上，我總會不由自主地開啓晴菜的部落格，那種感覺，就像是在這裡能找到一個完全屬於自己的空間跟時間，這樣的情緒，很美麗。

今晚看了第二十四回的連載，突然有了個感觸。我在想，人生是不是因爲總是不小心錯過，才會讓每一段人生故事得以完整呢？

讀者：小蹦
留言時間：2011/09/12 12:30

其實從《是幸福，是寂寞》就一直注意晴菜姊了呢，呵呵。

我眞的很喜歡故事裡的每個人物喔！無論是顏立堯、明儀、程硯、湘榆……每一個都彷彿是我們生活周遭的眞實人物呢。

我想，這就是大家會如此喜歡，並且受到晴菜姊文字感動的原因吧。

《夏日最後的祕密》不知道看了多少遍了呢，偶爾想到就會拿出來翻一翻，看一看美麗的封面，然後就會有很幸福很滿足的感覺。

希望晴菜姊能夠繼續加油，期待《如果有一天》的出版，等妳喔！

讀者：瀧大嫂
留言時間：2011/09/16 11:49

有些人呀，沒有相處過，單單看表面真的會有失誤的時候。真心接納一個人其實並不難，難的是如何打開心胸去看看那個人不一樣的一面。程硯果然很酷，他真的是一個很棒的朋友。

《如果有一天》是個劇情很甜美、很青春、很活潑、很曖昧、很不捨的故事，它讓我嘗到曾經、那些年的青春無敵。

快出版吧！

讀者：eva
留言時間：2011/09/27 13:14

看《夏日最後的祕密》時，不覺得明儀喜歡程硯（應該是說她忽略了自己心裡的感覺），只認為她的心裡始終只有顏立堯。明儀和程硯最後會在一起，好像就是所有答案都解開，終於勇敢面對自己的愛情。

《如果有一天》中，兩個人的互動總是讓人感到幸福，不過，知道了兩個人的愛情經過這麼多波折才會開花結果，就有點難過。

好喜歡晴菜的故事，好期待《如果有一天》的後續發展。

國家圖書館出版品預行編目資料

如果有一天／晴菜著. -- 初版. -- 臺北市：商周，城邦文化出版；家庭傳媒城邦分公司發行, 民100.11
面 ； 公分. --（網路小說；185）

ISBN 978-986-272-066-0（平裝）

857.7 100021157

如果有一天

作　　者／晴菜
企畫選書人／楊如玉、陳思帆
責任編輯／陳思帆
版　　權／翁靜如
行銷業務／朱書霈、蘇魯屏
總 編 輯／楊如玉
總 經 理／彭之琬
發 行 人／何飛鵬
法律顧問／台英國際商務法律事務所　羅明通律師
出　　版／商周出版
台北市中山區民生東路二段 141 號 9 樓
電話：(02) 2500-7008　傳眞：(02) 2500-7759
blog：http://bwp25007008.pixnet.net/blog
email：bwp.service@cite.com.tw
發　　行／英屬蓋曼群島商家庭傳媒股份有限公司城邦分公司
聯絡地址：台北市中山區民生東路二段 141 號 11 樓
書虫客服服務專線：(02) 25007718・(02) 25007719
24小時傳眞服務：(02) 25001990・(02) 25001991
服務時間：週一至週五09:30-12:00・13:30-17:00
郵撥帳號：19863813　戶名：書虫股份有限公司
讀者服務信箱 email：service@readingclub.com.tw
城邦讀書花園網址：www.cite.com.tw
香港發行所／城邦（香港）出版集團有限公司
地址：香港灣仔駱克道 193 號東超商業中心 1 樓
email：hkcite@biznetvigator.com
電話：(852)25086231　傳眞：(852) 25789337
馬新發行所／城邦（馬新）出版集團 Cité(M)Sdn. Bhd.(458372U)
11, Jalan 30D/146, Desa Tasik, Sungai Besi,
57000 Kuala Lumpur, Malaysia.
電話：(603)90563833　傳眞：(603) 90562833
版型設計／小題大作
封面繪圖／文成
封面設計／山今伴頁
電腦排版／浩瀚電腦排版股份有限公司
印　　刷／高典印刷有限公司
總 經 銷／聯合發行股份有限公司
電話：(02)2917-8022　傳眞：(02)2915-6275
■ 2011 年（民 100）11月8日初版
■ 2018 年（民 107）5月16日初版8.5刷
Printed in Taiwan

定價／200元

ISBN 978-986-272-066-0

城邦讀書花園
www.cite.com.tw

廣 告 回 函
北區郵政管理登記證
台北廣字第000791號
郵資已付，免貼郵票

104台北市民生東路二段 141 號 2 樓

英屬蓋曼群島商家庭傳媒股份有限公司　城邦分公司

請沿虛線對摺，謝謝！

書號：BX4185	書名：如果有一天	編碼：

請於此處用膠水黏貼

商周出版

讀者回函卡

謝謝您購買我們出版的書籍！請費心填寫此回函卡，我們將不定期寄上城邦集團最新的出版訊息。

姓名：＿＿＿＿＿＿＿＿＿＿＿＿ 性別：□男 □女

生日：西元＿＿＿＿年＿＿＿＿月＿＿＿＿日

地址：＿＿＿＿＿＿＿＿＿＿＿＿＿＿＿＿

聯絡電話：＿＿＿＿＿＿＿＿ 傳真：＿＿＿＿＿＿＿＿

E-mail：＿＿＿＿＿＿＿＿＿＿＿＿＿＿＿＿

學歷：□1.小學 □2.國中 □3.高中 □4.大專 □5.研究所以上

職業：□1.學生 □2.軍公教 □3.服務 □4.金融 □5.製造 □6.資訊

□7.傳播 □8.自由業 □9.農漁牧 □10.家管 □11.退休

□12.其他＿＿＿＿＿＿＿＿＿＿＿＿

您從何種方式得知本書消息？

□1.書店 □2.網路 □3.報紙 □4.雜誌 □5.廣播 □6.電視

□7.親友推薦 □8.其他＿＿＿＿＿＿＿＿

您通常以何種方式購書？

□1.書店 □2.網路 □3.傳真訂購 □4.郵局劃撥 □5.其他＿＿＿＿

您喜歡閱讀哪些類別的書籍？

□1.財經商業 □2.自然科學 □3.歷史 □4.法律 □5.文學

□6.休閒旅遊 □7.小說 □8.人物傳記 □9.生活、勵志 □10.其他

對我們的建議：＿＿＿＿＿＿＿＿＿＿＿＿＿＿＿＿

＿＿＿＿＿＿＿＿＿＿＿＿＿＿＿＿

＿＿＿＿＿＿＿＿＿＿＿＿＿＿＿＿

＿＿＿＿＿＿＿＿＿＿＿＿＿＿＿＿

＿＿＿＿＿＿＿＿＿＿＿＿＿＿＿＿

請於此處用膠水黏貼